Suzănica Tănase
O mie de impresii divizate

Suzănica Tănase

O MIE DE IMPRESII DIVIZATE

∞Roman∞

BERG

2018

Descrierea CIP a Bibliotecii Naţionale a României
TĂNASE, SUZĂNICA
  O mie de impresii divizate : roman / Suzănica Tănase. - Bucureşti : Berg, 2018
    ISBN 978-606-94573-0-6

821.135.1

ISBN: 978-606-94573-0-6
Editura Berg
www.edituraberg.ro
e-mail: redactia@edituraberg.ro

Pentru mama mea,
care m-a învățat să iubesc, mai presus de orice!

„Viața se schimbă rapid.
Viața se schimbă într-o clipă.
Te așezi la cină și viața, așa cum o știai, se încheie."
Joan Didion

Prolog

ÎNTR-O ZI AM SĂ MĂ FAC MARE

Îi aud din nou.

Sunt pretutindeni, gălăgioși, veseli, înfricoșați. Voci, voci, și iarăși voci.

Nu par toți de vârsta mea, deși mulți sunt de aceeași statură, cu aceeași privire, uneori temători, alteori rugători. Cu toții pierduți într-o căutare disperată de a-și găsi un loc, de a se impune, de a conta.

Aceleași țipete pentru a se face auziți, o îmbrânceală continuă pentru o atingere, o îmbrățișare, un cuvânt în plus.

Educatoarele sunt puține, dar sunt ceea ce contează aici. Toți le căutăm atenția, privirea, uneori mustrarea. Toți dorim același lucru. Să contăm. Să ne definim printre atâția.

Sunt aici de câteva zile și, deși nu pricep de ce am fost adus, înțeleg că trebuie să supraviețuiesc cumva.

Încă de la început mi s-a spus că sunt chipeș, mi s-a spus că sunt timid, mi s-a dat de înțeles că sunt plăcut într-o oarecare măsură și asta mă liniștește uneori. Doar uneori.

În rest mă ascund.

E frig și întuneric aici, dar numai aici îmi regăsesc gândurile. Doar aici pot fi eu. Eu cel sfios, eu cel speriat, eu cel fără drum. Eu.

De aici, din subsol, le văd umbrele înfricoșătoare, le aud pașii scârțâind pe linoleumul verde și alunecos. Uneori, doar un țipăt este destul să mă facă să tresar și să-mi doresc să mă ascund și mai adânc în întunecimea beciului.

Nu mi-e teamă de șoarecii sau insectele care mă gâdilă uneori pe picioarele goale. Mi-e teamă de ei. Mi-e teamă de toți.

Am venit în fiecare zi aici, de când m-au adus prima oară. Încă nu m-a descoperit nimeni.

Îmi doresc să rămână așa. Locul acesta este singurul care îmi aparține numai mie. E al meu, ferit de ochii lor.

Aici am lumea mea. Pot să visez în semiîntuneric, să creez imagini clare ca înainte, folosindu-mi doar mintea și ochii din interior, pot să sper că vor veni să mă ia acasă.

Aici pot să încetez să mă mai prefac, pot să mă gândesc la tot în voie. Aici sunt în siguranță.

Aud din nou ropotul pașilor pe scările late ale căminului. Or să mă strige în curând și în curând or să înceapă să mă caute. Data trecută am ajuns ultimul la masă și am fost lovit atât de tare peste față, încât mi-am simțit lacrimile fierbinți alunecând de-a lungul bărbiei. Știu că din nou or să mă pedepsească. E un fapt cu care trebuie să te obișnuiești aici.

Cu toate acestea, nu vreau să plec încă de aici, întunericul nu mă sperie. În realitate aș vrea să rămân aici pentru totdeauna, să nu se mai știe de mine. Să se sufere așa cum sufăr eu. Să se judece așa cum sunt eu judecat.

Într-o zi, totul o să se schimbe...

– Lorian!

Într-o zi o să am curajul să ies la lumină.

– Lorian! Unde ești?

Într-o zi o să fiu puternic.

– Ieși imediat de unde te-ai ascuns!

Într-o zi o să le arăt eu... Într-o zi nu o să mai am șase ani.

Duminică după-amiază. Încă soare.

Undeva în văzduh se aude sunetul lin de pian și clinchetul vaselor de porțelan.

Prin fereastra întredeschisă, Hanna simte adierea vântului tomnatic și foșnetul încet al frunzelor care încă se mai țin cu încăpățânare de crengile arțarilor. Zâmbind, fredonează în gând melodia lui Keith Jarett.

Oare de când stătea așa, cu ochii pierduți într-un trecut uitat și doar de ea știut? Picioarele îi erau amorțite de ceva vreme, dar știa că orice mișcare i-ar fi oferit un motiv să ceară ajutor și încă nu vroia să fie deranjată. Nu în acel moment. În acel moment se simțea bine. Pierdută, dar bine.

Primise scrisoarea cu două săptămâni în urmă și acea fotografie care o zguduise până la amuțire și nici acum nu știa cum să răspundă. De unde să înceapă? Dar oare să o facă?

Poate cea din urmă întrebare o frământa cel mai mult. După atâția ani, de ce acum, de ce, când încercase atât de mult să uite tot? Să *îl* uite.

Iar acum revenea acel trecut pe care nimeni nu îl știa, nici măcar fata ei. Nimeni. Acel trecut pe care îl vroia îngropat și era numai al ei.

La vederea scrisorii, a fotografiei și a numelui înscris cu litere mici și înclinate, realiză că tot ceea ce încercase în toți acei ani eșuase. Nu uitase nimic.

Nu îl uitase, așa cum încercase disperată să se mintă, iar toate acele sentimente pe care le crezuse doar amintiri ale unei povești tragice respiraseră același aer cu al ei.

Iar acum, după aproape șaizeci de ani, senzațiile aveau din nou intensitatea de atunci.

Șaizeci de ani. O eternitate. O viață de om. Un război, o căsnicie, o familie, o carieră împlinită, nepoți, suferințe, bucurii...

De unde să înceapă? Şi oare să o facă?

– Bunico, eşti trează? Bunico, auzi Hanna vocea familiară.

O salvau, ca de fiecare dată. Nepoţii ei erau acolo să o trezească din remuşcările trecutului. O să aibă timp mai târziu să revină în realitatea acelor vremuri atât de încercate. Atât de dulci şi totuşi atât de amare.

– Bunico, mai spune-ne acea poveste, te rugăm..., răsunară din nou vocile celor trei nepoţei.

Vlad, mezinul casei, prima iubire a familiei, trecuse în clasa a patra şi din plictiseală roia pe lângă surorile lui. Amelia era cea mică, fetiţa mult dorită. Ea cerea mereu o poveste şi fiindcă promisese să fie cuminte în timpul mesei, lucru care se întâmpla destul de rar, fiind mereu ca o minge gumată şi captivă într-un corp de fetiţă cu bucle aurii, Hanna trebuia să se supună. Cum stătea întinsă pe canapea, Hanna îi vedea picioruşele încălţate cu şosete cu buline şi genunchii mâzgăliţi cu cerneală verde. Ea decidea povestea, aceeaşi mereu, cu vreo prinţesă atipică ce îşi taie părul, se preface în băiat şi înfruntă cu succes orice pericol. Iubea personajele feminine curajoase, cele care câştigau dragostea regelui prin isteţime şi cutezanţă. Frumoasa adormită, Albă-ca-Zăpada nu erau poveşti pentru Amelia. Pentru Clara da, dar nu erau şi pe gustul Ameliei.

Şi apoi mai era Clara. Acel copil cuminte, tăcut, sfios, al tuturor şi al nimănui. Acel copil care nu avusese destul timp să simtă dulceaţa alintului, căci Amelia cea vijelioasă venise pe lume după o sarcină grea şi multe nopţi nedormite. Clara însă părea să nu sufere de mica nedreptate a destinului ei, ci dimpotrivă, ca o mamă deja experimentată, îşi lăsa atât fratele, cât şi sora mai mică să îi fie voci, ea mulţumindu-se cu bucuria lor.

Dintre toţi nepoţii, cu Clara se identifica cel mai mult. Uitându-se în urmă, Hanna cunoscuse nesfârşite generaţii de copii, copii ce acum aveau copii şi copiii lor aveau copii la rândul lor. Nu trăise atâtea zile în viața ei câți tineri trecuseră prin mâinile sale. Dar unul o marcase, unul în special.

Hanna își scutură capul, ridică perna pe care se sprijinea și începu liniștită povestea. Știa nenumărate povești, și le știa așa cum își cunoștea rugăciunile de seară, fără să le mai gândească, fără să-și mai caute cuvintele. Până și vocile, schimbarea tonalității îi veneau natural. Erau toate acolo, baricadate în mintea ei, organizate pe rafturi, în funcție de vârstă, de preferință și de învățătura ce trebuia să reiasă la final de poveste. O întreagă arhitectură a poveștilor. Iar acum, o altă poveste, diferită de toate cele memorate, amenința să iasă la iveală. Propria ei poveste.

Hanna se deprinsese să își viziteze fata de câteva ori pe săptămână și, sub pretextul de a nu se lăsa asuprită de singurătatea vicleană, își făcuse o obișnuință din a găti pentru familie și a spune povești nepoților. În realitate nu se simțise niciodată singură, nu așa cum credeau cei din jurul ei. Dintotdeauna iubise serile luminate doar de o lampă difuză în colțul camerei, mirosul de candelă cu aromă de levănțică ce ardea pe pervazul ferestrei și pacea din jurul ei, aceea liniște domoală ce îi inspira siguranța.

După moartea soțului ei și căsnicia eșuată a singurei fete rămase în viață, Hanna învățase să se bucure din nou de liniștea coborâtă ca o cortină fumurie peste rămășițele unui spectacol jucat până la epuizare. Încetase să se mai trezească dimineața cu gândul la pregătirea micului-dejun și nu îi mai păsa atât de mult de treburile zilnice. Era mai mult apatică, sau, cum îi plăcea să își spună adesea, „parcurgea o altă etapă".

Fusese fericită de multe ori, de mai puține ori decât și-ar fi dorit, dar trăise multe momente pline, uneori obositor de dulci, obositor de zgomotoase și obositor de repetitive. Acum, după atâția ani, rămasă singură, se simțea uneori vinovată de această plăcere egoistă de a-și face cafeaua dimineața, de a păși în picioarele goale în balconul strâmt și plin cu flori agățătoare,

balcon ce dădea spre aleile din Cișmigiu. Era departe de tot
ceea ce odată ar fi însemnat universul ei, viața ei. Se imagină
departe de telefonul supărător, de vizitele inoportune ale fetei
ei, departe de aceleași obișnuite întrebări: „Cum te simți?", „Ce
ai mâncat", „Ai luat medicamentele?", acele întrebări apăsă-
toare ce îi aminteau că traseul ei avea undeva, într-un viitor nu
foarte îndepărtat, și un final.

Poate de aceea se hotărâse să-și viziteze fiica de trei ori pe
săptămână, pentru a avea restul zilelor pentru ea. Numai și
numai pentru sufletul ei. Atunci se pierdea ore în șir în antica-
riatele capitalei și se întâlnea cu cele câteva prietene de vârstă
apropiată la aceeași ceainărie din Piața Romană. Uneori se bu-
cura de o prăjitură cu frișcă, departe de privirea dezaprobatoare
a fiicei sale, care desigur că îi dorea doar binele – o viață mai
sănătoasă, o existență mai lungă...

Însă Hanna nu își mai dorea o viață mai lungă; nici măcar
una mai scurtă, ci doar cât mai multă liniște. O viețuire fără
răspunsuri de oferit, fără griji de împărțit, fără a-și simți sufle-
tul strâns în mii de noduri de necazuri. La optzeci și unu de
ani, Hanna își dorea ceea ce orice floare dintr-o grădină își mai
poate dori. Mult soare, puțină ploaie și libertatea de a se înălța,
atât cât mai avea loc.

Totul părea să se fi așezat în viața ei, aceste vizite, plăcerea
de a se afla iarăși între copii doritori să o asculte și să o aibă în
preajmă, o împăcare matură, fără prea multe cuvinte, între ea
și Teodora și neprețuitele momente de singurătate. Totul era
așezat într-un fel potolit, ca o adiere blândă de vară.

Mai puțin acea scrisoare. O scrisoare în altă scrisoare.

Prima reprezenta mai mult o telegramă decât o scrisoare.
Cele câteva cuvinte așezate pe o coală elegantă de hârtie au
făcut-o să își piardă tot echilibrul construit în atâția ani.

Cu ochii închiși, Hanna vedea din nou acele rânduri, ca și când ar fi citit scrisoarea pentru prima dată:

„Bunicul ar fi vrut să știți că v-a iubit. Dacă doriți să deschideți o poartă înspre trecut, mi-ar face plăcere să ascult; aș simți că i-am îndeplinit ultima dorință. Vă aștept...”

Acea „poartă înspre trecut” o neliniștea, o îngrozea de-a dreptul. Rândurile erau semnate de Adina Moranu. Nepoata lui. A doua scrisoare, scrisă chiar de el, era lungă și dureroasă.

Iar fotografia... fotografia nu spunea o mie de cuvinte, ci îi picta o mie de emoții. Fotografia lor, ea, în rochia aceea neagră și simplă, cu perlele mamei la gât, ținând în mână un buchet de flori de câmp, el, un tânăr cu ochii mari, negri și curioși, cu mâinile îngropate în buzunarele adânci, iar lângă el, toți cei asemenea lui, dar pierduți printre miile de destine ce aveau să o bântuie în toți anii de după război. Ce continuau să o bântuie și atunci.

∞∞

A hotărât să iasă la o plimbare de una singură, fără nepoți și fără Teodora, fata ei, care și-ar fi dat imediat seama că ceva era diferit cu ea, i-ar fi dezvelit tăcerea.

Se obișnuiseră să vorbească despre orice, altfel decât înainte, uneori repetând același șir al evenimentelor, ca mărgelele pe mătănii, doar ca să se simtă aproape una de cealaltă, nu că ar mai fi contat. Cel mai adesea discutau despre divorțul Teodorei de Sebastian, bărbatul ce îi furase fata. Încă de la început, Sebastian nu îi inspirase încredere, iar o mamă simte totul. Tăcuse însă mulți ani la rând, încercând să se încreadă în cuvintele Teodorei.

Avocat, ca și ea, păreau să aibă un viitor minunat împreună, plimbări peste hotare, promisiuni ambițioase, dar totul

se schimba lent, aproape imperceptibil, culminând cu naște-
rea lui Vlad. Dintr-odată, Sebastian lipsea tot mai mult de
acasă, avea mult mai multe cazuri în instanță, petrecea mult
mai puțin timp alături de familie, iar Teodora părea pierdută
într-o nouă lume în care ea devenise mămică. Abia atunci
Hanna a simțit adevărata izolare a fetei ei, a văzut formân-
du-se un zid de nepătruns între realitățile lor. Știa că Teodora
nu era încă pregătită să recunoască eșecul căsniciei ei, nu era
capabilă să își privească mama în ochi și de aceea nu se simțea
îndreptățită să intervină. Orice cuvânt de-al ei ar fi fost de
prisos, și ar fi îndepărtat-o cu atât mai mult, iar alternativa
era tristă și inextricabilă.

Viața ei alături de tatăl fetelor nu fusese astfel, dar Hanna
știa multe despre suferință, despre secrete, pierderi, sentimente
și emoții înfundate în cuferele grele ale vieții.

Ca orice mamă, Hanna avea certitudinea că ar fi știut cum
să își povățuiască fata, însă în același timp cunoștea taina ome-
nirii, impulsul individului nepregătit de a se deschide și de alege
minciuna în detrimentul adevărului. Oare ea nu făcuse de atâ-
tea ori la fel?

Opt ani și încă doi copii i-au trebuit Teodorei să își recu-
noască minciuna, opt ani să nu mai ascundă adevărul ca apoi
să-și hotărască un alt curs al vieții, marcându-se cu sigiliul eșe-
cului, singurași divorțată.

Nu i-a fost ușor, și Hanna știa asta, trecând prin toate sta-
diile emoționale alături de fata ei. Mai trecuseră împreună prin
alte tragedii, pierderea unui tată și a unui soț, pierderea Nata-
liei, iar toate acestea le apropiaseră ca pe două siameze legate
de o suferință vicleană.

Acum, după atâția ani de la moartea lor, Hanna se obișnu-
ise cu viața, așa cum i se arăta în cale, ca un grafic întrerupt de
prea multe ori, o diagramă marcată în zeci de etape atât de

diferite una de cealaltă și uneori atât de înspăimântătoare, încât îi venea greu să creadă că le trăise pe toate.

Nu își mai dorea tumult, zgomot sau emoție. Le trăise pe toate. Acum își dorea lucruri simple, banale și deloc complicate.

Dar viața nu este niciodată așa cum ne-o imaginăm sau așa cum ne-am dorit-o atunci când am plecat la drum, și iată că, din nou, Hanna era pusă în fața unei alte enigme, una pentru care de data aceasta nu avea răspuns, una pe care o abandonase cu atâția ani în urmă.

Nu vroia să-și mai amintească nimic și credea că reușise, asemeni omului ce zărește lumina după un coșmar, să uite tot. În realitate, își impusese să ascundă totul undeva, în străfundurile minții, să uite forțat orice trăire, orice senzație, orice venea spre ea de atunci.

Pe vremea aceea, Hanna fusese o altă persoană. Atunci, demult, avusese o sete de viață, o dorință aprigă de a se înălța, de a iubi, de a crede în oameni, într-o realitate ce ținea mai mult de fantezia basmelor decât de existența banală a unei vieți crude și nemiloase.

Gâfâind, Hanna s-a oprit în fața unui arțar cu frunzele aproape vișinii, ce amenințau să clădească o adevărată fortăreață la rădăcinile lui, o dată ce vântul tomnatic avea să se înfurie și să își ceară drepturile. Arțarul fusese copacul lui, mărul al ei.

De ce acum? De ce destinul o obligă din nou să retrăiască ceva ce atât de mult își dorise să uite? Și de unde îi aflase adresa? Oare știuse de viața ei în tot acel timp? Cum supraviețuise?

„Bunicul ar fi vrut să știți că v-a iubit.”

Ce cuvinte grele, scrise pe o coală de hârtie! Asta însemna că el povestise totul, împărtășise trecutul cu cineva. Însemna că el fusese mai puternic decât ea. Dar știa asta deja. Întotdeauna o știuse.

Hanna se aplecă şi culese un con de brad, pe care îl mirosi instinctiv, adulmecând cu nesaţ izul de pământ reavăn şi de natură moartă. Pe o bancă, la câţiva metri de ea, doi îndrăgostiţi îi zâmbeau cu atitudinea caracteristică a celor tineri şi neînfricaţi, ce nu văd decât prezentul.

„Nu trebuie să fie neapărat aşa", „Nu trebuie să fie numai rău", îşi auzi gândurile. Acei tineri aveau altă şansă, se iubeau, nu trăiau vremurile ei, nu trecuseră printr-un război, nici nu ştiau ce însemna un război. Nu toată lumea trebuia să sufere.

Cu toate că era începutul lui octombrie, vara părea să nu cedeze. Hanna zâmbea, gândindu-se că în curând aveau să sărbătorească un alt Crăciun împreună. Crăciunul fusese perioada ei preferată a anului, doar acele câteva zile, tăierea bradului şi împodobirea lui, surprizele bine ascunse de ochii curioşi ai nepoţilor, clinchetul râsetelor la deschiderea cadourilor, masa de după şi dansul şi poeziile copiilor bine pregătite de la şcoală. Acelea erau momentele ei, acolo ar fi vrut să trăiască veşnic, acolo ar fi vrut să rămână.

De ce ar ameninţa toate acestea cu un trecut nimicit, răpus şi dureros, care nu i-ar aduce altceva decât suferinţă? Pentru ce să mai dezgroape totul? Viaţa ei era oricum la sfârşit şi, odată plecată, secretele aveau să piară împreună cu ea. Ce trăise era doar o poveste, o altă plăsmuire într-o condică a vieţii.

I

JURNALUL

Din nou un cub de zahăr la suplimentul de amiază. Din nou o mică iluzie înăbușită.

Nu mă plâng, oricum niciunul dintre cei de aici nu se așteaptă la altceva, însă mă uit la cei mai mici dintre noi, cei abia veniți, care stau cu palmele întinse și-și așteaptă cuminți partea, ca apoi să fugă cât mai departe unul de celălalt pentru a se bucura de zahărul cristalin și dulce, zahăr ce va fi plimbat prin obrajii trași și apoi pus din nou în pumnișorii lor, de atâtea ori de cât va fi nevoie pentru a prelungi senzația de desert. La final rămân cu degetele cleioase și cu ochii îndulciți de mică minune efemeră.

Un dulce, și ce n-ar face un orfan pentru un dulce în plus aici? Orice. Ar freca cu mânecile încălțămintea celor mai mari, ar renunța la bucata de carne de pui din ciorbă, la șireturile de la papuci, la pijamalele și așa insuficiente pentru tot căminul. Ar face aproape orice.

Eu însă nu mă plâng. Mă mai gândesc la cinismul situației când și când, dar și atunci cu suplimentul de amiază în buzunar și cu mâna apărând buzunarul. Cinic sunt și eu.

Uneori am mai dat la alții, mi-a mai fost și mie milă. Am așteptat și eu recunoștință că am dat, am solicitat-o chiar. Ba mai mult, am lăsat și eu să mi se lustruiască încălțămintea ca să simt cum e. Nu am înțeles nimic, doar am simțit o greutate pe suflet văzând ce fac, că mă comport ca alții. M-a durut concluzia, dar am și îndepărtat-o cu aceleași argumente satisfăcătoare și atât de banale, ca ale celorlalți. Mie de ce să îmi pese?

Ieri am ajuns la infirmerie din nou, de data aceasta nu din vina mea. Nici nu știu cum s-a întâmplat totul, nici nu știu când am primit coada de mătură peste față, rănindu-mi arcada ochiului doar pentru că mă jucam cu un pui de pasăre. Cât de stupid!

S-a întâmplat totul atât de repede, încât nu am apucat să o văd bine pe femeie, nu am apucat să clipesc. Am recunoscut-o mult mai târziu, când deja nu mai conta, ochiul fiind pansat și furia estompată. Am recunoscut-o după culoarea pantofilor ce apăsau îndesat și fugărit coridoarele dormitorului și după coada măturii.

Pasărea am zărit-o căzută lângă o bancă, șchioapă, frântă de la saltul forțat pe care îl făcuse probabil din dorința de a zbura. O dorință naivă, ce în secret stăpânea și sufletul meu.

Era atât de mică în pumnul meu, atât de neputincioasă, cu ochii umezi și alerți și o inimă ce pulsa a viață. Nu voiam să îi dau drumul încă și, pentru câteva minute, mintea mea gonea planuri nebunești de a o ascunde, de a o proteja cumva. Mă străduiam să îmi amintesc cele învățate la biologie, oră de la care chiuleam adesea ca să fumez pe Dealul Vulpii. Era încă un pui și știam că nu avea să supraviețuiască. Mă uitam disperat la crengile obosite ale copacilor din jur, la freamătul frunzelor, în speranța că cineva o va chema, cuiva îi va lipsi, dar păsările ciripeau același cântec monoton și absent.

Apoi acel zgomot înăbușit, o durere surdă și un întuneric vișiniu.

Acum stau și mă-ntreb ce s-a întâmplat cu ea.

M-am reîntors resemnat la acea bancă, cu ochiul acoperit ca un pirat solitar, în căutarea puiului de pasăre care ar fi putut să fie numai al meu. Abandonat pentru a doua oară, am gândit atunci. Ca și mine lovit, ca și mine pierdut. Ca și mine.

Acum mi-e ciudă că m-am speriat, am tresărit, m-am blocat pe moment concentrat pe durerea proprie, mi-e groază că am pierdut-o din vedere în acele câteva clipe. Poate reușeam să o ascund, să o ajut, să o îndrăgesc, să o sfătuiesc, să îi povestesc totul sau orice. Însă nu am mai găsit-o.

O dezamăgisem sau poate era totul doar în capul meu. Eu eram cel dezamăgit.

Uneori, mă-ntreb dacă și părinții mei au fost nevoiți să mă lase aici, să mă părăsească. Sau mai corect spus, să mă abandoneze. Mă mint deseori că poate au existat circumstanțe peste posibilitatea mea de a înțelege, îmi imaginez cu ochii larg deschiși o mamă nevoită să fugă cu mine în spate, forțată să mă ascundă în miez de noapte undeva, ca apoi dimineață, vărsând lacrimi grele pe chipul ei angelic, să mă așeze ușor la ușile ferecate ale Centrului, pândind orele dureroase când porțile aveau să se deschidă, iar eu să fiu cules și niciodată returnat.

Uneori trăiesc din iluzii înfundate, alteori nu mă las torturat de aceleași gânduri obositoare. Știu ce s-a întâmplat în realitate. Cunosc abandonul, încă mi-l amintesc. Pe mama o mai văd înainte să adorm, nu atât de cuvioasă pe cât inima mi-o cere, însă aievea necesară.

Aici, la Centru, auzi deseori educatoarele explicându-le celor mai mici că odată ce vor deveni „mari” (greu de înțeles pentru mine unde *mic* se oprește, este frânt și estompat și devine *mare)*, vor putea înțelege mai multe, vor avea explicații pentru tot. Toți ne dorim explicații la aceleași întrebări persistente. De ce? De ce eu? De ce mie?

Indiferent când se ajunge la Centru, la ce vârstă, sub ce formă, există un moment, uneori o clipă doar sau chiar ani de căutări, când toți vrem să primim acea explicație, iar explicația nu e îndestulătoare. Unii însă se încred, se lasă convinși, ca apoi să fie loviți de nevoia altor căutări, a unor răspunsuri ce întârzie să mulțumească.

Eu nu mai cred nimic. Am fost mic și am fost mare și tot nu am înțeles nimic. Cu trecerea anilor, ura, frustrarea, milă față de mine, de neputința de a-mi opri clocotul întrebărilor fără răspuns au dus la o înnegrire a sufletului, o anulare a mecanicii care stă la baza umanului din mine. M-au urâțit totul, m-au înnegurat. În oglindă îmi par un sălbatic însetat de dorința de a vedea oameni căzuți în jurul meu, purtând cocoașe monstruoase, ce îi împiedică să înainteze.

Mă mulțumește eșecul. Eșecul meu. Eșecul altora.

Zâmbetul meu este ascuns și parșiv și nu încerc să mi-l corectez, căci știu că am dreptate, știu că același zâmbet sălășluiește în spatele celorlalte buze prefăcute și aparent nevinovate.

În acea zi, puiul de pasăre m-a făcut să înțeleg ceva ce înainte nu înțelegeam. M-a făcut să mă zbat în ambivalență, pentru a nu știu câta oară, și să mă hotărăsc, să decid că totul nu a fost așa cum îmi închipuiam eu de la o vreme. De multe ori am sperat că ei m-au dorit, dar nu au putut să mă țină, dintr-un motiv sau altul. Ca un naiv, uneori nădăjduiesc că poate m-au și iubit. De cele mai multe ori mă tânguiesc ca un escroc, în scris, cu lașitate, neîndrăznind să pun un punct final la ce contează. La un trecut rămas în urmă.

Iar când carnea trupească îmi fierbe din nou, tâmplele îmi zvâcnesc cu patos, îmi îndrept privirea spre ceilalți ca mine. Spre toți ceilalți fără părinți. Oare toți acei străini după care ne tânguim răzvrătiți să ne fi uitat și să ne fi protejat în același timp? Să ne fi iubit cât de puțin? Să fi contat pentru ei? Știm cu toții răspunsul.

Alteori, de dragul dezbaterii continue, din propria minte, o sucesc diferit. Dacă ar veni astăzi, acum, în această clipă, (cum stau eu aplecat peste caiet și scriu), cineva după mine, după noi, măcar după doar unul dintre noi, cum aș reacționa?

Cum ne-ar mai recunoaște? Cum ne-ar mai găsi într-atâția?

Oare aș fi mai bun atunci? Ființa și înlăuntrul meu s-ar domoli? Surpriza necunoscutului m-ar smulge din crezul meu de atâția ani?

În realitate, știu că nu va veni nimeni după niciunul dintre noi și vom rămâne doar cu aceste întrebări. Întrebări, pe care de atâtea ori vreau să mi le astâmpăr în mijlocul nopții.

Și nu sunt singurul.

Sunt sigur de zbuciumul celorlalți, în dormitoarele lungi, albe și reci, pe perne luminate de o lună palidă și încovoiată după coșmaruri de peste noapte. Iar când plouă și umbrele lumânărilor triste se zbat în imagini macabre pe pereții scrijeliți, aud cu sufletul îndoit durerile trupurilor chinuite de amintiri înfundate.

Îi aud pe ceilalți plângând, iar ei mă aud pe mine. La căderea nopții, nimeni nu se poate ascunde, nimeni nu scapă valurilor vijelioase ca lovite de stânci, doar că stâncile sunt neputințele noastre, iar valurile tot ce refulăm unii de alții și de cele mai multe ori, tot ce înăbușim față de noi înșine.

Toți plângem. Până și eu. Bineînțeles, nimeni nu a avut curajul să îmi spună că m-a auzit plângând (e un simplu secret nocturn), dar nu o dată m-am trezit zguduit de urletele proprii. Nu visasem nimic, sau dacă o făcusem, nu îmi mai amintesc ce anume, dar mă dureau pupilele ca fugărite de crâmpeie alungate, aveam buzele uscate și mă ustura gâtul. Țipasem și eu același țipăt al celorlalți.

Iar dimineața ne prefacem că nu știm nimic. Dimineața inventăm personalități, mofturi, cinisme. Dimineața alegem dacă vom conduce sau vom fi conduși. La lumina zilei, negăm umilințele de peste noapte, când adevărul lăuntric ne posedă și ne dă în vileag. Dimineața este o altă zi pentru toți, fără umbre cu care să ne luptăm. Tot dimineața, o luăm de la început, cu soarele îndreptând chipurile blânde ce se schimonosesc pe timp de noapte.

Însă acele nopți ne leagă. Ne unesc frământările și strigătele către oameni niciodată cunoscuți, dar doriți. Ne leagă lacrimile ca un gard din ghimpi, adânc înfipt în conștiința noastră, ca o procedură chirurgicală într-un țesut subcutanat.

Cum să uiți aceleași întrebări? Cum să uiți aceleași incertitudini? Cum să îndepărtezi lipsa, nevoia, cum să ți-o scoți din corp, cum să te lepezi de ea ca de-o spurcăciune pe care nu o mai vrei? Cum să anulezi trecutul, să te anulezi, să te reinventezi cu dimineața? Cum să nu te întrebi?

Dar am încetat. Mai bine zis, vreau să încetez să mă mai întreb ce caut aici și dacă voi mai pleca vreodată. Am încetat să mai caut dreptate în rândul adulților. Îmi doresc numai să supraviețuiesc. Și apoi, cred că m-am obișnuit.

Toți părem la fel aici, poate unii sunt preferați, iar alții nu. Unii sunt chiar iubiți de către educatoarele care vin câteva ore pe zi și care apoi pleacă, lăsându-ne pe mâna îngrijitoarelor.

Cât despre mine, mi-am găsit puțină liniște în paginile acestui caiet pe care îl ascund mereu la poalele arțarului din spatele locului de joacă. Nimeni nu știe că am început să scriu sau că am nevoie să scriu. De altfel, nimeni nu ar înțelege și s-ar glumi copios pe seama mea.

Așa că tac și scriu.

Scriu. Scriu despre orice; mă ține ocupat și încordat această dorință de a reda în rânduri înșiruite imagini trăite doar de mine, în capul meu, sau fragmente din întâmplări zilnice mai mult sau mai puțin importante. Atunci, sufletul mi se ușurează ca după o spovedanie.

Așa că încarc pagină albă și curată cu gândurile mele tulburi, alergate și trudite fără vreun folos. Încerc însă crunt să redau simțirilor mele o atingere palpabilă, o explicație a ființei mele ce mă posedă fără ca eu să o pot struni în direcția voită.

Adevărul este că nu m-am hotărât cu precizie asupra direcției dorite. Mă văd slab și schimbător, fără vreun țel sau ambiție. Mă conduc impulsurile asemeni pufului de păpădie de către vânt. Nu am un Dumnezeu, nu cred în nimic și în nimeni. Cel mai rău este că nu cred nici în mine.

Încerc să fiu puternic. De multe ori nu reușesc, dar când izbândesc, mă surprind alert și doritor să scriu, să nu uit că am reușit, că am răzbit asupra a ceva nebănuit. Puterea de care vorbesc aici poate să fie și fizică, și la nivelul minții mele, și deopotrivă și una și alta merită creionate în jurnalul meu.

Stăruința cu care continui acest caiet îmi dă curajul să cred că poate sunt diferit de ceilalți. Mă mândresc cu ceva al meu, doar de mine știut și de mine controlat. Mă frământă eșecul atunci când cuvintele așternute de mine nu redau cu adevărat simțămintele din ziua respectivă și mă înalță certitudinea când le potrivesc așa cum aș dori. Știu că mă consum inutil și fără rost, dar de ceva vreme îmi imaginez că peste ani, cineva, așa ca mine, va dezgropa acest caiet de la rădăcina copacului meu (care desigur va fi bătrân și scorburos) și va citi aceste rânduri. Atunci acel băiat (niciodată o fată), mă va cunoaște fără să mă știe.

Cuvintele mele vor izvorî atât de puternic pentru el, încât se va înfrigura de puterea mea. Atunci vom deveni prieteni, fără să ne fi vorbit o vorbă. Vom fi frați, fără să împărțim același sânge. Amândoi vom păstra secretul, iar eu voi dăinui peste el ca un stăpân, ca un mentor. Un *Atotștiutor*.

Scriu gâfâind aceste rânduri.

Ceva minunat mi s-a întâmplat în ultimele zile, dar totul s-a sfârșit dureros, ca orice alt sfârșit simțit de mine, până acum. Nimic nu durează.

Zilele trecute a fost ziua mea. Ca în fiecare an, într-o zi de toamnă târzie, când nici frunzele ruginii și însângerate nu se mai vor agățate de trupurile stăpânilor lor, e ziua mea.

Eu, ca în fiecare an, nu am sărbătorit. Am chiulit de la școală în ziua respectivă și, pentru că nu aveam fondante de oferit altora, și nici bani să le cumpăr, am preferat să nu mă duc deloc.

M-am făcut pierdut câteva ore pe străzi lăturalnice, între umbre cenușii și trecători grăbiți. Am căutat broaște în bălți apărute după ploaie, mi-am umplut buzunarele cu castane încă împrăștiate sub foișoarele din parc și am așteptat să treacă timpul.

Prefer momentele solitare pe străduțele înguste și triste și mă liniștește anonimitatea proprie în locuri nedescoperite. Îmi place să privesc vitrinele aburinde ale brutăriilor, cu covrigi și pâine împletită, dar și ferestrele calde, ce dau într-o cămăruță la parter, unde o fată palidă stă aplecată asupra claviaturii unei pianine. Ce n-aș da și eu să am odăița mea, cu lucrurile mele, neîmpărțite cu nimeni, cu o pereche de părinți cuminți și îngrijorați pentru mine. Ce doruri mă trec...

Într-un târziu am ajuns la Centru, în dormitorul comun, ud până la piele și ușurat că îi păcălisem pe toți încă o dată. În cel mai rău caz luam bătaie, dar nici bătaia nu mă mai potolea. Până la urmă, era totuși ziua mea și eram cu un an mai mare.

Surpriza s-a petrecut spre seară când, cu ropot alunecos de picioare desculțe, Cătălin, băiatul cu ochii de nuanța apelor cristaline de munte și fruntea dreaptă, plină de coșuri, mă striga cu o grabă soră cu moartea.

Eram întins pe pat, cu capul atârnând spre podele și mă uitam victorios la o muscă pe care de-abia o prinsesem sub un borcan și care nu își știa încă destinul. În timp ce încercam concentrat să îi determin destinul, strigătul lui Cătălin mă deranjă.

– Loriane, dar nu auzi? Te strig de ceva timp!

– Sshhh... taci, mă, te aud.

– Ce ai acolo? a întrebat Cătălin oprindu-se brusc, dar tot cu șoapta strigată.

Cătălin a luat absența răspunsului meu drept invitație și s-a apropiat de patul meu. Stăteam amândoi așa aplecați, când l-am auzit din nou pe Cătălin vorbind.

– Ai să-i dai drumul?

– Nu știu încă. Mă decid.

– Păi ce-ai să faci cu ea? a vorbit tot mai încet Cătălin.

– Ori o omor, ori o chinui.

I-am urmărit atunci lui Cătălin privirea. Nu zicea nimic, știa că vorbesc serios și, simțindu-se privit, s-a ridicat în picioare și si-a scuturat hainele de praf.

– Doamna directoare m-a trimis să te chem la cancelarie, a spus Cătălin cu importanță.

– La ora asta? De ce, mă? Ce vrea cu mine? am întrebat eu atunci surprins și cercetător.

Oare aflase că chiulisem? Și apoi, ce avea să îmi facă mie?

De obicei, educatoarele de zi erau cele care te dojeneau, dar niciodată o directoare.

– Spune-mi, mă, ce vrea cu mine, că de nu, ai să pățești ce pățește și musca asta, am încercat eu să îl sperii.

– Nu știu, Loriane, îți jur.

Îl credeam. Cătălin nu mințea. Fusese adus la Centru o dată cu mine, în aceeași toamnă; eram amândoi de aceeași vârstă. Dar asta era tot ce aveam în comun. El era mic de statură, eu înalt, el avea ochii albaștri, eu negri, el avea bunici undeva, într-un sat, pe care îi vizita în fiecare vară, eu pe nimeni.

Și pentru că hotărâsem deja că nu minte, m-am dus.

Biroul directoarei era într-o clădire micuță, ascunsă de brazi falnici care veșnic albeau cu trecerea anilor, departe de căminul nostru zgomotos. Pe ea o mai văzusem o singură dată, când mă aduseseră de la gară, micuț și speriat. Nu o mai știam, și trăgeam nădejdea că nici ea pe mine. Probabil mă confundă.

Intrasem în birou cu capul plecat, mă așteptam la o mustrare, la întrebări, însă tot ce am auzit atunci au fost cele patru cuvinte:

– La mulți ani, Lorian!

Mă privea blând cu mâinile forfotind o cutie de carton frumos ornată, ca o ciocolată de dimensiuni gigantice. Am rămas în picioare și i-am mulțumit. Nu știam ce să fac sau ce altceva să îi spun și simțeam cum mă înroșesc de la o clipă la alta. Voiam să plec cât mai repede de acolo, voiam să fug până ce ochii nu mă dădeau de gol. Ea cred că a-nțeles imediat și mi-a înmânat cutia frământată, lăsând să se înțeleagă inutilitatea vorbelor din acele momente.

Am apucat cutia și am fugit, lăsând ușa căsuței întredeschisă, iar pe femeie confuză în întunericul îndepărtat.

Fugeam. Fugeam cu cutia la piept, lăcrimând de bucurie, dar și de tristețe că nu apucasem să o strâng în brațe. Simțeam ceva minunat, ceva diferit. Atât de curat mi se părea aerul pe care îl trăgeam cu nesaț prin nări, încât primul gând pe care l-am avut a fost unul de generozitate: doream să eliberez musca.

Extaziat, m-am așezat pe pământul negru și rece și, tremurând, am deschis cutia. Înăuntru, spre surpriza mea, era o altă cutie din lemn, dreptunghiulară, frumos pictată cu acuarele și plină de creioane și penițe. Un penar.

Directoarea îmi dăruise cel mai frumos penar din câte văzusem la colegii de clasă. În felul ei, mă motiva să fiu un elev conștiincios, să mă duc la școală, să îmi folosesc penarul. Am zâmbit, strângând penarul la piept și promițându-i seriozitate.

Stupid totul și trecător.

Atât de trecător, încât a doua zi penarul avea să mi se fure, iar eu să ajung din nou la infirmerie.

Bănuiam hoțul, un băiat nou venit din sat, dar nu aveam cum să dovedesc nimic. Și apoi, cine avea să mă creadă? Așa că am făcut singurul lucru pe care îl mai puteam face în situația mea: l-am așteptat după ore și l-am lovit.

M-a surprins reacția lui. Nici nu îi cunosc numele, niciodată nu mi-a păsat, însă știu că era el pentru că e singurul care are curaj să râdă de mine atunci când sunt scos la tablă și e singurul care mi-ar face rău doar din pură plăcere.

Când l-am lovit, imaginea directoarei dăruindu-mi penarul încă îmi stăruia în minte. Viteza cu care pumnul meu i-a zdrobit obrazul și zgomotul cu care corpul lui îndesat s-a izbit de cimentul crăpat din curtea școlii m-au făcut să nu vreau să mă opresc. L-am lovit atunci din ce în ce mai tare, ca și când furia mea creștea ca volumul unei melodii la radio și l-am lovit până când alții m-au ridicat de pe el. Atât de tare l-am bătut, încât mai târziu nu am reușit să recunosc sângele lui de sângele meu. Îmi zdrobisem pumnul.

Am realizat atunci că nu m-am putut abține, parcă pierdusem contactul cu realitatea. Mai târziu am încercat să îmi explic ce s-a întâmplat și de ce nu m-am putut da la o parte, dar nu am reușit să ajung la nicio concluzie. Eram mulțumit să îl văd la pământ, cu fața sfărâmată.

Aveam o sete pe care nu puteam să mi-o mai astâmpăr. În mintea mea de atunci, pumnii îmi reprezentau fiecare lacrimă amară și afundată în piept.

Infirmiera mi-a spus că provin dintr-o familie violentă, că îmi cunoaște trecutul și că mi-a citit documentele de intrare. Mi-a mai spus că așa era și tata, un bărbat cu umerii lați și barbă, de care eu nu îmi amintesc. Aș fi dat orice să citesc și eu acele documente, să aflu ce s-a întâmplat cu ceilalți după ce am fost abandonați în gară. Fratele meu, Anica. Unde sunt ei acum oare? Poate mă caută, sau poate au încercat să vină după mine, să mă găsească.

Gânduri, doar simple și banale gânduri așternute acum pe pagini albe.

În sufletul meu, știu că nimeni nu va veni, că nu are rost să îmi doresc să-mi cunosc părinții și că viața mea va fi trăită în acest colectiv.

În numai doi ani o să încep liceul, o altă instituție care nu duce nicăieri, alți indivizi veniți din familii, ce o să mă privească cu suspiciune și mă vor ignora. Și oare nu m-am obișnuit deja?

Sunt învățat să rămân tăcut în ultima bancă, sunt obișnuit să fiu dat la o parte ca un microb dăunător organismului și să fiu batjocorit la tablă de către profesori. Nimeni nu știe că nici măcar nu-mi pasă cu adevărat. Va veni o zi când voi putea ieși din Centru și atunci îmi voi clădi viața mea. Voi avea o căsuță mică și albă, într-o vale lângă un pârâu, cu puțin pământ pe care am să-l muncesc. Voi avea un cal și trei capre, găini aurii și un cocoș să mă trezească în fiecare dimineață. Atunci zgomotul din pieptul meu se va liniști și o dată cu el și toate vocile care îmi cer mereu altceva. Atunci va fi pace.

De curând, am descoperit ceva minunat, dar încă nu am spus nimănui. Vreau să rămână secretul meu. Uneori este atât de greu să ascunzi ceva aici, încât dacă aș dori să pierd o amintire, m-ar găsi imediat.

Acum câteva zile am coborât la subsol, acolo unde lumina ajunge rar și doar printre lespezile șubrezite ale podelei. Fără să realizez, m-am împiedicat de o ramă veche și ruptă la un colț, ce stătea rezemată de perete, iar în spatele ei am găsit o ușă ferecată.

Sunt atâția ani de când, cu iscusința șoarecelui, m-am tot pitulat în camerele goale ale subsolului și, cu toate acestea, niciodată nu am văzut această ușă.

Cu un cuțit furat de la sala de mese, am reușit să desfac încuietoarea și, curios, am pășit în odaia întunecată.

Inițial mi-a fost greu să înțeleg ce era în fața mea, având nevoie de câteva minute pentru a mă obișnui cu întunecimea încăperii dar apoi, pe bâjbâite, am început să desfac zecile de cutii prăfuite și împovărate. În ele cărți, sute de cărți, cărți în franceză, în română, cărți religioase, de matematică și astronomie, romane și povești nemuritoare.

Primul meu gând a fost să anunț băieții mai mari. Am fi putut face un foc imens în spatele căminului, cu scântei albastre și roșii, care să ajungă până la ceruri, apoi am realizat că ar fi însemnat să deschid ascunzătoarea mea unor ochi vicleni și interesați. Voiam să păstrez acel loc doar pentru mine.

Nu puteam nici să mă apuc să trag de cutii, să le scot afară, știind că asta ar fi iscat nelămuriri, întrebări și o atenție de care nu aveam nevoie.

Astfel că am decis să le las acolo și să iau cu mine câte o carte când și când, să o strecor afară din cămin și să încerc să o vând sau să o dau la schimb pe altceva. Nu am găsit pe nimeni interesat de cărțile mele, oricâte imagini ar fi avut, așa că am făcut singurul lucru pe care îl mai puteam face. Am început să le răsfoiesc.

Astfel că, mai mult din lipsă de ocupație și având prea mult timp liber, căci mă hotărâsem să nu mă mai duc la școală, am început să citesc.

Uneori am sentimente bizare de milă pentru aceste cărți vechi și pitite în subsol, căci îmi amintesc de mine, de primii ani aici, de începuturi. Apoi realizez că dacă m-ar auzi băieții vorbind așa, le-aș pierde respectul și m-ar goni imediat din grupul lor. Doru, mai ales, m-ar plesni peste cap și ar spune tuturor că am început să citesc romane.

De aceea am datoria să ascund cutiile cu cărți de ochii lor, deși cred cu tărie că dacă toți le-am citi, ne-ar face mai puțin complicați, ne-ar asemăna și am reuși să ne deslușim mai ușor.

Doru însă, nu ar citi nimic.

De câteva luni, Doru e prietenul meu bun. El a fost primul băiat care m-a bătut cel mai tare, dar în lumea noastră lucrurile astea se uită. Mă refer la lumea bărbaților.

Atunci însă am plâns mult, nu atât de durere, pe care oricum nu aș fi recunoscut-o în fața lor, cât mai mult de ciudă, din orgoliu. M-au prins la spălătorie, el și prietenii lui, m-au ținut de păr, pe vremea aceea îmi țineam părul legat cu o cordeluță, și au început să mă lovească. Într-un final s-au oprit, alungați de o femeie de serviciu care venea acolo să curețe, dar mult timp după aceea nu am putut să merg drept. Mă durea spatele îngrozitor și toată partea dreaptă a feței era umflată și vânătă. Eram aproape de nerecunoscut.

M-am răzbunat mai târziu însă, învingându-l pe teren, la fotbal. Așa am și câștigat respectul lui și al prietenilor lui. De aceea, acea zi pe terenul din spatele căminului nu o voi uita niciodată. M-a marcat profund.

M-am trezit de dimineață și, ca în orice altă dimineață, sătul de a mă îmbrăca mereu cu hainele altora, am hotărât să vorbesc cu îngrijitoarea din ziua respectivă și să o rog să îmi dea altă pereche de pantaloni. Doru mereu avea haine noi.

Cu gândul la Doru și la bătaia luată, am pășit cu încredere spre sala de îmbrăcăminte, deși știam de la alți colegi de școală că Doru avea bunici în sat, care îi mai trimiteau uneori pachet.

Pe îngrijitoare am găsit-o aplecată deasupra prosoapelor. Le număra, dosindu-le mai la fund pe acelea mai albe. Auzisem de la Marian că uneori, cele care aveau diverse responsabilități în incinta clădirii erau și cele care își permiteau mici plăceri. Mă refer la furt aici, la luat de la gura copiilor orfani în cazul bucătăreselor, a femeilor de serviciu și dus acasă, la ai lor. Cumva, toți știam despre asta, iar pe Marian nu aveai cum să nu îl crezi, căci era ținut pe palme și de directoare.

Marian este băiat frumos, pedant, cu importanță. Dar pe Marian îl urăsc toți.

Îl urâm căci este primit în camere importante, unde noi ceilalți nu avem acces. Îl detestăm, căci îl știm cu toții cum se strecoară ca un vierme împopoțonat, cu aere de fluture frumos desenat. Dar cel mai mult, îl dușmănim că el reușește ceea ce noi nu putem. El are trecere unde noi suntem alungați asemeni ciumaților, niște buboși destinați a simți doar curentul ușii trântite în față. Astfel că cine vrea ceva trebuie să vorbească mai întâi cu Marian, apoi trebuie să-i dai ceva la schimb. Marian nu te uită; te împrumută, te așteaptă, dar nu te uită.

Lui Marian nu îi este frică de nimeni, poate doar de Doru, deși nu cred. Eu, personal, îl disprețuiesc pe Marian. L-aș bate oricând pe Marian numai să îl văd strivit cu fața frumoasă și îmboțită sub pumnul meu. Dar pe Marian nu îl atinge nimeni și el o știe. Și el mai știe că singurul lui atu și singura lui salvare este exact ceea ce noi urâm, protecția altora.

De aceea Marian își dă părul cu unsoare dimineața. Marian are apă de colonie și bomboane verzi și aromate, de care nimeni nu are voie să se atingă și pe care le numără mereu.

În acea zi, însă, nu am avut chef să vorbesc cu Marian și nici nu aș fi avut ce să dau la schimb. Așa că aici eram, în spatele femeii aplecate, prefăcându-mă că îmi dreg glasul.

Ea s-a întors, tresărind o vinovăţie doar de ea ştiută. M-a recunoscut imediat, iar surpriza zvâcnită în acea clipă s-a preschimbat într-o privire duşmănoasă.

Ochii ei mă alungau, o încurcam şi nu îşi ascundea dezgustul la vederea mea. Nu avea timp de mine. Mi-a zis să ţin minte patruzeci şi trei. Am ţinut. Era numărătoarea la care o oprisem.

M-a întrebat ţepoasă ce vreau şi i-am spus. A râs în colţul gurii doar. Eu am înţeles şi am plecat capul, zbuciumat. Nu eram Marian. I-am trântit uşa în urmă, fără să îmi pese. Nu i-am amintit numărătoarea, ci am lăsat-o aşa. Măcar de-ar numără din nou până la patruzeci şi trei.

Am râs şi eu la rândul meu, batjocoritor şi fără milă. Am râs în aceleaşi haine purtate de alţii.

În acea stare am ieşit în lumina de toamnă din acea zi. Aşa am uitat totul. M-a izbit pe loc mirosul frunzelor veştede pe care păşeam, m-a lovit culoarea ruginie însângerată a parcului trist cu leagăne părăsite şi uzate. Îmi venea să plâng şi să rostesc melancolic „ce zi frumoasă!". Sufletul meu era greu, după atâtea refuzuri stupide, de atâta cerşit şi implorat.

Nu aveam nici frumuseţea dionisiacă a lui Marian şi nici puterea ca de Hercule a lui Doru. Eram doar eu, gol şi ignorant, îmbrăţişat de anotimp. Nici măcar furia mea agonisită nu mai stătea dreaptă în faţa unei asemenea splendori.

Şi aşa, cocoşat de poveri tinereşti, a început cea mai frumoasă zi din viaţa mea. Aşa l-am auzit în spatele meu, cu aceeaşi voce plină de încredere:

– Ce faci bă, Loriane? Vii la o minge?

Era Doru, iar în spatele lui alţi câţiva. L-am recunoscut pe Cătălin, băiat cuminte de altfel, dar slab şi uşor de manipulat. Mă privea la fel de mirat cum îi priveam eu pe toţi. Nu eram de-al lor şi o ştiam. Am apucat să îmi şterg cu colţul mânecii ochii şi nu am stat să mă gândesc. I-am răspuns că vin.

Nu am cum să nu îmi amintesc cu mândrie acum ce a însemnat pentru mine acel moment. Cu soarele călduț drept tovarăș protector, peste îmbrăcămintea mea de culoarea umbrei, toamna a devenit anotimpul meu preferat, așa ruginie și tristă ca mine.

În timp ce mă îndreptam către terenul de fotbal, însoțit sau însoțindu-i pe ceilalți, mirosul de frunze călcate în picioare, de lacrimi dulci de la revedere, de regrete trecătoare, nu mă mai încovoia. Mă simțeam diferit. Aparțineam grupului oarecum, deși îl uram pe Doru, îl și iertasem pe loc. Restul va rămâne în istorie.

Îmi amintesc fiecare amănunt al jocului, fiecare pasă, fiecare șuierătură și bineînțeles și fiecare gol. Eram nervos, dar nu de ciudă, ci parcă ceva mă poseda, o ființă nevazută îmi controla mișcările, mă hrănea cu energie divină. Eram agil, păream mai înalt, mai viu. Câștigam. Câștigam împotriva sau în ciuda lui Doru, în uimirea celorlalți, a mea. Scuipam cuvinte pe care nici nu știam că le știu, gesticulam cu febra omului înnebunit că îi naște femeia în stradă. Mânia disperării mă controla, mă impulsiona să arăt ceea ce pot, să nu mă opresc, ci să dovedesc.

Ultimele minute s-au scurs precum sudoarea pe șira spinării. Învinsesem. Echipa mea împotriva echipei lui. Eu împotriva lui Doru. Eu împotriva lor, a tuturor.

Încă zâmbesc când scriu acum, rezemat pe trunchiul arțarului încrețit. Cum să nu surâd, amintindu-mi privirea pătimașă a lui Doru, cu tâmplele zvâcnind și vocea pierdută în piept? Cum să nu fiu mândru acum, revăzându-i mâna întinsă către a mea?

– Ești bun Loriane! Hai în echipă cu noi.

Bineînțeles că nu au așteptat să răspund. Știau răspunsul. Și eu îl știam.

Și-au întors spatele ud ca un zid de neclintit și, trudiți și mai puțin zgomotoși ca la început, au plecat spre Centru. Însă ceva se clintise, atât între ei, cât și în mine. Reușisem să le câștig încrederea. Eram de-a lor. Eu, cel nevăzut, ieșisem la lumină.

II

Când toate drumurile duc înainte

Valurile se izbeau molcom de stâncile încovoiate, în zgomotul asurzitor al pescărușilor. Mirosul sărat și senzația de nemurire o pătrundea adânc pe Hanna. Marea Neagră îi dădea senzația aceasta de singurătate absolută, de calm și încărcare energetică, de eliberare, dar și de indiferență. În fața mării se golea de gânduri și de vechile obsesii. Totul i se părea inutil și exagerat, fără vreun rost final. Uneori o întrista marea, ca și când sufletul ei trăia în mii de povești scrise de autori melancolici după iubiri demult pierdute, alteori o vindeca, asemenea unui om spovedit și reprimit printre cei curați prin împărtășanie.

Marea Neagră văzuse totul și părea mereu mai bătrână și mai înțeleaptă, cu trecerea vremii. Marea nu judecă pe nimeni, iar aflat în fața ei, te ierți singur. Hanna se iertase. Își primise pedeapsa printr-un destin, ca fiecare alt om care greșise prin simplul fapt că se născuse.

Călătorise mult de-a lungul vieții, alături de Mircea, soțul ei, și văzuse și alte mări, chiar și oceane, dar nicăieri nu găsise aceeași liniște sufletească, aceeași comuniune cu albastrul imens al apei ca acolo, la malul mării ce îi aparținea din generație în generație.

Făcea aceeași călătorie din cinci în cinci ani, mereu singură, mereu în luna februarie și mereu în ziua de douăzeci și patru. Rămăsese secretul ei, călătoria din București până în Constanța, cu un tren accelerat ce mirosea a fum de țigară și mușama uzată. Nimeni din familie nu o mai întreba unde se duce, de ce și când avea să se întoarcă. Știau că era ceva ce doar ea trebuia să facă, ceva ce aparținea unui trecut îndepărtat, mai îndepărtat și decât al lui Mircea.

Nu știau că avea o datorie față de ea, față de toți cei pierduți în apele mării, să își amintească, să sufere, să retrăiască acea zi măcar o dată la cinci ani.

Se îmbrăca mereu în doliu în acea zi de februarie, iar răcoarea curenților de aer nu o deranja, deși lângă fata ei se plângea adesea de dureri de oase, de bătrânețe. Nu și în acea zi de douăzeci și patru.

Numai în aceea zi, indiferent de vârstă, Hanna avea din nou douăzeci și unu de ani.

Nu uitase nimic după atâta vreme și retrăia aceleași emoții de fiecare dată.

Ajungea mereu în Constanța cu o seară înainte, ca atunci. demult. Prima oprire o făcea la o cofetărie de pe strada Rosetti, unde comanda același iaurt cu ștrudel de mere, apoi se îndrepta spre ruinele sinagogii, locul unde dormiseră în acea noapte. Locul arăta sinistru acum, dar nu atât de diferit ca atunci, în 1941. Vechea sinagogă își mai păstra doar pereții exteriori, câteva cupole abandonate de mâinile oamenilor și amintirea a ceea ce fusese cândva. Câini vagabonzi și fragili se aciuiau printre trotuarele sparte și clădirile prăbușite. Sinagoga arăta deplorabil, însă pentru Hanna clădirea păstra același aspect mistic de atunci.

Fusese construită în anul 1911, după planurile marelui Adolf Linz, și trecuse prin multe vicisitudini, iar în 1941, în acea seară când ei o găsiseră, fusese transformată în depozit militar german, adăpost pentru alimente neperisabile și hrană pentru caii soldaților de pe frontul de Răsărit.

Clădirea rezistase eroic nedreptății timpului, dar și suferise mult de-a lungul anilor din cauza cutremurelor, a scandalurilor culturale și a nepăsării locuitorilor.

Ca de fiecare dată, Hanna aprindea o lumânare în locul unde ea își mai amintea că dormiseră în acea noapte, printre ziduri negre, apoi se caza la un hotel micuț, al cărui singur proprietar îi știa secretul. Ștefan, căci acesta îi era numele celui care o găzduia la fiecare cinci ani, era fiul vechiului ei prieten Vasile Pândaru, cunoștință de-a mamei și a unchiului ei, fugit în Palestina. Dintre toți, doar Ștefan mai trăia și dintre toți doar Ștefan își mai amintea povestea spusă de tatăl lui. Povestea ei.

∞∞

Hanna se născuse în Tulcea, aproape de mirosul sărat al mării și de calmul pătrunzător al Dunării. Provenea dintr-o familie boierească ce supraviețuise Primului Război Mondial, dar ai căror membri se răspândiseră prin toată țara.

Tatăl ei, care avea să moară pe când Hanna avea doar șapte ani, răpus de cancer, fusese un învățător apreciat în Tulcea, un bărbat înalt și sobru, cu o frunte încărunțită înainte de vreme, un om al vremurilor, ce aduna mereu în ograda casei doar personalități politice și culturale, oameni de vază ai orașului. Mama ei, o femeie la fel de înaltă, cu ochii molcomi și părul ondulat în cârlionți ce se revărsau pe umerii mici și osoși, fusese nepoata unui negustor de pește ce făcuse o mică avere la timpul lui prin comerțul de icre peste hotare.

Hanna își mai amintea uneori serile nesfârșite de vară când, ascunsă printre fustele lungi ale doicii și apoi strecurată sub

masa așezată sub vie, asculta cu îndârjire discuțiile aprinse dintre
bărbații adunați. În asemenea seri, surorile Hannei erau mereu
trimise de acasă sub pretexte fără sens, dar bine puse la punct,
așa încât singurele femei rămase în odăi erau doica, nana
Hannei, mama ei, Eva, și Hanna. Pe doică și-o amintea mereu
aplecată asupra unei oale imense, încinsă cu un șorț înflorat,
trecut peste o rochie ce mirosea aievea a dulceață de trandafiri
și a cireșe amare. În astfel de seri nu ieșea niciodată din bucă-
tăria de vară, ci o trimitea pe Hanna să își cheme mama când
totul era gata, iar masa trebuia servită în salon. Acolo bărbații
puteau fuma și arunca vorbe interzise urechilor unei femei.
Acolo era domeniul în care tatăl ei putea ridica vocea sau râdea
zgomotos fără să fie mustrat de Eva.

Hanna, prin natura ei, era un copil energic, fără stare, curioasă
din fire și secretoasă. Știa mereu cum să se strecoare, ascunzân-
du-se printre perdelele lungi, vaporoase, vânturate lunar de nana
în soare pentru a scoate „mirosul blestemat de tutun". Fradel,
tatăl Hannei, o știa că avea acest dar de a pândi și a asculta discu-
țiile importante dintre adulți și uneori o chema, de sub vreun
scaun sau de după biblioteca după care se aciuiase, și o invita la
masa bărbaților, sub privirile întunecate ale celor din jur.

Seara, în pat, lângă Eva, care îl mustra cu duioșie, Fradel
avea mereu același răspuns:

– E băiatul pe care nu l-am avut, Eva. Cineva trebuie să ne
ducă numele mai departe.

– Dar nu o femeie! Știi și tu că asta nu îi va face bine. Va
studia la școala evreiască, la fel ca fetele noastre. Vrei să aibă
destinul tău?

Dar întrebarea rămânea mereu fără răspuns, pentru că Eva
știa că vremurile păreau să se schimbe, femeile căpătau mai
multă independență, puteau citi mai mult, erau încurajate spre
muzică, teatru chiar și filozofie.

Când se căsătorise cu Fradel, Eva iubise totul la el, mai ales această năzuință spre cunoaștere, implicarea lui în politică, deși era doar un învățător proaspăt venit din Constanța.

Acum însă Evei începuse să îi fie teamă de timpurile pe care le trăia, de oamenii care îi treceau pragul, de plecarea fratelui ei Lazăr peste hotare în Palestina, pentru o viață mai bună. Evei îi era frică pentru ea și pentru cele patru fetele ale ei. Simțea că ceva rău avea să se întâmple și nu reușea să numească cu certitudine ce anume o îngrijora până la obsesie.

Era o presimțire pe care avea să o îmbrățișeze cu resemnare doar la aflarea veștii că Fradel mai avea doar câteva luni de trăit. Atunci înțelese că omul, ca și animalul în natură, simte pericolul mult înainte de a i se întâmpla și tot la fel ca și animalul, are puterea de a merge înainte.

După moartea soțului, Eva își crescuse fetele modest, aproape în taină, singurul ajutor venind de la fratele ei din Palestina. Toți acei bărbați care înainte îi călcaseră pragul și care îl admiraseră pe Fradel dispăruseră după înmormântare. Rareori mai primea câte o scrisoare de la vreo rudă îndepărtată de-a ei, solicitându-i ajutorul într-o chestiune importantă, dar se oprise din a mai desface corespondența.

Făcuse însă o promisiune lui Fradel, pe patul lui de moarte și aceea era de a o încuraja pe Hanna să meargă la facultate. Celelalte fete ale ei puteau să se mărite cu cine doreau, dar nu Hanna. Hanna trebuia să studieze, să ducă dorința pentru cultură și știință mai departe.

Eva nu putuse și nu dorise să îl contrazică atunci, dar sperase că Hanna va crește în spiritul cuminte al ei, dorindu-i să fie legată mai mult de religie, așa cum crescuse și ea la rândul ei. Însă Fradel văzuse în fata lor ceva ce Eva refuzase să vadă. Se văzuse pe el tânăr, cu aceeași pasiune pentru literatură și istorie, cu aceeași licărire în ochi la gândul drumurilor îndepărtate și necunoscute, cu același tremur în suflet spre un viitor mai liber, fără constrângeri sociale.

După o luptă lăuntrică dusă împotriva ideologiei soțul ei, vestea că Hanna se hotărâse să urmeze Facultatea de Litere din Moldova nu o mai amenința. Când veni ziua ca Hanna să îi spună hotărârea ei, primi acea destăinuire la fel cum primise și moartea lui Fradel, cu umilință, cu oboseală de capăt de drum, cu înfrângere tăcută. Știa că Hanna dorea să devină profesoară și avea să urmeze calea soțului ei, a trăirilor din idei, din cărți și pentru cărți.

∞∞

Hanna deschise fereastra și inspiră cu nesaț aerul rece și răcoros ce pătrundea în odăița luminată doar de câteva candele. Același miros umed de zăpadă ce troienise întreg orașul o făcuse să se ridice din pat pentru a doua oară în ultimul ceas și să se acopere cu un pardesiu ponosit, pe care îl ținea agățat în cuierul de la intrare. Dacă tot nu reușise să adoarmă, era hotărâtă măcar să vegheze lângă fereastră, ca în tinerețe.

Cu mâinile încălzite de cana cu ceai și cu gulerul pardesiului ridicat, privea cu melancolie luna vânătă și asculta cum în întunecimea cartierului se mai auzea din când în când urletul sugrumat al unui câine fără stăpân. De jur împrejur, se zăreau culmile caselor acoperite cu zăpadă albastră, asemenea bătrânilor ce își înfundă tâmplele în cușme pufoase din blană de oaie.

Ici și colo abureau hornurile neadormite.

Parcă nici nu trecuseră atâția ani de atunci. Dulceața unor momente demult pierdute, care încă o mai zguduiau cu aceeași putere. Luna era de vină, își spunea cu voce tare, răsunând în cămăruța ei. Cine a vorbit? Dar întrebarea îi murise pe buze. Era doar ea și un trecut.

Pătrunsese deja în amintirea unei alte nopți, la fel de frigu-
roasă și înzăpezită, când, cu un geamantan plin de cărți și câ-
teva haine mult prea subțiri pentru călătoria ce o aștepta,
tremura lângă linia ferată. Aștepta trenul personal de Iași.

Sperase ca măcar mama ei să o însoțească la gară, însă se
înșelase. Încetaseră de mult să își mai vorbească, poate din mo-
mentul când o anunțase de decizia ei de a urma facultatea, iar
acum se afla singură pe peronul gării înzăpezite.

Era târziu, iar fața îi înghețase în crivăț, însă sufletul îi do-
gorea de emoții. O aștepta o aventură și era mai pregătită nici-
odată. Încerca inutil să fugărească amintirea ultimului ceas,
momentul despărțirii de mama și surorile ei. Nu înțelegea de
ce nimeni nu se bucură pentru ea, de ce nu o luau în brațe,
promițând că o să își scrie, că o să își povestească. Dar știa că
își hotărâse un drum ce aducea multă suferință familiei ei. Dacă
i-ar mai fi trăit tatăl, ar fi înțeles-o cineva. Dar așa...

Cu capul plecat, mama ei arată mai obosită, mai îmbătrânită
și mai firavă ca niciodată. O lăsa în urmă, o abandonă. Era cea
mai tânără dintre toate surorile și s-ar fi cuvenit să o ajute la
bătrânețe, nu să o uite, să o amărască.

– Într-o oră am trenul, le mai zise o dată, ca un ecou pierdut
și înăbușit în lacrimi, dar tot ce auzi din gura mamei fusese un
oftat lung.

Stătea cu geamantanul rezemat de picior, privind încă o dată
casa copilăriei, poate pentru ultima oară, pereții din piatră, ce
ascundeau atâtea lacrimi și bucurii, patul nefăcut, în care se
foise cu nerăbdare toată seara, cu așternuturi reci ce deja îi
uitaseră prezența, ușa sărăcăcioasă. Parcă totul părea mai mic
de acolo de lângă ușa întredeschisă, cu crivățul iernii șuierând
în noapte.

Hanna avu un moment de slăbiciune și, sprijinindu-și mâna
de tocul ușii, simți dintr-odată un miros ca de crini atât de

puternic, încât se aplecă din instinct și atinse cu degetele po-
deaua crăpată. Nimeni nu se clintea, iar Hanna simțea cum
pământul îi fuge de sub picioare. O învăluia acel miros cunos-
cut, ca o boală grea, iar singura ei dorință din acel moment era
să fugă cât mai departe și cât mai repede.

De parcă Eva îi ghicise gândul, îi ridică cu ambele mâini
geamantanul greu și, cu un ultim efort, își îmbrățișă fata. O
elibera. Amândouă știau asta.

La gară ajunsese într-un suflet, iar mâna ce strângea cu pu-
tere biletul de tren părea vânătă în lumina lunii.

Uitându-se la oamenii stingheri, ca rătăciți pe peronul lu-
minat, Hanna își amintea atunci unde îi mai mirosise atât de
puternic a crini albi. Se văzu pentru o clipă mică, îmbrăcată
în rochie nouă și neagră, rochie pr care știa că nu o va mai
purta niciodată.Venise de la înmormântarea tatălui ei, iar ca-
mera din care îl luaseră mirosea a crini albi, a întuneric și a
moarte. Nu a plâns atunci pentru că nu a înțeles că tatăl ei nu
avea să se mai întoarcă niciodată, dar strângea cu putere ro-
chia ei neagră și nouă, rochia de care trebuia să se despartă în
miros de crini albi.

Huruitul trenului o trezi din reverie. Începuse să ningă cu
fulgi mari și hipnotizanți, iar oamenii coborau grăbiți din va-
goane, alergând spre rudele care gesticulau cu bucurie în ochi.
Copii târâți de mânecile lungi căscau, frecându-se la ochi cu
mișcări de motani abia treziți. Gara mică se transformă într-o
forfotă aburindă, iar Hanna se simțea din ce în ce mai conști-
entă de ceea ce urma să facă. Visase atâția ani la acel moment,
iar acum emoția plecării o imobiliza ca în acele coșmaruri pe
care uneori le avea când ar fi vrut să spună ceva, dar gura i se
încleșta, brațul rămânea înghețat pe lângă corp, iar tot ce tre-
buia să facă era să se forțeze să înainteze. Doar un gest, și ar fi
putut să spargă pojghița care o încremenea.

Trenul mai șuieră o dată a plecare, iar Hanna închise pleoapele doar pentru a le deschide cu repeziciune. Se putea mișca, nu era într-un vis, și, asemenea ultimilor călători, ridică geamantanul și urcă primele trepte ale trenului personal de Iași.

De acum i se deschide altă viață, gândi din nou cu voce tare în liniștea ca de mormânt a apartamentului. Cine a vorbit?

Uitase de ceaiul din cană și uitase să mai închidă fereastra. Cu mâini tremurânde, Hanna se sprijini de pervazul ferestrei și aplecându-se în afară primea cu lacrimi în ochi atingeri de fulgi ca aripi de îngeri. Ca atunci...

∞∞

Adormise de două ori în tren, învelită cu pardesiul de culoarea rubinului. Afară se vedeau doar fulgii alergați, asemenea unor săgeți ce amenințau să străpungă ferestrele aburite ale trenului. Ar fi vrut să scoată capul pe geam, să simtă gerul pe față și fulgii ascuțiți pe pleoape sau pe limbă, ca în copilărie. Tulcea rămânea în urmă, și cu ea și singurătățile ce îi apăsau inima.

În acel an, Marea Neagră înghețase la mal, iar Hanna își luase rămas bun de la ea ca de la o prietenă veche, fără să știe că viața ei avea să-i fie fatidic legată de aceleași locuri iarăși și iarăși.

Putea să viseze de-acum, de-acum își lua destinul în piept fără lacrimi de regret.

Hanna zâmbea, lăsându-se legănată de mersul trenului, de sunet de șine lungi, fără capăt. Uneori se zăreau brazi înzăpeziți, ca monștrii din sticlă, pe tărâmuri ce împrumutau magia basmelor. Nimeni din compartimentul ei nu mai dormea, nici măcar tânărul de lângă ea, pe care își aplecase capul, sprijinindu-l fără să își dea seama. Toți tăceau. Un compartiment fără cuvinte.

Imaginea răsăritului vinețiu peste brazii înghețați îi copleșea pe toți.

Cu cât se apropiau de Moldova, cu atât accentele se schimbau. Oamenii deveneau mai grăbiți, mai animați, intrau prin vagoane zoriți să își găsească locurile, purtând în haine și în mișcări aerul rece și revigorant de iarnă. Coridorul forfotea asemenea unui mușuroi, bărbați sprijiniți cu coatele de pervazul ferestrelor trăgeau din țigări cu poftă, concurând parcă cu trenurile ajunse în gară. Din când în când, se auzeau glasuri de copii fugăriți de mame cu obrajii roșii, năframe pe cap și fuste până la pământ.

Moldova trăia și forfotea ca o inimă ce pompa sânge, din gară în gară.

La Iași fusese scuturată de braț de un controlor. Rămasă singură și adormită în vagon, căci trenul se oprise de jumătate de oră.

Pardesiul zăcea mototolit la picioare, iar pe fereastră fulgii nu mai cădeau.

Coborî din tren cu ușurință în mișcări și, deși purta în buzunar plicul cu adresa gazdei, un prieten de-al tatălui ei de pe timpul Facultății de Filozofie, Hanna avea alte gânduri.

Nu era încă pregătită să îl întâlnească pe acest domn și pe soția lui, despre care tatăl ei îi vorbise de atâtea ori înainte, nu era pregătită să socializeze încă, ci dorea să meargă, să pășească prin zăpada catifelată și abia așternută peste noapte și să calce pentru prima oară pe coridoarele Universității Alexandru Ioan Cuza.

Universitatea veche era locul unde studiase tatăl ei. În „Sala pașilor pierduți", tatăl ei îi scrisese prima scrisoare de dragoste viitoarei lui soții, fată dragă inimii lui.

Hanna nu își amintea multe de pe vremea când tatăl ei trăia, deseori zărindu-l ca pe o umbră doar, o simplă imagine întunecată și abia pâlpâind în fața unui lumini imense, ce mereu îi

bătea din spate, însă își amintea fiecare cuvânt al acestei poves-
tiri a iubirii lui pentru o tânără, mama ei.

Era povestea a doi tineri ce s-au cunoscut întâmplător, în-
tr-o vacanță de vară, și care din prima clipă nu au mai putut să
se uite.

În realitate, Universitatea Alexandru Ioan Cuza era mai
impresionantă decât în imaginea de pe cărțile de vizită pe care
le primise de la Costache Biriș, colegul lui Fradel.

Hanna se sprijini cu mâna de gardul de fier, privind înmăr-
murită la imensitatea clădirii și nebăgând de seamă zgomotul
mașinilor, al căruțelor trase de cai sau al studenților ce traver-
sau strada, îmbrăcați în haine de culori închise, purtând servi-
ete de piele și cu capetele descoperite. Dintr-odată, îi trecu
fugitiv prin minte imaginea mamei cu capul aplecat, frămân-
tându-și mâinile la ușa casei. Înțelegea atunci ce simțise mama
ei când Hanna îi vorbise despre universitate. Îi înțelegea regre-
tul și tristețea de a-și pierde fata pentru totdeauna. Mama ei
știuse încă de la început că fata ei nu avea să se mai întoarcă.

Hanna realiză atunci că era departe de cartierul lor din Tul-
cea, de căsuța cu verandă înflorită, de geamia Sultanului Abdu-
laziz, de surorile ei, cărora le era destinat să se mărite, de mama
ei și de tot ce cunoscuse până la vârsta de optsprezece ani.

∞∞

Costache Biriș era un bărbat înalt, spătos, cu ochii adânci
și curioși, ce zâmbea rar, dar atunci când o făcea se lumina
totul în jurul lui. Soția lui, Veronica, era micuță de statură,
blondă, ca o păpușă de cristal, o femeie peste care anii trecuseră
frumos, încărunțind-o ca abia atinsă de fulgi de păpădie.

Pe Hanna au primit-o cu bucurie în suflete, calzi, molcomi
și aproape tăcuți. Casa gazdei era veche, înaltă și din piatră,

străjuită de doi brazi falnici și înconjurată de un gard viu, aco-
perit de zăpada proaspăt ninsă. Ușa de la intrare avea o sonerie
care, odată apăsată, își ducea clinchetul melodios mult timp,
ca un ecou într-o fântână adâncă.

După câteva momente petrecute în pragul ușii boierești,
Hanna intrase într-un salon cu pian lucios și clapele albe, cu
rafturi cu cărți până în tavan și cu ferestre limpezi, prin care se
vedea din când în când câte un val alungat și împrăștiat de nin-
soarea sclipitoare, asemenea nisipului argintiu în raze de soare.
Copacii se scuturau în fața ferestrelor, răspândind fulgi mofturoși
peste banca singuratică din fața casei. Știa din scrisorile lungi că
undeva, acolo, sub mormanul de ninsoare, se afla o gradină în
care vara dominau autoritar trandafirii Veronicăi, iar iarna doar
o promisiune bine ascunsă de ochii curioși ai trecătorilor.

Copii nu aveau. Își amintea, ca printr-un vis, care abia acum
ieșea la suprafață, cum Eva îi povestise că, înainte de a se naște
ea, Veronica devenise mama unei fetițe care avea să se piardă la
doar câteva luni, dar care îi hotărâse drumul în viață. Astfel,
Veronica își dedicase toți anii ca asistentă medicală, salvând co-
piii, altora dar nemaiîndrăznind să se gândească la un copil al ei.

Doar la vederea zecilor de fotografii ce împânzeau pereții
salonului, cu tânăra femeie îmbrăcată în același halat alb, ce
strângea la piept copii în fașă, alături de mame recunoscătoare,
zâmbind îmbujorate pentru minunea primită în dar, Hanna a
înțeles câtă durere se găsea în inima acelei femei ce îi zâmbea
cald și încurajator.

După ce au băut ceaiul împreună, iar cuvintele schimbate
aveau tendința să se rotească în cercuri concentrice, revenind
la un trecut din care Hanna nu își mai amintea prea multe,
Veronica a condus-o în camera pe care i-o pregătise.

Odaia părea un fel de mansardă veche, cu podele din lemn,
un pat alb, rezemat de perete și pe jumătate acoperit de un țol

țărănesc, o măsuță pe care se afla doar o carte de rugăciune, *Mica Prăvilioară*, și un buchețel de iasomie. Un cufăr vechi și o bibliotecă scundă, ce acoperea peretele din spatele ușii, completau această odaie ca de pitici. Singura înfiripare de lumină ce se revărsa peste masa de lucru, ivind particule de praf asemenea gâzelor într-o zi călduroasă de vară, venea de undeva de sus, lăsând senzația unei bolte bisericești.

Hanna se îndrăgostise de odaie din momentul în care intrase în ea. Ușa ce se fereca doar cu un zăvor verzui, mirosul curat și aproape lemnos de rufe uscate în soare și scârțâitul podelelor îi aminteau de gânduri șoptite în spatele unei icoane.

Zâmbind cu inima ușoară, a început să despacheteze și să își așeze metodic cărțile din geamantan pe rafturile bibliotecii. Se simțea deja ca acasă.

∞∞

Clasele au început chiar de a doua săptămână, iar Hanna intră subit într-un ritm previzibil. Orele îi păreau interesante, iar sălile erau mereu pline de studenți vorbăreți, ce încercau să se distingă, printre atâtea rânduri de bănci, prin cuvinte complicate citite și întipărite în minte.

Miercurea, după ora de literatură franceză, se strângeau cu toții din grupul lor, cinci fete și doi băieți, la cafeneaua din colț ce purta numele lui Balzac și discutau literatură. Începeau cu Jean Jacques Rousseau sau politică și încheiau mereu filozofând.

Radu și Marin studiau dreptul, Ana muzică, iar celelalte patru fete urmau aceleași cursuri precum Hanna. Strânsese o prietenie cu Estera, o fată micuță ce nu își arăta vârsta, cu bucle peste frunte și ochi vii ca de argint, împărtășind nu numai pasiunea pentru cărți, dar și originile. Atât Estera, cât și Hanna fuseseră în aceeași sinagogă din Constanța de cel puțin două ori pe an în fiecare an, astfel încât hotărâseră repede că prietenia lor fusese predestinată.

Tot Estera fusese cea care îi făcuse cunoștință cu grupul de studenți și care o încurajase să i se alăture la cafeneaua Balzac. Se fuma mult la aceste întâlniri studențești, iar discuțiile erau mereu aprige și pline de sămânță roditoare. De altfel, era și un moment de relaxare pe care îl petreceau adesea, tatonându-i pe cei trei îndrăgostiți.

Ana, cea mai frumoasă dintre ele, artista grupului, îl iubea pe ascuns pe Radu, deși se răzvrătea în zadar împotriva ideilor lui conservatoare, iar Marin, prietenul stângaci și timid al lui Radu, o iubea pe Ana. Fetele râdeau mult pe seama lui Marin și a acestui triunghi amoros și cu toate acestea niciodată nu plecau de la Balzac încruntați.

Ana iubea atenția ca o prim-balerină pe scenă, războindu-se aspru cu Radu, cel ce părea să o tachineze din plăcere, iar Marin îndrăznea rar să zâmbească curtenitor de sub ochelarii prea mari, ce ascundeau ochi frumoși și limpezi, înroșindu-se uneori până la urechi.

– Marine, trebuie să te hotărăști o dată, ori o iubești pe ea și te cerți cu Radu, ori o lași, că fete mai sunt, îl dojenea cu candoare Estera.

– Nu pot, Estera, că țin la amândoi, oftă pierdut Marin.

Însă într-o seară, târziu, întorcându-se acasă, Marin, puțin amețit, îi dezvălui Hannei că ceea ce îl durea cel mai mult era incertitudinea. Vorbise de câteva ori mai serios cu Radu despre Ana și tot ce vroia Marin era să fie eliberat, să știe că Radu și Ana formează un cuplu, iar el nu avea cum să mai spere sau să o aștepte.

Radu însă nu avea gânduri de viitor și lăsa să se interpreteze că mai mult decât acele dezbateri prietenești nu putea promite nimic nici Anei, nici lui Marin.

Din această cauză, Marin era mereu frământat și gata să o
consoleze pe Ana atunci când timpul o va cere.

Din câte înțelegea Hanna, fără această încurcătură roman-
tică grupul lor și-ar fi pierdut din farmec, s-ar fi disipat după
atâtea discuții serioase, astfel că o amuza și pe ea situația celor
trei. Era ca și când fiecare respira aceeași relație încurcată,
fiind toți implicați sufletește, dar nimeni nu vroia un anumit
deznodământ.

Ana trebuia să îl iubească în continuare pe Radu, certân-
du-se adesea cu el, iar Marin nu avea altă alternativă decât să o
iubească pe Ana, fie și pentru liniștea grupului lor.

În afara orelor de școală, Hanna și Estera petreceau timpul
prin anticariate, frunzărind cărți vechi și făcând un inventar al
celor mai ascunse colțuri ale Iașului, dar și al celor mai deli-
cioase cofetării.

Adesea, când erau împreună, comandau câte o prăjitură din
fiecare fel și mereu două lingurițe, astfel că spre seară, cu sto-
macul plin și cu notițe mentale asupra locurilor ce meritau
revizitate, fetele marcau ziua în calendar ca una de succes.

Astfel treceau săptămânile pentru Hanna și tot așa și ano-
timpurile.

Când într-o zi, profesorul de limbă greacă se îmbolnăvi, toți
studenții celor trei clase ce formau amfiteatrul mare s-au hotărât
să întrerupă studiile și să îl viziteze la spital, așa încât coridoarele
spitalului general era arhiplin cu tineri.

– Ce e, dom'le, hărmălaia asta? Nu mai poate omul să se
odihnească? întrebau pacienții ieșiți în papuci de casă, cu com-
prese după ei.

– E profesorul universitar, e bolnav, i-au venit studenții în
vizită, informă în treacăt un intern.

– Și cât mai are, domnule, că aici e spital, nu adunarea
poporului!

– Pleacă vineri, spuse o asistentă în grabă. Se liniștesc toate, n-aveți grijă.

Toate acestea se întâmplau spre începutul verii, când teii aliniați din Copou, asemenea unor generali împodobiți cu medalii, păreau să se fi vorbit cu îndrăgostiții orașului.

Nu se putea sta în casă nici dacă ar fi vrut, explozia de culoare și miros provoca o melancolie până la lacrimi. Studenții pășeau mai cu curaj în curtea universității, iar săruturile pe coridoare erau mai lungi și mai dornice.

Vara promitea un sfârșit de an școlar, dar și o maturizare, iar Hanna, îmboldită de atâta iubire în jur, trimitea prima ei scrisoare către casă.

III

ÎNTRE VIS ȘI REALITATE

Mă aflu într-un loc sumbru, întunecat și totuși plin de lu-
minițe zburătoare, asemenea unor scântei fugărite din vârful
unor limbi de foc. E cald de la cuptoarele mari, ce înghit cu
nesaț oameni îngroziți, oameni ce cutremură pădurile cu urle-
tele lor pătrunzătoare și reci.

Sunt imobil într-o cușcă ce se aseamănă cu o temniță veche,
cu gratii lungi, printre care se zăresc drumuri întortocheate.
Totul îmi miroase a sânge crud și a scrum. Deși e noapte, ochii
mei încă văd forfota copacilor cu coroana bogată și verde, a
junglei dese ce se înclină într-o parte parcă doborâtă de vântul
cald și aspru al nopții.

Sunt și eu speriat ca toți ceilalți, dar știu că trebuie să ies de
aici, să fug, să mă ascund. Din cauza aceasta am o oarecare si-
guranță, ce pare învăluită într-o perdea de panică imediată. Nu
știu ce-am făcut, dar mă trezesc cu mâinile pe gratii, împingând
într-o parte poarta ferecată. Imediat după aceea gratiile dispar
din fața ochilor mei și rămân singur și eliberat.

Fug atât de repede, încât mă aud gâfâind și îmi simt mușchii
picioarelor încordați, temându-mă parcă de slăbiciunea lor
umană. Văd atunci, în dreapta mea, un monstru urât, stâlcit
de-a binelea, cu un rânjet ștanțat pe figura schimonosită, ce

aruncă cu forţă un alt suflet neputincios prin gura mare a cuptorului. Se bucură de chinurile omului, iar eu rămân imobilizat în spatele unui copac viguros.

Mă izbeşte căldura puternică ce vine din gura crăcănată a cuptorului şi îmi simt obrajii arzând de panica ce atinge cote inumane. Lângă mine, un copil mic, dezbrăcat, un băieţel ce stă cu mâinile ridicate spre mine, plângând.

Gândesc repede şi, gâfâind, asemenea titanului Argus, cu zeci de ochi presăraţi de-a lungul propriului trup, văd cum monstrul îşi întoarce faţa spre mine. Iau repede băieţelul în braţe, aşa alb în noaptea de smoală şi fug spre cuptor, cu puterea unui Hercule, reuşind să îmbrâncesc monstrul în propria maşină chinuitoare, privind doar o clipă cum este înghiţit de focul nesătul. Abia acum văd o gaură enormă spre jungla crudă şi, cu băieţelul în braţe, fug din nou, ştiind prea bine că sunt în pericol, că mulţi alţii sunt pe urmele mele. De departe se aud urlete în spatele nostru; jungla este foarte deasă, iar eu încă fug înspăimântat.

Totul se petrece repede şi, fără să îmi dau seama, suntem prinşi într-un balon auriu, ca un soare de gumă de mestecat ce ne ridică sus, sus, sus, de trei ori, ca trei trepte pe care le avem de trecut.

Dintr-odată, balonul dispare şi nu cad nicăieri, dar sunt singur. Braţele mele sunt goale. Mă uit atunci în jur şi văd aceeaşi junglă foarte deasă, de un verde crud, printre care, de astă dată, clădiri înalte tronează una lângă alta şi un sentiment de linişte mă cuprinde, deşi mi-e încă teamă că mă păcălesc. Văd ferestre multe, cu hăiniţe colorate agăţate pe pervaz, iar jos, căci eu privesc de la etaj, străduţe curate şi populate de copii pe bicicletă.

Mă apropii cu grijă de unul dintre ei, ce pare mai vesel şi relaxat, deşi eu încă îmi simt panica în corpul agitat. Îi zic șoptind că există monștri în acea junglă, că sigur mă caută acum, că suntem cu toții în pericol. Băiețelul e calm, iar cuvintele lui sunt mieroase. Îmi spune să nu îmi fie teamă, monștrii sunt departe, iar eu am ajuns într-o altă dimensiune. Am lăsat Răul în urmă. Mă mai liniștesc puțin, căci totul în jurul meu este armonios, cu suflete mici care nu se grăbesc nicăieri, dar băiețelul intuiește că nu îl cred întru totul și îmi oferă o mașinuță mică și roșie, cu care să conduc mai departe, către lumea mea.

Conduc și iar conduc, orbecăind într-o beznă totală, până ce în fața mea apare o lumină roșie, comună, liniștitoare, de far de mașină umană. O urmez oftând, aproape eliberând toată frica de până atunci, căci știu, fără ca nimeni să îmi fi spus, că am ajuns în lumea mea, a oamenilor, a celor ca mine.

Mașina din fața mea trage pe dreapta, iar eu o dată cu ea. Un bărbat plictisit iese din mașină căscând și trântește portierele cu putere. Cobor și eu și îl urmez curios. Intrăm amândoi într-o bodegă, cu miros tare de tutun și încep să tușesc din cauza fumului înecăcios. Bărbatul cere o cafea neagră, iar eu mă uit în jur, dezamăgit de substanța subțire și superficială a lumii mele. Îmi dau seama că nimeni de aici nu știe ce există în alte dimensiuni și nimeni nu va înțelege, iar asta mă întristează. Mă reasigur umil că mă aflu în banala siguranță și plină de spoială a Lumii mele.

La radio se caută regizori pentru un film SF, iar eu ridic mâna ca un elev studios și aștept să fiu ales. Îmi vine rândul, cumva, în aceea bodegă sumbră, și după ce le povestesc ideea mea de film, idee de altfel trăită pe propria piele, mă aleg pe mine să le fiu regizor și înțeleg atunci că viitorul meu se va schimba în bine. O să am ce să le arăt, căci eu le-am trăit pe toate, în toate cele trei dimensiuni.

Și cu acest ultim mesaj mă trezesc din visul meu, cu soarele arzând pe tâmpla transpirată. E din nou zi, iar eu sunt din nou, în lumea mea, a Oamenilor.

∞∞

Pregătirea pentru tabăra de la mare ne-a prins pe toți în mrejele nebănuite ale delirului colectiv. Zecile de voci clocotesc de-a lungul saloanelor lungi ale camerelor de dormit, iar la sala de mese forfota și entuziasmul mult așteptatului eveniment ne colorează fețele șterse de atâtea neajunsuri.

Mă aflu și eu printre ei, o recunosc. Este prima oară când voi vedea marea și nu știu la ce să mă aștept.

Unii spun că e grozavă ca cerul și imposibil de îmbrățișat din priviri, pictată în culori diferite, ca un curcubeu după ploaie. Alții povestesc că are ochi vii și înspumați, iar gura te poate înghiți asemenea zmeilor din cărțile cu povești nemuritoare, lăsându-ți urechile pe veșnicie tulburate de vuietul îngrozitor de apă căzătoare. Băieții mai mari, care au mai fost în tabără, povestesc plini de glorie că marea e diferită de orice-am fi văzut vreodată, iar întâlnirea cu ea ne va schimba pentru totdeauna. Încerc să mi-o imaginez noaptea târziu, în tăcerea neclintită a beznei, și nu reușesc decât să îmi obosesc mintea cu imagini răscolite din cărțile pe care le citesc pe ascuns. Marea are un nume de femeie, iar asta mă pune pe gânduri. Îmi închipui o femeie imensă, bucălată ca norii, cu părul lung și auriu, cu sâni fierbinți și tari ca stânca zdrobită de ape, o femeie șireată și hoață, care a tulburat an de an atâtea generații venite să o vadă și care va reuși să mă amăgească și pe mine. O femeie care primește an de an privirile curioase a sute de băieți ce trec prin pubertate, zăpăcindu-i până la dorința de a reveni și de a o simți din nou și din nou pe pielea lor fragedă. Știu că mă va zdruncina și pe mine și mă va înrobi pentru totdeauna în aceeași dragoste de sclav pentru stăpâna lui.

Mă opresc atunci din gândit, căci îmi simt trupul zvârcolit sub cearșaful subțire și sunt hotărât să îi fac față, să nu cad atât de uşor pradă acestei iluzii feminine. Vreau să fiu mai puternic decât toţi ceilalţi şi să o privesc aprig direct în ochi, să îi arăt că eu sunt diferit de ei, că sunt mai puternic, că trupul meu e făcut din zimţi duri şi aprigi ce o vor zgâria la prima atingere şi va sângera pentru întâia oară. Va fi robită de mine, iar eu voi izbândi asupra ei ca un Zeu din Olimp. Iar când voi pleca de lângă ea, îmi va duce dorul, căutându-mă în fiecare an, în sute şi mii de ochi şi trupuri curioase, gata să i se ofere, dar niciodată nu va mai da de mine, căci eu voi fi plecat în altă parte, iar cu mine şi dragostea ei.

Sunt exaltat până la inconştienţă şi îmi simt trupul tremurând de dorinţa de a pleca la drum, de a o cunoaşte, de a o înrobi şi de a o face doar a mea. Voi trona atunci peste toţi din cămin şi voi trece printre ei înalt, cu spatele drept, având siguranţa că toţi mă cunosc, mă invidiază, mă doresc în viaţa lor. Îi voi privi de sus, cum nimeni nu a privit un pământean, iar fiinţa mea va dăinui peste ei toţi. Vor şti atunci cine sunt, cine am fost şi de ce mă ascund de toţi. Vor şti că nu va mai exista vreodată unul ca mine, iar ea, Marea, doar de mine poate fi stăpânită.

Dar dacă Marea va fi mai puternică decât mine, sau dacă (îngrozitor!), nu mă va vrea, atunci o voi chinui, o voi umili cum nimeni nu a îndrăznit vreodată. O voi sfărma sub trupul meu agil, o voi lovi cu pumnii înfierbântaţi şi voi fugi apoi ca un laş în lumea largă. Abia atunci voi şti că ea nu mă va putea uita niciodată. O voi sfărma, ca ea să nu se mai încreadă.

Încă o zi şi o noapte mă mai despart de marea întâlnire şi aceleaşi zi şi noapte până ce voi izbândi.

Îmi simt uşor corpul destins, cu pumnii desfăcuţi, şi o durere în podul palmei, şi îmi zâmbesc forţat ca să îmi îndrept crestele din tâmplă.

Adorm într-un final, extenuat de gânduri pătimaşe, cu trupul dezgolit şi frământat de imagini victorioase. Simt încet cum mă pierd în zgomote de arcuri rupte şi în foşnete de trupuri mici şi ostenite, cum plutesc furat de cântece de greier ce se cheamă la fereastra larg deschisă în noaptea molcomă şi luminată de licurici. Dorm şi nu mai pot visa nimic.

Stăm toţi aliniaţi pe peronul gării plumburii, ţinându-ne de mână precum spicele de grâu lovite de vânt din toate părţile. Simt mâna transpirată a celui de lângă mine şi îmi doresc nespus să îmi afund palmele adânc în buzunarele pantalonilor. El, mult mai scund decât mine, cu ochii adânciţi în orbitele vineţii, mă priveşte din când în când cu aceeaşi uitătură miloasă pe care doar copiilor nevinovaţi sau bătrânilor bolnavi le-o mai poţi azvârli. Eu încerc să ignor atât imaginea mea pe peronul aglomerat, într-un ansamblu de copii năvalnici şi zgomotoşi, cât şi chiorăiturile stomacului, ce îşi cer dreptul la existenţă. Mi-e greu să recunosc că sunt, la fel ca toţi ceilalţi, încântat de mare excursie.

Gara, ca întotdeauna, mă face să mă simt pierdut, abandonat între oameni grăbiţi, aflaţi pe drumul spre muncă sau spre familiile lor ce îi aşteaptă cu masa pusă şi îmbrăţişări calde. Încerc să nu mă gândesc prea mult la vieţile altora sau la cum ar fi fost dacă viaţa mea ar fi arătat diferit, însă uneori îmi vine greu să nu urmăresc cu sete fiecare persoană ce tropăie sprinten, cu geamantane grele, spre uşiţa deschisă, unde o femeie tânără şi oacheşă vinde bilete spre oriunde.

Pentru o secundă, mă văd şi eu în altă parte, singur, fără strângerea lipicioasă a mâinii unui străin, liber, la fel de liber ca oricare altul. Un necunoscut într-o mare de necunoscuţi.

Reveria mea este însă brusc oprită de strigătul ascuţit al unei mame ce îşi ceartă băieţii, fraţi după statură şi îmbrăcăminte, care într-un moment de curaj nebunesc au reuşit să traverseze şinele de tren, împiedicându-se printre pietricelele colţuroase şi scăldate de soare.

Trași de mânecă și umiliți în fața străinilor, cei doi băieți stau cu capul plecat acum, îndurând cu stoicism criticile și avântul disperat al mamei.

Mă prind zâmbind la gândul unei asemenea mame atât de iubitoare în disperarea ei de a nu mă pierde.

– Ce te hlizești, bă? mă întreabă dur unul dintre frați. Nu ai tu de ce să râzi de noi, spune grăbit celălalt, cu obrazul mai îmbujorat ca înainte și cu un ochi spre maică-sa.

Multe sunt momentele când aș fi vrut să reacționez cum trebuie, atunci când trebuie, să spun ce am de spus în momentul când trebuie spus, să biciuiesc, folosind cuvinte, adevărul din suflet.

Am realizat pe moment că acea clipă prezentă nu mai putea fi înlăturată, atârna grea între noi toți, acolo, în soarele cu dinți al dimineții. Prilejul era al meu.

În acel ceas, aș fi vrut să arunc cât colo mâna clocotită sub broboade de transpirație a micului meu tovarăș și să le arăt tuturor de ce sunt în stare, să îi fac o dată pentru totdeauna să înțeleagă tăria trupului meu. Dar clipa avea să îmi fugă asemenea unui pește fără solzi, alunecoasă și trecătoare. Răspunsul meu răstit fusese imediat acoperit de vuietul trenului ce promitea să ne ducă la mare, iar tensiunea se disipase printre chiote puerile și dezamăgitoare de băieți exaltați.

Scăpaseră toți de furia mea, iar eu urma să înving, încă o dată, cu aceeași stare de răceală trupească resimțită ca de fiecare dată.

Cu o ultimă zvâcnire, trenul nostru, zguduit de oamenii ieșiți pe jumătate pe ferestrele larg deschise, asemenea unui balaur cu sute de limbi înflăcărate, își anunța oboseala de pe drumul lung cu un oftat din adâncul sufletului lui fieros.

Mă simt împins din spate de zecile de mâini nerăbdătoare spre scărița trenului și urc, temându-mă că un pas greșit mi-ar fi fatal.

Îi urmez apoi pe ceilalți, cu ochii mici, încercând parcă să mă ajustez la întunericul unui coridor fără capăt, unde un grup

de ţărani îmbrăcaţi în portul naţional vorbesc o vorbă strâmbă
şi neînţeleasă mie.

Dintr-odată mă simt apucat de cămaşa subţire din in şi
împins într-un colţişor ce pare a fi o cămara larg luminată de
fereastra vagonului. Instructoarea se uită mulţumită la mine,
ca şi când una dintre marile ei griji a fost în sfârşit dusă la capăt,
iar eu trec prin aceeaşi confuzie de a-mi potrivi ochii care mi
se luptă în cap sub ameninţarea necunoscutului vizual şi de a
înţelege unde sunt şi ce văd în jurul meu. După câteva clipe în
care îmi simt inima zbătându-se în acorduri atât de bine cunos-
cute, încep să văd şi să miros. Încep să realizez că o mare aven-
tură mă aşteaptă şi că libertatea se simte diferit.

Observ atunci în faţa mea, sub pălării înalte de culoarea pă-
mântului ud, cu monoclu lucitor şi bastoane proptite spre per-
vazul ferestrei, doi bărbaţi în vârstă, aşezaţi unul lângă altul ca
miezul unei nuci, şoptind din când în când sau înclinându-şi
capul cu aceeaşi înţelegere doar de ei ştiută. Lângă ei, la o palmă
distanţă, zgribulit de teamă, cu picioarele strânse în dreptul uşii
compartimentului, stă amicul meu, cel cu mâinile năduşite,
încercând şi el să dea un rost împrejurimilor. Puţin mai încolo,
dar în dreapta mea, este o doamnă de statură înaltă, cu evantaiul
răsfirat peste faţa ei micuţă peste care suflă un iz de parfum la
fiecare adiere a vânturarului, şi care îşi potriveşte la fiecare câteva
secunde o buclă ce îi iese din pălărie. Lângă uşă, cei doi fraţi, cu
mama lor situată între ei ca o apărătoare supremă a micilor regi.

Ne-am recunoscut la prima întorsătură a privirii, dar nu
mai găsesc nimic ameninţător în ochii lor, căci circumstanţele
sunt atât de tainice pentru toţi încât ne privim doar lung, în-
cercând o alianţă discretă.

Nimeni nu spune nimic, iar pentru o clipă îmi imaginez un
drum lung, petrecut în tăcere, ca într-un mormânt sumbru,
unde doar razele soarelui mai pătrund ca un semn al vieţii de

afară; dar suntem cu toții salvați de huruit de șine și bruscați de zdruncinătura trenului trezit pentru datorie. Mă uit pe fereastră atunci ca pentru prima oară și am impresia că stăm pe loc, că trenul de lângă noi e cel care se mișcă, iar corpul meu e cumva absorbit într-un vid amețitor, ce îmi dă impresia de vlăguire. Totul însă se schimbă brusc, ca o cortină ridicată peste un alt cadru al scenei de teatru; amețeala stârnită de neclaritatea perspectivei este înlocuită de un avânt vijelios, iar corpul meu tot simte osatura trenului ca și când eu cu el suntem aievea unul.

Încet și ritmic, toți din jurul meu dispar, compartimentul se golește de priviri întrebătoare, iar gândurile mele zboară spre fereastra deschisă, spre vuietul aerului călduț ce este izbit din plin de trenul încărcat. Un miros greu de brad crud ne lovește în față și închid ochii pentru prima oară, gândindu-mă la drumul nou ce ne va duce spre mare.

Mi-e teamă să nu pierd ceva și stau cu ochii ațintiți pe imaginile fugărite de afară, încercând să nu lăcrimez din cauza aerului puternic.

Știu că, undeva, în depărtare, sub fum de tren gonit, las în urmă, pentru întâia dată, centrul de copii cu zgomote pândite de sub podele, cu sala de mese, cu orele de clasă. Simt atunci că nimic nu va mai fi la fel la întoarcere, de parcă prima mea liberare spre mare va fi și cea care îmi va determina un destin.

Adorm legănat, cu gândul că tot ce simt acum va trebui pus pe hârtie și că nimeni nu va putea să îmi fure clipa nici măcar atunci când nu mi-o voi mai aminti. Nu visez nimic, căci și mintea mea simte că visul apare doar la cei ce nu au ce trăi.

∞∞

– Atunci, doamnă, înseamnă că dumneavoastră credeți în tezele lui Goga.

Mă trezește tonul ferm al bărbatului cu monoclu din fața mea. Mă întreb buimac de somn dacă fraza adresată este o întrebare sau o acuză adusă femeii înalte de lângă mine.

– Bineînțeles, dumneavoastră nu? Jidanii sunt străini de neam și trebuie dați afară. Nu sunt ei considerați *călăii lui Iisus*, oare? spuse femeia, aranjându-și tacticos mănușa de culoarea zăpezii pe mâna dreaptă.

Nu pot să-i văd fața decât din profil și pare senină, poate mai înaltă decât mi-am imaginat-o înainte să adorm. Degetele înmănușate sunt firave, iar capul mic este ascuns sub o pălărie largă, de sub care se ivesc șuvițe pământii. Pe cei doi bărbați din fața mea însă pot să-i privesc în voie, căci niciunul nu îmi remarcă prezența. Amândoi par uimiți de cuvintele femeii și o analizează cu un oarecare dispreț.

– Mă aflu în imposibilitatea de a vă da dreptate, doamnă. Societatea românească cuprinde un număr mare de evrei integrați, oameni puternici, intelectuali de vază și acest lucru se remarcă în toate sferele: politică, economică, universitară..., răspunde cu elan însoțitorul domnului cu monoclu.

Îi văd spatele îndreptându-se, o dată cu rostirea fiecărui cuvânt, și îmi dau seama că ascult atât eu, cât și cei din compartiment, ceva de o esențială importanță, fără să știu despre ce este vorba.

Tovarășul meu de călătorie stă nemișcat lângă ușa compartimentului, realizând și el că orice zgomot din afară, chiar și o mișcare neplanificată a corpului, ar putea frânge tensiunea în care parcă plutim cu toții.

– Nu pentru mult timp, domnilor, răspunse din nou femeia, întorcându-și pentru doar o clipă ochii ei frumoși către mine și schițând un gest dificil de interpretat. Simt că poate ar trebui să îmi închid urechile precum pleoapele acoperă ochii, să îmi țin respirația până ce trenul ajunge în gara de destinație.

– Nu mă înțelegeți greșit, nu sunt pentru război sau pentru violență de niciun fel, dar limitarea numărului evreilor în universități și școli superioare mi se pare îndreptățită. Acești indivizi nici nu vorbesc românește în casele lor și au cu totul alte obiceiuri.

– Vă contrazic în tot ceea ce îmi spuneți, revine cu fermitate domnul cu monoclu. Această politică de dezorganizare ce vizează populația de origine evreiască va aduce numai rău națiunii noastre. Nu sunt agenți ai bolșevismului, așa cum mincinos se vehiculează, ci cetățeni respectabili ai țării noastre.

– Domnilor, discuția mi se pare de prisos. Personal, mă consider o bună creștină, iar simpla căsătorie între un ovrei și un creștin îmi dă pur și simplu fiori, indiferent de politica la care sunt sau nu sunt ei afiliați. Gândiți-vă la copii! exclamă ea, uitându-se din nou insistent către mine.

Eu rămân încă încurcat. Parcă am intrat într-o nebuloasă, cu slabe șanse de a mă regăsi. Ce știe această femeie despre mine, despre *copii?* Sau despre ce alți copii vorbește ea cu atâta siguranță? Simt că o urăsc pentru simplul motiv că nu o înțeleg, iar toată vorbăria despre jidani, evrei, ovrei mă face să iau partea bărbaților afectați din fața mea. Îmi dau seama pentru prima oară că sunt și alte ființe izgonite pe lume și încep să nu mă mai simt atât de singur. Oare evreii au părinți? Oare din aceeași cauză sunt și ei alungați? Am dintr-odată mii de întrebări care îmi zboară în cap, cu forța unui stup de albine bâzâitoare și neliniștite. Aș vrea să știu mai multe despre ceea ce am auzit pentru că, într-un fel pe care nu îl înțeleg încă, am senzația clară că stăpânirea informației m-ar ajuta să cresc și poate să fiu mai puternic.

Ca într-o capsulă spațială ce în sfârșit este desfăcută pe pământ, ca să primească prima gură de oxigen, așa și compartimentul nostru atât de compact în tensiunea ultimelor momente începe să se destindă în urletul disperat al trenului.

Avem cu toții certitudinea că am ajuns la mare sau în gara mării, căci pentru mine totul pare la fel, neștiind încă la ce să mă aștept. Numărătoarea se face repede pe peronul gării, iar eu mă trezesc luat de aceeași mână lipicioasă care mă trage spre un autobuz cu perdeluțe de culoarea serii care ne înconjoară.

Miroase diferit în jurul meu, ca și când tot aerul pornește printr-o solniță. Inspir puternic și încerc să nu uit prima impresie.

De la fereastra autobuzului îmi văd pentru ultima dată camarazii de compartiment, cei doi frați bucălați, alături de mama protectivă. Îi urmăresc cu privirea mult timp după ce se urcă într-o mașină fumurie, dar nu le fac semn cu mâna, ascunzând în suflet dorința tainică de a cunoaște mai multe despre viața lor.

Doamna cu pălăria largă, încărcată de bagaje ce au forma altor pălării, se îndreaptă cu pași sprinteni spre domnul cu monoclu. El îi întoarce salutul aplecându-se spre pământ, dar cu o privire rece, aproape zorită.

Zoriți sunt și ceilalți, rupându-se unii de alții în căutări modeste de rude și fețe familiare.

Plecăm și noi în cântece de bucurie, cu inima plină de speranță că vom întâlni marea, căci pentru ea am călătorit pe acest drum lung. Îmi aud colegii căscând în ceafă și fac ochii mici, încercând să zăresc stelele de la fereastră. Nu văd decât umbre trecătoare și străduțe lungi, ce par abandonate.

La hotel, ni se spune grăbit că dimineața vom putea privi marea de la ferestre, că fiecare cameră în care suntem cazați dă spre mare, dar suntem cu toți prea obosiți să mai înregistrăm cuvintele femeii de la intrare. Mă arunc încălțat în pat, învelindu-mă cu doar o pătură de culoarea cenușei, care îmi zgârie obrazul. Întins, îmi trece prin minte că mi-e frig și că nu ar trebui, pentru că e vară, iar la fereastră mă așteaptă marea, dar în amorțeala care mă cuprinde o las să aștepte la geamul închis.

Nu bate să intre și mă gândesc că doarme și ea, la fel cum toți o facem, noapte de noapte.

Aud vag, prin pereții umezi, un zgomot îndepărtat ca o voce bătrână, ce își plânge tinerețea pierdută. Adorm ușor, cu doar un singur cuvânt pe buzele însetate: mâine.

∞∞

– Mi-a furat bucata de brânză! Mi-a furat-o! O vreau înapoi...., aud ca printr-un tunel vocea lui Dănuț, colegul meu de cameră.

Deschid ochii buimăcit de somn și sunt lovit de o lumină călduroasă, cu iz aparte, și de zgomote de păsări înfuriate. Dănuț e pe jumătate revărsat peste fereastra larg deschisă și doar picioarele nervoase mai gesticulează ca limbile unui ceasornic abia întors.

– Cine? întreb eu, frecându-mă la ochi încercând în același timp să îmi aduc aminte unde mă aflu.

– Păsările astea, mi-au spus despre ele. Cărăbaș sau pescăruș! Vino, vino repede să vezi câte sunt... Am lăsat bucata aici, pe pervaz și, când să o iau înapoi, mi-a retezat-o aproape din palmă.

Mă apropii confuz și atunci o văd. Simt cum inima îmi rămâne în loc și mă pierd în imensitatea ei albastră. E atât de largă, de imensă în monstruozitatea ei halucinantă, încât mă agăț de Dănuț să nu cad la podea.

– Ce ai, Lorian? Te simți rău?

Încerc să răspund, dar niciun sunet nu iese din gâtlejul uscat. Nici să mă mișc nu mai știu cum, ci stau acolo, pironit cu ochii înainte și cu o mână sprijinită de Dănuț.

– Credeam că e..., mă aud de departe silabisind slab, fără putere, căci și vocea mea a devenit mică.

– Toți am crezut altceva, spune într-un târziu Dănuț și îl văd zâmbind spre mine cu milă. Nu e așa că e frumoasă?

Eu nu o văd frumoasă, alte cuvinte i-aș atribui, dar fiindcă nu le găsesc în mintea mea, rămân în tăcere. Dănuț așteaptă să mă audă vorbind din nou și îi simt privirea pironită pe frunte, dar nu pot să mă desprind de ceea ce văd. Apă, apă, atât de multă apă și toată pe verticală, fără capăt, confruntându-mă ca o spaimă neimaginată.

Marea.

Caut cu disperare să îi găsesc capătul, orizontul, începutul sau sfârșitul, dar sunt orbit de lumina soarelui ce o sărută toată la nivelul privirii mele. Îmi dau seama obosit că nu e a mea, că nu va fi niciodată și că rămân muritor și de această dată.

– Plângi? mă aud strigat de Dănuț, dar el este încă lângă mine.

– Nu plâng, mă dor ochii de la lumină, îi zic în treacăt. Eu nu plâng..., rostesc într-un târziu, dar știu că nu mă crede.

– Atunci hai să-i însoțim... și abia acum văd ce ochii mei nu au putut să vadă înainte. Îi zăresc în sfârșit un capăt, un început.

Jos, zeci de copii îmbrăcați sumar se aleargă la marginea ei, fugăriți de valuri înspumate. Strigătele lor se amestecă, se împreunează cu strigătele păsărilor ce dansează pătimaș deasupra mării. Ici și colo, câte un pescăruș înflăcărat își ia inima în dinți și coboară cu o viteză vijelioasă, afundându-se departe, în albastrul necunoscut, de unde doar prin porunca unui creator mai iese la suprafață, purtând cu dârzenie captura oferită.

Înainte să ajung la o hotărâre, o mai privesc o dată și îmi iau la revedere de la ea, căci știu că doar peste câteva clipe Marea mea va deveni Marea lor, iar eu un altul.

Zâmbesc prostește așa cum doar un bărbat amăgit de o femeie ademenitoare mai poate zâmbi și îmi spun că visele tinere pier și ele într-o clipită. Bună dimineața Mare, Tu, Mare a tuturor!

IV

Un început

Hanna își petrecea dimineața plimbându-se pe străduțele lăturalnice ale orașului. Simțea nevoia unei ieșiri după vestea de aseară și, după o noapte care o răscolise, era împăcată cu decizia luată.

Se îmbrăcă în grabă în odăița în care încă mai pâlpâia o candelă palidă și, cu pantofii strânși la piept, coborî tiptil scările din lemn masiv, ce scârțâiau sub covorul țărănesc. Casa era încă adormită, cu draperiile trase, printre care ici și colo se ivea câte o rază îndrăzneață de lumină, iar ceasul de perete cu pendulă grea reamintea domol și statornic de trecerea timpului.

Costache era plecat cu treburi la București și acest lucru îi oferea Hannei în jur de trei ore până ce casa avea să se anime, ca în fiecare zi, cu musafirii Veronicăi.

Ieșită pe bulevard, sub soarele gingaș, cu părul despletit și pasul grăbit, Hanna râdea cu mâna la gură, gândindu-se la întorsătura pe care viața ei o luase cu doar o seară înainte, fără să țină cont de trecătorii care îi zâmbeau înapoi. Păsările gălăgioase, asemenea unui cor de copii pe scena naturii, care până nu demult se pitiseră în streșinile vechi ale caselor, ieșeau acum în stoluri, bălăcindu-se nestingherite în băltoacele adunate peste noapte. Cu gleznele goale, simțea cu plăcere picurii umezi din iarbă, iar frunzișul auriu se clătina ca o tânguire surdă în parcul gol, populat doar de băncile atent ordonate.

Revedea din nou imaginea zilei de ieri, plictiseala unei lecturi înainte de cină, gândurile tomnatice care o apropiau de o ultimă toamnă petrecută în Iași, ultimul an de facultate ce avea să vină și apoi să se împrăștie ca o poveste spusă demult, într-o copilărie. Se gândea la odăița pe care o îndrăgise în ultimii trei ani, la mica bibliotecă pe care o adunase de prin colțuri vechi ale anticariatelor, la prieteniile legate, la profesorii ce aveau să rămână în urmă și la necunoscutul ce o aștepta în mod firesc.

Când a coborât la masă, nu se aștepta să îl cunoască pe domnul Dumitru Popescu, șeful de secție militară a județului Neamț, om înstărit, cu o demnitate ce i se citea pe obraz din prima clipă și o rigurozitate ce îi era întipărită și în cel mai simplu gest.

El i se înclină scurt, cu un ropot înfundat al ghetelor militărești, ducându-i mâna la gură și sărutând-o atât de imperceptibil, încât Hanna se simți pe loc roșind, fără să știe cum să se poarte.

Veronica o urmări de pe șezlong, zâmbind amuzată și în același timp încurcată de reacția Hannei.

– Domnule Dumitru, ea este micuța noastră Hanna, viitoare profesoară de limbă și literatură română, o tânără încântătoare, după cum puteți observa. Este o mare cinste pentru noi să o avem ca oaspete.

Hanna roși pentru a doua oară, iar musafirul se apropie mai mult de ea, strângându-i de data aceasta cu putere mâna.

– Este perfectă; dacă tot ce mi-ați povestit despre ea este adevărat, Ilinca va avea nu numai un model, dar și o prietenă de nădejde.

Hanna rămase în picioare, cu ochii ațintiți către acel domn ce îi urmărea mișcările ca unui pion pe o tablă de șah, fără să întrebe despre ce era vorba.

– Hanna, ia loc, draga mea, revenise Veronica cu glasul ei
de fată tânără. Vrem să te întrebăm ceva, sau mai cu exactitate
domnul Dumitru are ceva să te întrebe.

Iar acum, cu sufletul fugărit pe străduțele Iașului, Hanna
cumpănea din nou decizia luată. Discuția o avuseseră seara târ-
ziu, după ce își băuseră ceaiul în salon, iar Veronica le cântase
la pian, așa cum o obișnuise pe Hanna de trei ani. Mai târziu
urma să afle de la Veronica mai multe despre domnul Popescu.
Era văduv de câțiva ani și trăia undeva la țară, singur doar cu
fata lui de șaisprezece ani și doica fetei. Plecat lunar prin țară,
fata rămânea adesea de una singură, într-un oraș de munte,
înconjurată de păpuși și cărți trimise prin pachete din județele
pe unde tatăl ei călătorea.

Domnul Popescu îi propunea Hannei primul ei serviciu,
garantându-i un salariu, un acoperiș deasupra capului, aer cu-
rat, o masă caldă și primul ei elev, Ilinca. Lecțiile se împărțeau
zilnic între o clasă pregătitoare la un orfelinat și educația su-
plimentară a fetei domnului Popescu, nelăsând nimic la voia
întâmplării.

Își amintea cum primul ei gând fusese să îl refuze, deși totul
părea ca într-un vis. Se gândise mult la cum urma să i se deschidă
drumul în viață, iar gazda ei, Veronica, știa foarte bine că anul
acela era atât de important pentru Hanna: își aștepta repartizarea,
la fel ca și colegele ei, neștiind unde, în țară, o mică școală avea
să aibă nevoie de ea. Oferta domnului Popescu era atât de neaș-
teptată încât primise informațiile cu greu, cu o anumită forțare
a minții, ca o febră după o boală grea. Pe de o parte o aprecia pe
Veronica pentru tot ceea ce făcuse atât pentru ea, cât și pentru
mama ei în toți acei ani, prietenia pe care i-o oferise găzduind-o
fără să îi ceară niciodată nimic și respectul pentru tatăl ei, și de
aceea sau poate mai ales de aceea nu ar fi putut să o supere, re-
fuzându-i prietenul. Pe de altă parte, privea acel tată atât de

sobru, îmbrăcat militar și totuși atât de vulnerabil ce o ruga stăruitor, cu glasul pierdut și uneori emoționat, să îi fie dascăl unicei sale fiice. Cum ar fi putut să alunge acele imagini?

– Este ultimul an, Hanna, examenele ți le poți da când vei voi, sunt sigură că domnul Dumitru nu se va supăra să te aducă la Iași în timpul sesiunii, vorbise Veronica cu ochii ageri și o anumită asprime în voce, ca și când cuvintele ar fi dictat un ordin și nu o rugăminte.

– Bineînțeles, domnișoară Hanna, serviciile mele vă sunt oricând la dispoziție, răspunsese domnul Popescu grăbit, dar cu siguranța unui conducător de oști.

Pe moment nu a înțeles-o pe Veronica, cum nici mai târziu, când a luat-o deoparte, sugerându-i că ar fi o ofertă minunată și nu trebuie să stea pe gânduri.

– Vin vremuri grele pentru țara aceasta, Hanna, pentru toți, pentru tine, își aminti Hanna vorbele aproape șoptite ale Veronicăi.

Nu o luase în seamă atunci cum nici graba cu care trebuia să decidă ceva la care încă nu se gândise nu o pricepea, dar se auzi acceptând ca printr-un vis, simțind însă nevoia să se ascundă în odaia ei pentru a-și calma panica și emoțiile care o cuprinseseră dintr-o dată. Se scuză de la masă imediat ce discuția dintre Veronica și domnul Popescu căpătase căi ce nu o mai includeau și primi aprobarea lor cu o oarecare ușurare.

Așezată pe banca singuratică de la marginea părculețului, urmărea cu ochii pierduți trăsurile ce începeau să se ițească pe bulevardul principal, forfota înfundată a unui oraș ce se trezea.

Gândul îi fugea la Estera, prietena ei plecată la părinți ca în fiecare vacanță de vară și la dorința ei de a-i împărtăși vestea, deși își simțea sufletul greu, gândindu-se că se vor despărți mai curând decât anticipase. Îi traversau prin minte grupul de colegi ce urma să se întâlnească la aceeași cafenea, împărtășind alte momente, alte deziluzii și alte mici bucurii de studenți melancolici, grupul ei, care avea să continue o viețuire fără ea. Poate se grăbise să accepte ceva atât de neașteptat și cu toate acestea simțea o responsabilitate pentru micuța Ilinca, o năzuință ascunsă de a merge înainte și de a-și învinge teama.

Atunci când se hotărâse, își luase și mama în considerare, iar posibilitatea de a putea câștiga bani și de a o ajuta în viitor părea un motiv în plus pentru a merge înainte fără melancolii inutile. Totul se întâmplase mai curând decât își imaginase, avea să își repete în timp, dar era o oportunitate care nu putea fi ignorată.

În realitate o intimida prezența domnului Popescu și a vocii lui pătrunzătoare, dar fusese asigurată de Veronica de prea multe ori și avea încredere că amândoi îi doreau binele și că acceptare ei îi liniștea. Totul era pentru viitorul ei, nu-i așa?

∞∞

Automobilul mergea silențios printre brazii albi, înconjurați de ceața dimineții. Din când în când, șuieratul a câte unui țăran cu oile înghesuite și coordonate de un câine ciobănesc îi mai trezea din amorțeala drumului. Trecuseră două ore de când se afla lângă acest om impunător care conducea cu privirea înainte și cu mintea parcă pierdută într-un puzzle de gânduri, iar Hanna nu reușea să își liniștească bătăile inimii. Se așteptase ca drumul să fie puțin inconfortabil, dar nu își imaginase niciodată că aveau să îl petreacă amândoi într-o muțenie totală. Greșea, desigur, când spunea muțenie, căci încercase, fără prea mult succes, să îl convingă pe bărbat să vorbească despre orice. Începuse firesc, cu întrebări ușoare legate de Ilinca, de viața fetiței abandonate într-o casă mare, ce era condusă doar de o guvernantă, dar orice curiozitate grijuliu formulată se izbea de același răspuns ferm:

– Nu mai este mult și toate aceste întrebări își vor primi răspunsul.

Bineînțeles că era puțin curioasă, dar nu într-atât încât să nu înțeleagă că domnul Popescu era un om al cuvintelor puține și că din orice unghi ar fi reluat discuția, răspunsurile lui i-ar fi dat impresia unei găleți cu gheață aruncate peste o flacără care încă mai pâlpâia.

După jumătate de oră, Hanna se hotărâse să înceteze a mai căuta un motiv de a ajunge la inima acelui bărbat, dar rămase înfrigurată pe tot parcursul drumului, într-o stare de panică, așteptând parcă disperată o întrebare și temându-se să nu răspundă prea grăbit sau impulsiv.

De câteva ori se gândise să îi spună să oprească, să se scuze că nu e pregătită pentru ceea ce avea să o aștepte, să îl roage să se întoarcă sau, mai rău, să sară din mașină, să alerge și să se piardă în ceața adâncă a dimineții, însă știa totodată că toate erau doar emoții nejustificate, ca o zguduire nervoasă înaintea unui examen important și că un asemenea comportament ar fi umilit-o într-un final și nu ar mai fi putut da ochii nici măcar cu mama ei, dacă ar fi ajuns asemenea povești la urechile sale.

Se simțea într-adevăr neputincioasă, blocată într-o cutie de tablă în care tensiunea creștea de la kilometru la kilometru doar pentru că nimeni nu scotea niciun sunet. Ultimul sunet de care își aducea acum aminte fusese făcut cu câteva sate în urmă, când oftase, bineînțeles fără să își dea seama, și drept pedeapsă domnul Popescu o țintuise cu privirea lui aspră aproape cinci secunde, o eternitate într-o situație atât de taciturnă.

De atunci, Hanna își fixase căutătura departe, spre orizontul priveliștii de peste bordul mașinii, undeva acolo unde totul era necunoscut și totuși posibil, unde oricine era binevoitor, iar sunetele erau încurajate.

O îngrijora toată această tăcere pentru că ar fi dorit să stabilească măcar o simplă prietenie bazată pe respect reciproc, însă o călătorie fără cuvinte o limita în a se simți ca o pasăre dusă la tăiere fără drept de tocmeală. Singurul gând care o liniștea era că domnul Popescu avea să fie mai mult plecat decât prin preajma ei, iar încordarea pe care o simțea acum avea să se disipeze ca un puf de păpădie dus de vânturi.

Apoi mai era și dorința ascunsă de a începe să lucreze cât mai repede atât cu Ilinca, precum și cu acea clasă de copii lipsiți de părinți, iar toate aceste intenții o calmau. Se asigură că domnul Popescu va realiza singur că ea este un om darnic, aproape neînfricat și chiar dacă nu va reuși să aibă o relație strânsă cu el, măcar va face posibilă o înțelegere discretă între ei, ca o pecete veche, dar autentificatoare a unui document cu greutate.

Pierdută în propriile gânduri, Hanna nu observă când automobilul domnului Popescu a părăsit drumul pietruit, îndreptându-se cu un zdruncin puternic spre un gard înalt, cu poartă scorojită și acoperită de plante agățătoare cu flori albe, micuțe, ca mici rochițe de păsări. Cu o mișcare iute, domnul Popescu coborî din mașină și trase cu putere de un cordon lung, de care era legat un clopot verzui. Nu așteptase nici câteva secunde, că poarta veche se dădu în lături cu un scrâșnet de fiare, iar Hanna coborând și ea din mașină, rămase fixată cu privirea spre o casă mare, din cărămidă, cu ferestrele toate deschise, ca un balaur frumos înainte de furii.

Toate supărările drumului păreau să fie uitate la vederea acelei priveliști ca de poveste, iar în jurul ei păsările ciripeau în copacii aplecați de bogăția frunzișului. Pășea parcă într-o altă realitate.

Cu geamantanul în mână, același geamantan plin de cărți și rochii uzate, ce o însoțise de la valurile mării până între teii orașului universitar și acum undeva într-un colț ce părea plăsmuit, Hanna înainta cu sfială pe poteca bătută cu mușchi de pădure. Mirosul de iarbă crudă și de pământ ud îi invadase nările, având impresia de înec într-un tumult de senzații plăcute, de unde nu mai dorea să se trezească.

– Tată, tată, ești aici? veni un strigăt de copil, iar Hanna văzu o fetiță fugind, cu cozile lungi, aurii, zburând în aer, în urma ei.

– Moațo, nu fugi, nu uita că ești o domnișoară..., se auzi în urma ei un glas bătrân și gâfâit.

Fetița, Ilinca, realizase Hanna, îi sărise cu putere de gâtul tatălui ei, iar acesta, cu lacrimi în ochi, murmură ceva, sărutându-i creștetul capului.

– Fetița mea... draga mea..., nici nu știi cât mi-ai lipsit.

– Tată, tată, vino să-ți arăt ce am găsit! spuse din nou fetița, trăgându-l pe tată de braț.

Hanna, rămasă pe loc, privea emoționată reuniunea celor doi, amintindu-și cu drag de rarele momentele din propria copilărie, când și tatăl ei o săruta, stând ascunsă la pieptul lui puternic. Îi iertase tăcerea domnului Popescu, căci realiza că acel bărbat trăia doar pentru o singură persoană și doar cu ea putea să împartă cuvinte.

– Domnișoară Ilinca, nu ți-e milă de o femeie bătrână pe care abia o mai țin picioarele încercând să te ajungă din urmă? O să mor în una dintre aceste zile și nici nu ai să știi în ce tufiș am căzut, zise bătrâna.

– Nana, iarăși te plângi de moarte, spuse amuzat și binedispus domnul Popescu. Oare nu așa m-ai crescut și pe mine?

– Conașule, dumneata ai fost copil cuminte, dar Ilinca e ca un drăcușor de neastâmpărată și spinarea mea mult nu mă mai ține să o alerg. Numai astăzi..., dar nu termină de vorbit, căci domnul Popescu o strânse de mâna uscată, iar femeia îi zâmbi cu lacrimi de recunoștință în ochi.

– Nana, lasă că de-acuma îți va fi mai ușor. Ți-am adus ajutor de nădejde și moatei un prieten.

Abia atunci cele două femei își îndreptară uimite privirea spre Hanna care, cu mâinile umede, își netezea cu sfială rochia.

Ilinca, fetița cu fața aspră și ochii mari, albaștri, se apropie de Hanna cu aceeași hotărâre a tatălui ei și, ocolind-o ca pentru o analiză de ansamblu, se hotărî să stea la distanță. Nana, încurcată, își muta privirea de la domnul Popescu la Hanna, fără să știe ce ar trebui să facă.

Hanna realiză imediat că nici Ilinca și nici bătrâna ei guvernatoare nu fuseseră înștiințate de venirea ei, iar pentru o clipă intră din nou în panică, aceeași panică pe care o citea cu ușurință și pe chipurile celor două femei.

– Nana dragă, gospodină ești matale? Suntem obosiți de pe drum și înfometați. Așa se primește un musafir? ridică vocea domnul Popescu, încercând parcă să rupă vraja mirării care se insinuase între cele trei femei.

– Iertare, conașule, nu ai zis nimic, păi cum... bineînțeles. Hai, Ilinca, să punem oamenii la masă.

Ilinca însă rămase țeapănă în loc, iar toată dulceața îmbrățișării se spulberase ca și când totul se petrecuse doar în închipuirea Hannei. În fața ei avea acum altă persoană, cu privirea rece, gurița strânsă și pumnii încordați de-a lungul corpului.

– Cine e, tată? întrebă ea fără să se uite spre domnul Popescu.

Acesta însă privea toată scena degajat, ca și când anticipase acea secvență, ca un autor de romane polițiste în care criminalul nu avea sorți de izbândă pentru simplul motiv că era doar o plăsmuire a propriului creator.

– Întreab-o tu, draga tatei, sunt sigur că îți poate răspunde, răspunse domnul Popescu, iar pe Hanna o izbi în plin sarcasmul din tonul său.

– Cine ești? Vrei să te măriți cu tata, așa-i? șuieră printre dinți Ilinca. Ei, află că nu ai nicio șansă!

Hanna simți cum se înroșește până în vârful nasului și nu avu curaj nici măcar să ridice privirea spre domnul Popescu, implorând salvare. Se gândea cu năduf că simțămintele ei de dimineață erau cele adevărate și că ar fi trebuit să ignore rugămințile acestui bărbat și ale Veronicăi și să nu fi venit niciodată până acolo.

Îl auzi atunci pe domnul Popescu râzând copios, ca un copil după o farsă bine jucată.

– Ilinca, fata tatei, Hanna, căci acesta îi este numele, va fi profesoara ta de limba română, de gramatică și sper eu prietenă bună. Ai speriat-o pe biata fată, uită-te la ea că a început să tremure și va crede despre noi că suntem sălbatici. Nana, adu un pahar cu vin și hai să îi arătăm Hannei că nu suntem atât de înspăimântători precum părem.

Încurajată de cuvintele mai blânde ale domnului Popescu, Hanna întinse mâna spre micuța ei elevă când, dintr-o dată, își simți palma plesnită de mâna aprigă a Ilincăi și avu timp doar să o vadă alergând spre ușa rămasă deschisă.

– Haidem în casă, spuse calm domnul Popescu. O să-i treacă, mereu îi trece, zise și apucând-o ușor pe bătrână de braț, porniră agale spre casa pietruită.

Hanna nu avea de ales decât să îi urmeze, încercând să pășească potolit, ca nu cumva umbletul ei să le strivească iarba. Simțise încă de pe atunci, sub greutatea geamantanului, că ceva urma să se schimbe în rău în viața ei, iar mai târziu avea să afle că destinul are trepte coborâtoare care încep uneori prin bunăvoință.

∞∞

Lucrurile se așezaseră de la sine în gospodăria domnului Popescu, așa cum Hanna anticipase chiar dinainte de a o cunoaște pe Ilinca.

Nu erau cele mai bune prietene și nici nu părea să fie vreo șansă de o amiciție viitoare, însă viața într-o casă de militar condusă doar de o guvernantă era destul de relaxată.

Palma primită de la Ilinca fusese imediat uitată, înăbușită cu înțelegerea pe care adesea adulții o au pentru copiii răzgâiați și lipsiți de mamă, iar cuvintele de iertare nu întârziaseră să apară, cu bună cunoaștere că fuseseră forțate de Nana pe buzele micuței domnișoare.

După două săptămâni petrecute în acea casă mare, cu ropotul constant de treptelor sărite de Ilinca, Hanna intrase într-un ritm al ei.

Dimineața luau micul dejun pe veranda însorită, sub miros de flori și bâzâit de albine, fiind servită de Nana cu diligența cu care doar un musafir de vază al casei poate fi slujit, după care își pregătea materialul didactic pentru lecțiile cu Ilinca, ce aveau mereu loc în biblioteca mare, cu draperii greoaie la ferestrele luminoase, sub umbra apăsătoare a zecilor de cărți așternute în poziție verticală, ca un pluton de soldăței în așteptarea instrucțiunilor.

Ilinca se dovedea un elev ascultător, cu o râvnă continuă de a cunoaște lumea colosală a lecturile organizate de Hanna, iar întrebările veneau mereu cu un scop și o traiectorie a gândului distinct format, regăsind iar și iar singurătatea covârșitoare a unui copil răzvrătit din dorința de a-și explora propria tinerețe.

Adesea rămânea surprinsă de o poezie sau un fragment duios și plin de dor, fixându-și privirea undeva departe, peste Hanna, ca și când ar fi cântat în gând o dragoste secretă și neîmpărtășită. Hanna știa bine ce impresie lăsa în urmă o lectură încântătoare și cu câtă forță acele fragmente domoleau suflete încrâncenate și muritoare.

Erau acele câteva momente când Ilinca devenea vulnerabilă în fața Hannei, când discuțiile dintre ele erau lipsite de rezistență, când împotrivirea unor necunoscute cu roluri diferite dispărea sub vraja magnetică a cuvintelor vechi lăsate să unească lumi, acelea fiind clipele când Hanna își regăsea menirea. Atunci și numai atunci, putea citi prețuire în ochii elevei sale, bucurându-se asemeni unui copil de o bucată de ciocolată învelită în staniol.

Gramatica însă era primită cu dârzenie, cu buzele strânse și mici furii ascunse sub bărbie. Parcurgeau fraze întregi, analizând cuvintele și disecând verbe precum detectivii un caz enigmatic.

Lecțiile se sfârșeau la ora prânzului, când auzeau chemările guvernantei, iar Hanna știa că o altă aventură o aștepta la un cămin din apropiere.

Inițial avusese emoții la gândul că urma să predea într-o clasă plină cu adolescenți nu cu mult mai tineri decât ea, dar clasa se dovedi a fi micuță, cu impresii de lojă uitată demult într-un teatru sumbru, iar elevii sfioși și tăcuți.

Le știa povestea, sau fragmente din ea, ca un secret șuierat printr-o încuietoare de ușă și deși directorul de internat îi înmânase dosarele fiecăruia, Hanna nu citise nicio pagină, ci le închisese în singurul sertar cu cheie pe care îl avea sub catedră. Nu vroia să le știe conținutul, nu vroia să facă diferențe și apoi nu era treaba ei să cunoască de ce și de către cine fuseseră fiecare abandonați. Nu ar fi dorit niciodată să îi privească altfel decât ca pe egalii ei, să îi ajute să-și descopere potențialul, să și-l depășească, să atingă fiecare dintre ei culmi înalte, iar cândva, cumva, să își amintească cu drag de ea.

Hanna își îndrăgea clasa, primii ei elevi, și deși Ilinca era un elev model, acolo, printre acei tineri, ea își reexamina cunoștințele și mai presus de toate își prețuia meseria.

Alegea cu multă grijă lecturile de după-amiază, de la antologii de povești culese de-a lungul secolelor, ca *O mie și una de nopți* până la marii clasici. Victor Hugo, Alexander Dumas și Émile Zola, autori împrumutați pe ascuns din biblioteca domnului Popescu, ajungeau să fie îndrăgiți încă de la prima pagină citită.

Domnul Popescu îi înmână cu încredere cheia de la studioul lui, știind că Ilinca prefera acel loc de pe vremea când mama era în viață, fiind locul favorit al amândurora de-a se ascunde în jocurile lor inventate.

Nana îi povestise Hannei pe fugă momente din trecutul familiei Popescu, de pe când Ilinca era doar o floricică în acel buchet fericit de familie, iar domnul Dumitru stătea mai mult acasă, lângă fetele lui. Însă, după ce mama fusese răpusă de boală, domnul Popescu devenise închis, un om al vorbelor puține și comunicate doar în șoaptă, ca o amintire a perioadei când femeia îi murea pe un pat, într-o odaie. Ilinca fusese crescută de guvernantă, dar bătrânei, fiind obosită și lipsită de energia tinereții, îi venea greu să domolească o adolescentă răzvrătită. Degeaba s-ar fi plâns domnului Popescu, care își vedea fata ca pe o nestemată ce trebuia protejată de ochii lumii, cu disperarea tatălui care și-a văzut familia pierdută. Nana știa că orice cuvânt spus ar fi zburat cu ușurința penelor în aer. De aceea Nana încurajase venirea Hannei. Simțea că fata avea nevoie de un alt model.

Hanna, la rândul ei, o aprecia pe bătrâna guvernatoare și, deși stârnea gelozia Ilincăi de fiecare dată când prindea câte un moment trecător lângă această femeie devotată, încerca să asculte cu toată ființa ei vorbele spuse cu înțelepciune.

Încă de la început, Hanna realiză că Ilinca asculta de guvernantă, fata văzând în bătrână singura persoană ce putea să îi înțeleagă nevoia de a scăpa din acea casă ca de mormânt, dedicată parcă unor timpuri adânc îngropate. Deși părea răzgâiată, Ilinca avea o durere lăuntrică pe care și-o ascundea prin vorbe tăioase și gesturi suprimate, durere ce o purta ferită de ochii tatălui ei, ca nu cumva să îl întristeze.

Erau un cuplu bizar cei doi, tată și fiică, Hanna realizând că fiecare își ferea suferința unul față de celălalt printr-un joc al cuvintelor. Atunci când se întâlneau, cei doi își vorbeau ca și când nimic din viața lor nu s-ar fi schimbat în perioada în care nu fuseseră împreună. Domnul Popescu se comporta ca și când ar fi trecut cu vederea că fata lui devenea o tânără femeie, iar Ilinca se preschimba în fetița dorită de tatăl ei. Adevăratele suspine și micile secrete numai Nana le auzea și foarte rar Hanna, când trecea prin dreptul odăiței ei.

Hanna ar fi dorit să îi prezinte Ilincăi elevii din clasa de orfelinat pentru a stabili o legătură și poate o prietenie între ele două, însă Ilinca refuza orice colaborare, spunând că nu vroia să cunoască tineri amărâți, dorința ei fiind să studieze în Paris sau Londra, asemeni copiilor prietenilor tatălui ei. Era o tânără cu aere de domnișoară, așa cum propria guvernantă îi spunea.

Însă Hanna își găsea liniștea între elevii ei, acei tineri curioși și plini de viață pentru care diferențele nu existau, iar zi de zi trezitul de dimineață avea un farmec aparte, căci însemna o altă zi, câteva ore mai aproape de momentele petrecute în clasa ei.

Uneori aducea acasă buchete întregi cu dalii și gladiole, pe care le ascundea de ochii iscoditori ai Ilincăi și pe care le așeza cu drag lângă patul ei, pentru a adormi în mireasmă de toamnă.

Alteori găsea conuri de brad ferite sub catedră, citind zâmbete curate și duioase printre băncile uzate ale clasei. Avea nouă studenți și toți nouă îi erau apropiați ca vârstă, iar pe toți îi considera scumpi frați aduși de viață. Știa că doar vreme de câțiva ani avea să le îndrume calea și, ca orice părinte ce realizează că propriul copil se va rupe de cuib, Hanna încerca să se bucure de orice clipă petrecută lângă ei. Deveniseră o familie.

∞∞

– Hanna, ai iubit pe cineva vreodată? întrebă Ilinca în șoaptă, cu ochii pierduți în orizontul ferestrei largi deschise.

Hanna tresări și își întoarse brusc privirea spre Ilinca. Cu capul înălțat și gura întredeschisă, Ilinca părea o fetiță tristă, încărcată de povara melancoliei, la fel ca eroinele unei picturi a lui Gustav Klimt. Afară ploua mărunt, iar streașina casei încărcată cu apă își revărsa povara în cazane mari, așezate de Nana strategic, pentru a folosi apa apoi la spălatul de lenjerii de pat. Se înnorase brusc, pe când studiau amândouă, aplecate asupra a două cărți diferite. *Quo Vadis*, a ei, și *Marile speranțe* a Ilincăi.

– Nu, Ilinca, niciodată! răspunse într-un târziu Hanna. Dar tu...? întrebă ezitând Hanna.

Îi era teamă că întrebase ceva ce nu avea voie să știe, iar următorul moment putea să se transforme într-o altă clipă cuprinsă de micile furii ale feței, însă Ilinca rămase în aceeași poziție, ca și când nici nu o auzise.

– Nu crezi că există mai mult în lumea aceasta decât cititul acestor cărți? Nu crezi că există viață departe de biblioteca tatei? vorbi Hanna din nou, oftând.

Ilinca nu știa ce să îi răspundă. Bineînțeles că există viață dincolo de personajele unei cărți, dincolo de cuvintele scrise, dar cine ar fi vrut să trăiască acea viață concretă și atât de singulară când acolo, în studioul tatălui său, alături de zeci și zeci de romane, puteau să se afunde în atâtea diferite alte dimensiuni. Cum ar fi putut ea să trăiască altfel acele perioade decât prin ochii celor care le-au trăit înaintea lor? Cum ar fi putut ea să cunoască iubirea adevărată decât prin sentimentele puternice ale eroinelor cărților ei?

Dar Hanna o înțelegea pe Ilinca și nevoia ei de a simți viața. Oare nu așa plecase și ea de lângă mama ei, la imboldul necunoscut al libertății? A cunoaște viața era un curs normal al oricărui copil devenit adult, iar plecarea un proces dureros și necesar. Ilinca dorea să iubească, cum în ascuns poate și Hanna ar fi dorit, dar nostalgia singurătății nu o amenințase niciodată. Hanna își prefera singurătatea, deși își iubea elevii nespus, iar de multe ori simțea că mintea ei era atât de ocupată cu gânduri încât prezența prea intimă a altei persoane ar fi zbuciumat-o și încurcat-o. Prefera izolarea, dar ca o solitudine presărată cu activități organizate. Nu dorea prea mulți oameni în jurul ei în afară de cei aleși de ea, iar bărbatul din visele ei trebuia să fie cineva care iubea cărțile la fel de mult precum le iubea ea.

— Oare tata ar fi enorm de trist dacă aș pleca? întrebă din nou Ilinca, dar de această dată întorcând ochii înlăcrimați spre Hanna.

Hanna, fără să se gândească, se apropie de Ilinca și o luă în brațe, imaginându-și pentru o clipă că Ilinca era sora ei mai mică, o soră pierdută și regăsită după mult timp.

— Tatăl tău te iubește mult, Ilinca, se auzi Hanna vorbindu-i cu acea alintare a vocii pe care adesea o folosești cu copiii mici și bolnavi pentru a-i alina și a-i convinge că după somn totul va fi ca înainte, iar lipsa ta l-ar face să sufere pentru un timp, dar fericirea ta l-ar bucura peste măsură.

— Crezi asta cu adevărat? întrebă Ilinca, ridicând ochii umezi spre Hanna.

— Bineînțeles. De ce crezi că m-a adus pe mine aici, dacă nu să te pregătească pentru viața minunată care te așteaptă? spuse Hanna, convinsă de propriile cuvinte. Acuma, șșșș..., șterge-ți lacrimile și continuă povestea lui Pip. Nu există poveste mai minunată.

Din acea după-amiază, legătura dintre cele două fete deveni cu totul alta. Ilinca începu să îi zâmbească mai des și chiar să o

însoțească uneori pe Hanna în căutările ei prin pădure, cule-
gând frunze uscate și ruginii sau conuri de brazi și mușchi
verde. Lecțiile păreau mai serioase, iar Ilinca se implica tot mai
mult în analiza fragmentelor literare, devenind expertă în des-
coperirea greșelilor gramaticale, notând pe marginea cărților,
asemenea lui Mark Twain, diferite sinonime sau idei ale acelei
propoziții. Scrisorile către tatăl ei erau mai lungi și mai dese,
cuprinzând mai nou informații despre Hanna și micile lor dis-
cuții despre cărțile din biblioteca lui. Până și Nana observase
schimbarea relației dintre ele și o îmbunare a Ilincăi, ce nu
putea veni decât dinspre calmul emanat de Hanna.

После doar câteva luni, întreaga familie simți o îmbunătățire
în starea Ilincăi, iar crizele de depresie sau nemărginită amără-
ciune ale fetei păreau că dispărusera cu de-a-ntregul.

Hanna la rândul ei, începu să-i vorbească tot mai des despre
elevii ei din orfelinat, despre întrebările lor și talentul pe care
fiecare dintre ei îl ascundea sub modestii ale tinereții.

Astfel, îi vorbea adesea despre Corina, o fată micuță de
statură, negricioasă cu părul lung, ondulat, cu un scris elegant
și o pasiune și o execuție a desenului nemaivăzută. Corina, cea
care le făcuse portretul fiecăruia în parte și care asculta lecțiile
Hannei, creionând marginile foilor cu răbdarea unui artist.
Corina, cea care venise în clasa Hannei printre ci din urmă și
reușise să se facă iubită în ciuda faptului sau tocmai pentru că
se făcea remarcată cel mai puțin.

Apoi era Camelia, cu numele ei nobil și fruntea înaltă. Ca-
melia, ce presa flori între file de carte și aducea câte un măr
fiecărui elev din clasă după vizitele ei la bunici. Camelia, care
dorea într-o zi să ajungă în capitală și să devină poetă, singură
și melancolică într-o mansardă. Camelia, care deși un suflet
cald, se lupta cu conceptul divinității și a corectitudinii în viață

și care ar fi dat orice să își aducă fratele înapoi, pierdut înainte de adolescență.

Apoi, Ilinca auzise și despre Andreea, poate cea mai frumoasă dintre cele trei, fata cu ochii albaștri cu mintea ageră, învăluită de mister și energie debordantă. Andreea iubea romanele de dragoste, adora eroinele ce ar fi compromis totul, chiar și viața, pentru o iubire efemeră și care avea o pasiune secretă pentru actorie.

De altfel, vorbeau și despre Simion, băiat înalt, sfios, poate cel mai blând din clasă, tânăr răbdător, mereu dispus să discute idei înalte, dar să și asculte. Asemeni Cameliei, era printre puținii din orfelinat care avea bunici încă în viață și un loc unde să își petreacă vacanțele de vară. Poate din această cauză, Simion avea o altă lume, doar a lui, o lume a învățăturii, dar și una a animalelor despre care știa aproape orice, dorindu-și o fermă în care să crească pui de găină și porumbei.

Marcel, însă, era glumețul clasei, băiat ambițios și vorbăreț, pus mereu pe șotii, dar timid când era scos în fața clasei. Marcel prefera să amintească despre fapte diverse și inedite, uimind-o de multe ori pe Hanna cu mintea lui ca de enciclopedie și simțul foarte dezvoltat al umorului. Spre deosebire de ceilalți elevi, Marcel nu se hotărâse ce va face în viitor și prefera prezentul și compania colegilor lui ca pe ceva sigur, în care avea toată nădejdea.

În repetate rânduri, Ilinca se pierdea în povestirile Hannei și își imagina viața independentă a acestor tineri, lipsiți de existența responsabilă a unui părinte, iar asta o făcea să își invidieze profesoara, așa cum doar prizonierul râvnește la viața eliberatorului lui.

În cele mai multe rânduri, Hanna avea impresia că Ilinca o considera o prietenă, nu o rivală, ca la început, și se obișnuise cu momentele petrecute împreună. Seara, Ilinca o aștepta cu nerăbdare de la orfelinat, ascultând cu inima la gură fiecare nouă poveste adusă. Povestirile Hannei erau diferite de tot ceea ce citise în cărțile agonisite de tatăl ei.

Hanna părea singura persoană din preajma ei care respira un aer tineresc, plin de promisiuni și aducător de viață. Hanna reprezenta puntea între casa în care copilărise și libertatea pe care o dorea mai mult decât orice altceva. Se surprindea uneori vorbind cu voce tare cu fiecare dintre elevii Hannei, dezbătând cărți și idei de adult, zâmbind la glumele lor, gesticulând o ceartă dramatică, dar cu toate acestea refuza cu stoicism orice invitație a Hannei la orfelinat. Nu era încă pregătită, iar această pregătire trebuia făcută în timp. Cel mai tare îi era teamă să nu cumva să se facă de râs, să fie un fel de *femme triviale,* așa cum tatăl ei îi descria guvernantei diversele femei întâlnite de el în București sau Paris, atunci când Nana îl dojenea că nu aduce acasă o mamă pentru Ilinca. Nu îl întrebase niciodată cum arăta o asemenea femeie, însă panica de a fi una o copleșea. Apoi mai era teama de a fi judecată, căci realiza diferența de statut între ea și elevii din clasa Hannei. *Toți erau copii buni, cu inima deschisă, modești în îmbrăcăminte și dorințe,* îi repetase în nenumărate rânduri Hanna, iar ea știa că inima ei era undeva în străfunduri, fără chip de a ieși la suprafață. Ar fi înghețat în fața lor ca o crăiasă din povești cu împărății de gheață. Ar fi devenit pe loc asemenea țarinelor crunte, înfricoșătoare și puternice, de teamă că cineva i-ar descoperi vulnerabilitatea și moliciunea, lipsa de complexitate și originalitate. Ar fi decăzut în ochii tuturor, mai ales ai ei, dacă s-ar fi simțit privită cu milă sau desconsiderată, ca pe un lucru mort, într-un tablou comun și insignifiant. De aceea studia cu atenție orice mișcare a Hannei. Orice gând ce-i venea natural Hannei era disecat în mii de frânturi de Ilinca și asimilat ca pe unul aducător de soare, ca un pustnic care se hrănește din rugăciune.

Astfel, afla treptat detalii despre fiecare elev în parte și une-ori nota într-un jurnal al ei impresiile Hannei, care se transfor-mau peste zi în slăbiciuni sau puncte forte ale caracterului individual. Trebuia să se știe pregătită pentru momentul întâl-nirii dintre ei, căci simțea fără să vrea iminența acelei zile.

Iar Hanna, departe de a realiza luciditatea cu care Ilinca o întreba despre fiecare dintre elevii ei, se bucura cu inocență de ceea ce ea considera a fi progresul unui copil prin educație și atenție organizată.

Mult mai târziu, avea Hanna să citească într-un articol de specialitate despre transpunerea afectivă și să își recunoască prima elevă în caracteristicile psihologice. Mult prea târziu.

V

ȘI UMBRELE AU UMBRE

Pe plaja largă, cu nisip de culoarea soarelui încins, e multă lume. Familii răspândite, oameni ce râd fără teamă și cântă în voie. Se pregătesc de o altă petrecere, ca în fiecare după-amiază. Mulți sunt încă în mare până la brâu, iar valurile care se sparg umil de țărm nu anunță nimic neașteptat.

Cu toate acestea, ea simte instinctiv o teamă. Privește în jur, așteptând parcă o eliberare a tensiunii pe care o resimte în tot corpul, ca atunci când era mică și cerul anunța o furtună.

Dintr-odată totul capătă sens, sau poate doar în mintea ei.

Se întâmplă acum, se surprinde gândind, în timp ce încearcă să înainteze spre mal, în apa întunecată. Cerul este vișiniu, iar lumea în apă și pe țărm pare nedumerită. Se aud strigătele unor părinți îngrijorați, plânsete de prunci. Răsună marea învrăjbită.

Înoată cu greu, printre sute de alte corpuri mișcătoare, iar marea nu mai arată că înainte. Nu e departe de mal, pare chiar că ar putea să îl atingă, dar puterea valurilor înspumate o împiedică să înainteze. Își simte picioarele goale încercând cu disperare să se înțepenească în mâlul adâncurilor, dar este lovită de alte picioare care încearcă același lucru.

Într-o fracțiune de secundă totul se schimbă, sau totul se exacerbează, căci din spatele ei se ivește apocaliptic un vapor ca un monstru pregătit să îi înghită. Unii sunt loviți, alții sunt trași în adânc, doar ea reușește să evite prora vaporului.

Valurile par acum tentacule smulgând vieți în jurul ei, iar vaporul o caracatiță ce strivește și cel mai ascuțit dintre țipete.

Reușește ca printr-o șansă a destinului să atingă țărmul și se îndreaptă cu repeziciune spre copilul ei, ce o așteaptă dezbrăcat, plângând, cu mânuțele lipicioase acoperindu-și ochii. Corpul lui mic și înghețat îi atârnă acum în brațe, dar ea știe inconștient că vor supraviețui și începe să fugă departe de zgomotul din urmă ei.

Este oprită doar pentru o clipită de un alt băiețel, la fel de dezbrăcat și neputincios ca și al ei, rugând-o speriat să îl ia și pe el. Îi trebuie o altă secundă să înțeleagă că doar un copil poate fi purtat în brațe și doar unul va supraviețui. Își strânge și mai tare copilul în brațe, știind că nu poate să salveze pe nimeni altcineva și, fiindcă are doar o șansă și un singur scop, o ia la fugă, cât mai departe.

Nu are puterea să se uite înapoi la marea criminală, nici la vaporul care își schimbă cursul cu ușurința unei corăbii de hârtie, ci îi șoptește copilului din brațele ei că vor scăpa și vor rămâne împreună. Nimic nu îi mai poate despărți.

∞∞

Hanna se trezi cu mirosul mării în nări și cu capul pe podeaua camerei. Același coșmar îl avea din tinerețe, iar faptul că încă o dată căzuse din pat nu o mai surprindea. Psihologul îi explicase normalitatea visului repetitiv și îi spusese că doar ea putea să-l deslușească, ca apoi să găsească liniște în tot ceea ce i se întâmplase. Liniștea însă nu venise nici după șaizeci de ani, iar, odată cu citirea scrisorilor, Hanna începu să înțeleagă că unele amintiri nu se șterg niciodată cu adevărat.

Bineînțeles, știa că mai devreme sau mai târziu va trebui să vorbească din nou cu același psiholog cu care era prietenă de aproape doisprezece ani, același vechi amic ce o ajutase să treacă peste moartea soțului și a copilului ei, cel care o îmbărbătase când ieșise la pensie și simțise că-și pierde rostul pe lume, cel ce îi știa aproape toate secretele. Aproape toate.

Cum ar fi văzut el venirea acestei scrisori, sentimentele ei răscolitoare, durerea unui secret atât de mult timp ascuns și față de atâtea persoane care o iubeau, care îi doreau binele și care i-ar fi fost alături la orice? La întrebarea de ce nu avusese curajul să se spovedească și de ce încă refuza să își amintească tot, Hanna încă nu avea un răspuns. Tot ce știa era că amintirile îi reveneau uneori într-un mod lipsit de logică, precum un vis eliberator, doar în momentul în care realiza că le supraviețuise tuturor.

Își amintea cum, cu câțiva ani în urmă, îi căzuse în mână o revistă în care autorul articolului, un psihiatru ce tratase zeci de soldați după cel de-Al Doilea Război Mondial, explica cum acei tineri, ajunși acasă, simțeau din ce în ce mai tare vinovăția supraviețuitorului, unii chiar luând hotărârea să se sinucidă. O marcase atunci realizarea faptului că nu era singura ce se pierduse pe sine în acea noapte, când începuse să se învinovățească pentru banalul fapt că ea ar fi trebuit să fie pe acel vapor, nu ei doi. Corpul ei ar fi trebuit să fi fost spălat de marea înghețată printre atâtea alte sute de cadavre și viața ei era cea care păcălise universul nedrept. Mult timp după ce realizase înșelătoria sorții, gândul că ea trăia, pe când alții nu avuseseră șansa, dădea o luptă cruntă cu întreaga ei ființă. Era totul prea crud, prea inuman și deși văzuse suferință cât o veșnicie, șocul scufundării avea să o bântuie și în cele mai intime și dulci clipe ale vieții.

Lacrimile vărsate în ziua căsătoriei în fața prietenilor aveau să fie justificate de ceilalți ca lacrimi de bucurie, teama la nașterea copiilor ei ca ceva normal și firesc, panica la aflarea minunatelor vești că va fi bunică ca o altă senzație umană, necunoscută până atunci. Toate îi fuseseră iertate de fiecare dată pentru că toate păreau să justifice sentimente obișnuite, chiar naturale. Dar toate însemnau altceva pentru Hanna și doar ea o știa. Doar ea simțea veșnica rușine, regretul, teama că ce trăia în prezent nu îi erau destinate, asemenea condamnatului eliberat, dar încătușat de conștiința vinovăției.

Se ridică în coate și privi spre fereastra deschisă, zâmbind amuzată ca și când s-ar fi văzut de undeva de sus, ca o trecătoare prin propria-i viață. Mai avea puterea să zâmbească, gândi. Nu era totul pierdut, se încuraja ca de fiecare dată.

Își privea cu detașare picioarele dezvelite, cu zecile de vinișoare ce urcau vertiginos pe gleznele ce odată îi aduseseră atâtea laude umile. Lângă brațul drept, răsfirată, asemeni unui pescăruș împușcat în aripă, cartea ei preferată, *Marele Gatsby*, cu imaginea lui Robert Redford și a actriței Mia Farrow, pe coperta aurită. Căzuseră toate în lupta ei cu lumea viselor.

Păstrând încă urma panicii din timpul nopții, Hanna se ridică de pe podeaua rece din lemn și, acoperindu-și umerii mici cu un șal, se îndreptă spre bucătărioara apartamentului.

Știa că viața ei își avea ritmul normal; dimineața ascundea prima bucurie a unei cești de cafea făcută deasupra unei flăcări abia pâlpâind la un aragaz vechi, dar eficient, veșnica omletă preparată într-o lingură de unt, cu mult spanac și brânză, o plimbare prin oraș, prin anticariatele capitalei și vizitele săptămânale la nepoței ei, pe care îi surprindea mereu cu câte un volum vechi de povești românești, spre disperarea fiicei ei, care ar fi dorit să-și folosească pensia în alte moduri. Dar bunică era doar ea și nimeni nu putea să îi ia bucuria de a face un cadou nepoților, mai ales că darurile îi erau atât de apropiate sufletește.

Cândva, în tinerețe, citise despre viața zbuciumată a lui Ernest Hemingway, un bărbat ce părea că-și și trăise existența cu disperarea unui om care refuză să piardă și cea mai mică fărâmă de senzație lumească înainte de moarte, un caracter pe atât de intens, pe cât de tandru și iubit de femei, iar un citat de-al lui îi rămăsese impregnat în suflet. „Nu există prieteni mai loiali decât cărțile." El, Ernest, scriitorul, pescarul, luptătorul cu tauri, amantul a zeci de femei, ce putea să consume alcool cât un grup de țărani istoviți după o săptămână de muncă la câmp și totuși să se țină pe picioare, el, omul mereu înconjurat de prieteni, se simțea singur fără cărți.

Oare nu asta simțea și ea de-o viață, oare nu asta vroia să dea mai departe nepoților ei prin aceste mici atenții?

Bineînțeles că prieteni au tot fost; unii au rămas mai mult decât alții dar, la sfârșit de zi, în fiecare zi, când omenirea își trage cortina spre modesta ei viețuire, un singur dor o făcea să simtă că nu au trecut orele degeaba: acele mii de rânduri, în zeci de cărți rânduite cu grijă de-a lungul pereților dormitorul ei.

Soțul ei, pe atunci încă în viață, îi știa rutina, o cunoștea dintr-o privire și nu s-ar fi gândit niciodată să se împotrivească pasiunii ei. Fusese un om bun, extrem de calm și generos, iar Hanna se simțise mereu în siguranță lângă el, ca și când tot ce avea de făcut ea era doar să se lase iubită de el, restul venind simplu, de la sine.

O cunoscuse pe când mai avea doar un geamantan cu cărți vechi și o rochie lungă, pe care o purta doar în zile de sărbătoare, iar asta fusese tot ceea ce putuse să salveze în acea noapte, tot ce mai căra cu ea dintr-un loc în altul. Nimic nu îl descurajase la ea, nici că era ceva mai înaltă decât el, nici că era mult mai încăpățânată decât tot ce cunoscuse până atunci și nici că era atât de vulnerabilă din cauza unei frici care avea să nu o părăsească niciodată.

Iar el știa că singurul bărbat care i-o putea lua de lângă el era doar un alt personaj dintr-o carte pe care ea o citea cu însuflețire, personaj înlocuit cu atâta ușurință de la o săptămână la alta, uneori chiar după câteva seri, și era împăcat cu asta. Era împăcat cu orice ținea de ea pentru că o iubea, iar ea știa că putea să fie ea însăși fără teamă, atât timp cât el era acolo. Fusese norocoasă în felul acesta și o știuse încă de la început.

Îl întâlnise la o petrecere simplă, într-un studio la etaj, unde venise singură și ca de obicei la insistențele altora. Prezența ei mereu singuratică părea că deranja cele câteva cupluri adunate. Prietenii ei, câțiva colegi de serviciu și o vecină, încercaseră fără succes să o prezinte unor tineri, în speranța că undeva și ea se va alătura grupului, dar fără prea mult succes.

Hanna nu era deloc interesată de viața în doi, deși după război cei de vârsta ei aveau doar un singur țel: să alerge prin viață căsătoriți, cu cât mai mulți copii prin gospodărie. Ea lupta cu alte fantome, pe care trecutul nu avea cum să le înghită nici măcar prin iubire.

I se prezentase ca orișicare, formal, cu mâna întinsă spre ea și nu lăsase nicio impresie la început. Nici mai târziu.

Poate un iz de sensibilitate accentuată, curiozitate, sociabilitate dusă la extrem. Știa că era acolo să o cunoască și că toți din jur o urmăreau atenți și curioși, dar după câteva clipe realiză că și el era, asemenea ei, un om pierdut într-o lume străină.

Atât.

Nimic mai mult.

Mai târziu, când aveau să discute despre prima întâlnire, el își aminti o fată stingheră și foarte fâstâcită. Ea însă nu se vedea așa.

La plecare, el îi încălțase o cizmă, făcând-o să îl privească cu atenție. Piciorul lui în locul unde fusese piciorul ei. Un act atât de intim, atât de straniu și cutezător.

El avea să se justifice, glumind că dorise să își dea seama dacă se potriveau sau să-i arate că știuse din prima clipă că se vor potrivi. Un fel de cenușăreasă, dar în revers. Din cauza înălțimii, avea să înțeleagă Hanna mai târziu. El era mai scund decât ea; sau poate ea prea înaltă?

După acea seară nu-l mai revăzuse. Prietenii aveau să o caute și să îi amintească de el, însă ea rămânea muta și surdă la numele lui. La numele oricui.

Într-o zi oarecare se trezise cu el la bibliotecă unde lucra.

Aplecată peste o carte pe care o recitea pentru a doua oară, Hanna nu îi recunoscuse vocea de prima dată.

– *Micul Prinț*, e preferata mea, îl auzise șoptindu-i la ureche.

Abia atunci îl văzuse, ridicând capul spre cel care îi vorbea cu același zâmbet copilăresc în priviri, dar nici atunci Hanna nu gândise vreo clipă că întâlnirea lor putea însemna altceva decât o pură coincidență. Cum, de altfel, nici nu avea să știe că *Micul Prinț* devenea în acel moment istorioara lor. Cum ar fi putut?

Din acea zi avea să o caute în fiecare săptămână, uneori și de două ori pe săptămână, inventând scuze și motive literare pentru a vorbi cu ea. Aveau însă să treacă zece luni până ce Hanna se hotărâse să iasă la o cafenea cu el, mai mult pentru a-l convinge că ea avea dreptate și că, deși cizma îl încăpea, nu se potriveau.

Ploua mărunt și zgomotos în acea după-amiază de primăvară, iar lalele roșii, așezate pe pervazul ferestrei, dădeau culoare întregii mansarde mohorâte. Era unul dintre locurile ei preferate, unde se putea gusta la orice oră dintr-o plăcintă proaspătă cu brânză, în mirosul îmbătător de cafea abia râșnită.

Acolo, în cafeneaua de la etaj, lângă aceeași fereastră cu flori, descoperise poezia lui Keats și a lui Milton. Acolo, lângă aceeași fereastră, avea să îl descopere și pe el, la fel de rănit de viață precum era și ea, doar că el își îngropase adânc trecutul. Ea încerca.

În realitate, nu aveau să mai vorbească niciodată despre ceea ce îi adusese împreună, și nici despre oamenii care îi răniseră odată, bucurându-se cu o inocență de copil de tot ce regăseau ca trăire pentru a doua oară. Trăiau vremuri diferite, când poveștile din trecut erau mult prea puternice pentru a mai fi uitate sau ocolite și amândoi se hotărâseră, fără ca vreodată să își vorbească, să inhaleze prezentul cu forța ultimei șanse de oxigen. Doreau să se salveze.

În toți acești ani, el avea să o salveze pe ea de mai mult ori decât ea avea să reușească același lucru pentru el, însă și unul, și altul se regăseau împreună. Fusese norocoasă. O știa.

O știa în după-amiezele simple de duminică, atunci când ședeau unul lângă altul pe canapea, citind împreună câte o carte, ea un roman, el un ziar economic. O știa și când el o scotea zilnic și mai mult forțat, la plimbare, pentru a-și mișca picioarele împreună, plimbări care aveau să îi reamintească de el pentru totdeauna, el vorbindu-i necontenit, ea căutând flori printre fire de iarbă.

O știa în fiecare seară când era îmbrățișată de el cu aceeași duioșie cu care și-ar fi mângâiat propriul copil și cu aceleași vorbe duioase, mereu aceleași.

– Te-am plăcut din prima clipă și te voi iubi până în ultima.

Bineînțeles că o știuse încă de la început și se considera norocoasă că nu existase nicio clipă în viața ei care să nu îi amintească de acel mic amănunt, că locul ei era exact acolo unde se afla el.

Apoi urmaseră anii în doi, cu prima casă, visul lui de a-i oferi stabilitate, apoi în trei, cu primul copil și nopțile nedormite, cu al doilea, când deja structura clădită nu avea cum să se mai destrame. El era acolo pentru ea, iar ea o știa.

Cum putea acum să respire fără el, nu mai înțelegea. Automatic, ca un suflet robotizat, urma de mulți ani aceeași rutină, cu aceleași plimbări, vorbindu-i în gând despre fata rămasă în viață, despre nepoți, despre singurătatea ei, despre panica pe care o simțea uneori că va veni vremea și își va pierde și vederea și, o dată cu ea, capacitatea de a se mai bucura de cărți. Iar el, ca întotdeauna, îi vorbea înapoi cu același calm pe care Hanna nu ar fi avut cum să îl uite, cu aceeași blândețe și înțelepciune.

Se gândise de atâtea ori că viața ei fusese un miracol, iar el singurul om cu care o împărtășise. Nimeni din familia ei nu îl cunoscuse pentru că toți se pierduseră în acea noapte, dar visase adesea că mama ei îi vedea de sus și o știa fericită, împăcată.

Dar viața trăită lângă un om mai sănătos emoțional decât tine nu e mereu ușoară, iar Hanna simțise și acele momente când nu o mai putea înțelege nimeni și când tot ce își dorea era să închidă volumul lumii din jur și să rămână cu ochii ațintiți într-o zare fără de culoare.

Atunci ea nu-l vroia, îl dădea la o parte și se depărta de tot ce trebuia să fie normal. Pleca de una singură prin ploaie și urmărea ca prin vis oamenii grăbiți din jurul ei, fără să-i privească. Îi auzea pe toți șușotind fără încetare, ca într-un mușuroi plin de viață, iar tot zgomotul o asurzea până la ură sau uneori până la lacrimi. Atunci Hanna se izola pe lângă vreo apă, sub o salcie, departe de toți, unde se încărca pentru un alt fragment de viață armonioasă.

Cu adevărat nu îi lipsea nimic; se conformase la viața ei de femeie măritată, la el, la copiii lor și la micile lor bucurii. Se adaptase și la poveștile triste ale copiilor din orfelinatele la care încă preda. Se obișnuise cu meandrele vieții, numai că, uneori, avea nevoie să evadeze, să amuțească totul, ca și când un buton magic ar fi stins o flacără din afară, pentru a aprinde o alta din interior.

Niciodată el nu o întrebase dacă-i lipsea ceva, dacă îi greșise. Hanna înțelegea că, după acele momente de escapadă, tăcerea lui era binevenită pentru amândoi.

Iar acum, după atâția ani, după atâtea plimbări pe aceleași cărări pe care cu câțiva ani în urmă pășeau împreună, Hanna nu avea curajul încă să îl întrebe nici în gând ce era de făcut. Nu îi povestise niciodată ce se întâmplase în acea noapte, iar el niciodată nu o întrebase. Nu îi vorbise despre Lorian, despre Ilinca, despre vina ei, și nu putea să îl întrebe nimic despre scrisoarea primită. Oare de ce? Ce i-ar fi răspuns acum, dacă ar fi putut? Știa că se străduia degeaba să îi audă vocea, el nu vroia să iasă la suprafață pentru că el nu știuse niciodată, iar ei i-ar fi fost teamă și acum să îi spună.

∞∞

– De ce flacăra nu are umbră, Hanna? Așa a hotărât Dumnezeu?

– Pentru că flacăra lasă lumina să treacă, e doar un simplu fenomen, nu are nimic de-a face cu Dumnezeu.

– Dar tu crezi în Dumnezeu, Hanna? Mama spune că ai suferit atât de mult, încât te-ai supărat pe Dumnezeu. Mama spune că...

Dar Vlad se oprise din vorbit la vederea mamei, care atunci intră în camera lor.

– La culcare toată lumea, și mai lăsați-o pe bunica în pace. Nu vedeți că a încărunțit ascultându-vă!

Aceleași zâmbete potolite în perne, aceleași gâdilături înainte de culcare.

Nepoții o cunoscuseră pe Hanna doar încărunțită și erau siguri că aici nu mai era vina lor; mama lor îi tachina din iubire. Dumnezeu o făcuse pe Hanna cu părul alb, așa cum mama lor avea părul negru. Dumnezeul în care Hanna nu mai credea, pentru că suferise mult. Dar ce știau nepoții Hannei despre suferința ei era de nediscutat atunci când ea era prin preajmă. Copii care trăiau cu o mamă singură, ce plângea în unele nopți ascunsă sub duș, ca să nu fie auzită de nimeni, copii care trăiau cu amintirea unui tată al cărui chip și prezență începuseră să o uite. Copii care știau că Hanna mai avusese încă o fată, ce murise mult înainte de a se naște ei, o mătușă necunoscută, cu numele de Natalia, cu cozile groase, lungi și același zâmbet blând în singura poză ce mai supraviețuise și care trona într-o ramă neagră și tristă, deasupra șemineului. Copii care nu își cunoscuseră vreodată bunicul. Copii care știau prea multe despre suferința altora ca un fapt divers, ca un alt fel de mâncare servit la fiecare masă, din obișnuință. Și din obișnuință acești copii nu mai reacționau la suferință prin suferință, ci o înțelegeau tacit, ca un ADN simplu, adâncit în natura lor. Hanna și-ar fi dorit să fie totul altfel, ca măcar ei, atât de mici și nevinovați, să fie protejați de viața cruntă și mișelească, dar mai știa că era imposibil și că viața pe pământ nu era făcută să fie ușoară, ci un test aspru asupra tuturor.

Teodora, fata ei, știa foarte puține lucruri despre viața Hannei de dinainte de război și doar ceea ce tatăl ei îi mai șoptise pe ascuns. Nu vorbise niciodată despre greutățile personale și regreta că nu avea o relație mai strânsă cu ea. În urmă cu câțiva ani, Teodora îi reproșase că încetase să îi mai fie mamă din momentul pierderii Nataliei, însă de atunci nu mai vorbiseră despre asta niciodată. Fusese o lovitură mult prea adâncă pentru întreaga familie și prezența copiilor le ajuta pe amândouă să zâmbească și să spere la un viitor mai bun. Apoi divorțul Teodorei le apropiase și mai mult, dar nu suficient încât Hanna să i se poată destăinui. Și apoi mai era această scrisoare, cu care încă nu știa ce să facă. Nu avusese curajul să o arunce, dar nici să răspundă. Nu avusese nici măcar curajul să o recitească, deși nu era nevoie, căci cuvintele îi rămăseseră înfierate în suflet. Singurul lucru pe care îl putea face pentru a se liniști era să scrie în jurnal, același jurnal ținut încuiat sub o lespede desprinsă, sub pat, activitate învățată de la el și o îndeletnicire săptămânală, în loc de rugăciune. Se adunaseră multe caiete, cu multe istorioare vesele sau triste sub podeaua Hannei, care își imagina că abia după moartea ei, viața așa cum o trăise avea să i se dezvăluie fetei și nepoților ei. Așa dorea și așa își plănuise ea plecarea.

Dar această scrisoare, această chemare într-un trecut încuiat sub podele schimba totul. Trăia cu teama că el sau oricine trimisese această scrisoare putea să o găsească oricând, pentru că îi știa nu numai adresa, ci și trecutul, împreună cu toată vulnerabilitatea acelei nopți ce putea fi adusă la suprafață.

Încă avea dubii asupra a tot ceea ce era scris pe acele câteva coli de hârtie.

Hanna se uita pe fereastră, pierdută în gânduri, și nici nu observă când Teodora se așeză lângă ea, cu o cană aburindă de ceai.

– M-a sunat Nicholas astăzi. Părea trist și pierdut, cred că plângea.

Hanna tresări și încercă să se concentreze pe trăsăturile feței fiicei ei. Încă nu vroia să îi pună nicio altă întrebare; știa că doar așa fata ei îi va vorbi.

– Mi-a spus că îi este dor de Vlad, de fete..., de noi, continuă Teodora cu ochii adânciți în cana pe care o strângea cu ambele mâini, dar de care încă nu se atinsese.

– Ce ai de gând să faci? se auzi Hanna vorbind, de parcă altcineva o înghiontise să rostească acele cuvinte.

Adevărul era că niciodată nu își plăcuse ginerele, dar de când îi părăsise fata simțea doar ură pentru el. Nu putea înțelege cum un om putea să renunțe atât de ușor la o familie, la acei îngerași.

– A spus că ea l-a părăsit și că e devastat, dar că e pregătit să mai încerce o dată alături de noi, dacă eu sunt de acord, rostise Teodora, fără să ia în considerare întrebarea mamei. Spune că a învățat să prețuiască..., dar cuvintele îi muriseră pe buze, așa cum lacrima amară picura în ceaiul îndulcit.

– Mă întreb dacă mai prețuia ceva dacă iubita nu îl părăsea..., se auzi din nou Hanna vorbind cu spaima că ultimele ei cuvinte o vor răni pe Teodora.

Știa cum era să trăiești fără persoana iubită, de una singură, crescând copii mici, dar mai știa că Nicholas era un om slab și copiii abia se liniștiseră după un divorț lung și dușmănos.

Se uita acum la Teodora și parcă vedea aceeași fetiță mică și neajutorată, ridicată în brațe de tatăl ei pentru a alege doar o jucărie de pe șifonier. Niciodată nu știuse să aleagă și rămânea acolo sus pierdută și grăbită, pentru că brațele, deși puternice, aveau să obosească repede. De ce hotărâse Hanna să pună toate jucăriile pe șifonier nici acum nu îi era clar, dar recunoștea aceeași vulnerabilitate a femeii Teodora ca și a fetiței Teodora.

– Eu sunt alături de tine, doar știi asta, spuse Hanna, aranjându-i o șuviță rebelă. Orice vei decide... dar nu mai continuă, căci nu ar fi suportat să decidă ceva ce i-ar fi adus suferință.

– Cum reușești tu, mamă, să fii atât de puternică? Cum ai putut să treci peste toate, peste moartea Nataliei, peste a tatei?

– Dar nu am trecut niciodată, cred că aici stă puterea mea. Trăiesc cu ei în inimă în fiecare zi. Asta îmi dă putere. Mai știi când i-am făcut Nataliei o traistă roșie pentru acea piesă de teatru de la școală, iar tu ai plâns toată noaptea că doar ea va avea puteri magice?

Teodora zâmbea acum și Hanna știa că povestirea o va liniști.

– Și apoi, când a venit acasă a tăiat-o în două, pentru a împărți magia cu tine? Așa era Natalia și așa ar fi fost și la maturitate... îi semăna mult tatălui tău. Dar tu, draga mea, îmi semeni mie, iar puterea pe care o vezi în mine, perseverența, încăpățânarea și mândria le ai și tu. Nimic și nimeni nu îți va putea lua asta. Niciodată.

– Îți mulțumesc, mamă, spuse atunci Teodora îmbrățișân-du-și mama. Îți mulțumesc că ești lângă noi. Încă mai am par-tea mea din traista magică, zâmbi din nou Teodora, neștiind că Hanna își îngropase fata cu partea ei din traistă sub cap.

∞∞

– Cred că ar trebui să organizăm o vacanță împreună pentru copii, pentru noi toți, zise Hanna fără să se uite în ochii fetei ei.

Trecuseră doar două ore de când copiii se duseseră la culcare și niciuna dintre ele nu era pregătită să-și încheie ziua. Hanna ar fi putut să o ia pe jos până acasă, căci nu era prea departe de Cișmigiu, iar tramvaiul nu mai mergea de o oră, dar se simțea plină de energie în această seară și simțea că și Teodora avea aceeași stare. Se săturase să plângă și se săturase să-și vadă fata plângând. Simțea că era datoria ei să facă ceva, să îngroape amărăciunea stropind-o cu ceva nou, ceva cu iz de evadare. Și ce altceva decât locuri noi, oameni diferiți, locuri neștiute? Toți aveau nevoie de o escapadă, de la mic la mare. De aceea răspun-sul Teodorei veni ca un ecou al propriilor gânduri.

– Unde mergem?

Hanna se gândea la un loc îndepărtat, văzându-se pe o coastă de țărm cu vedere la mare sau în vârf de munte, cu lemne tros-nind în sobă. Dar plecarea trebuia organizată diferit, cu gândul la copii și la bucuria lor, ceva care să le rămână întipărit pentru mulți ani, poate pentru totdeauna.

– Londra, se auzi Hanna răspunzând cu siguranță în glas.

– Dar ne permitem, mamă?

– Îți mai aduci aminte, Teodora? Îți mai aduci aminte...?

Și așa se derula din nou firul amintirilor, pentru amândouă de această dată. Era amintirea lor cea mai plăcută, amintirea de familie. Fusese de altfel prima și singura lor excursie împreună, ca o familie.

Fetele erau în vacanța de vară, într-un iulie covârșitor de însorit, care topea și cimentul sub picioarele trecătorilor, adesea lăsând în urmă amprentele pantofilor în culori umede și gri. Soțul ei fusese chemat din nou la o sesiune economică, și din nou în afara țării, dar de data aceasta totul era plătit, incluzând-o și pe ea. El însă nu dorise să o despartă de fete, căci știa că le-ar fi dus dorul toată săptămâna și și-ar fi dorit să se bucure alături de ele la fiecare pas, așa că le făcuse o surpriză plătind biletele copiilor, dar fără să le spună dinainte.

Mircea pleca adesea departe, uneori câteva luni pe an, aducând mereu cadouri stranii și dulciuri acoperite în folii frumos ornate. Le vorbea în fiecare seară despre aceste locuri îndepărtate, unde oamenii vorbeau alte limbi, folosind cuvinte întortocheate și îmbrăcând haine elegante, unde femeile cu buze înroșite purtau șiraguri de perle lungi și pălării ce le ascundeau părul tuns scurt, iar bărbații aveau baston și monoclu, fumau din trabuc și purtau discuții elevate despre cifre și calcule în saloane unde o femeie nu putea intra niciodată, decât dacă era de o anumită moralitate.

Hanna asculta cu drag poveștile, dar și cu melancolie, căci prin el își amintea de tatăl său și de istorisirea altor povești, din alte lumi. Mircea o cunoștea bine și simțea că ar fi dorit și ea să vadă aceleași locuri, dar datoria de mamă era mai puternică decât orice ar fi încercat el să îi spună. Nu știa să se împartă așa cum făcea el, nu putea să înțeleagă lumea departe de fetele ei, iar el o iubea și mai mult pentru asta.

Era dimineața devreme, fetele erau încă în pat, iar cafeaua fierbinte aburea pe măsuța din bucătărie. El, ca întotdeauna se trezea primul, dar pășea cu grija unei pisici mari și agile, iar pe ea o trezea doar mirosul cafelei proaspete și niciodată ceasul de perete. I se părea că arăta diferit în dimineața aceea, parcă îi jucau ochii de bucurie, dar nu putea spune sigur, că era încă prea somnoroasă, așa că se așeză lângă el, sorbind încetișor din ceașcă.

Nu putea uita niciodată mândria cu care o rugase să vină cu el în Londra, emoția momentului care o făcuse să lăcrimeze sau dansul jucăuș din bucătăria abia luminată. Fetelor le trebuiseră câteva momente să înțeleagă că tatăl lor nu mai pleca singur și că aventura îi aștepta pe toți și împreună.

Acum, visând cu ochii deschiși la acele clipe, la acea unică dimineață, Hanna și-ar fi dorit să îl fi sărutat atunci și mai mult, să îl fi îmbrățișat și mai îndelung, dar copiii aveau un fel al lor de a smulge atenția mereu către ei, iar zâmbetul lor era mai presus de orice altă atingere. Magnetismul fetelor anihilase dorința ei de a îi mulțumi. În final, Hanna uitase să îi mulțumească, iar el nu îi uitase bucuria niciodată.

∞∞

Londra se dovedise un oraș de neuitat din nenumărate motive atât pentru Hanna, cât și pentru familia ei, de la prima noapte petrecută într-un hotel modest, cu flori multicolore agățate de balconul micuț ce dădea spre Trafalgar Square, la parcurile verzi ce miroseau a iarbă crudă și a ploaie, la zecile de umbrele monotone, ce circulau voioase pe străzile străine dintr-un oraș cu iz de poveste modernă, până la măreția clădirilor istorice, a ceasului ce trona amenințător peste inima grădinilor cochete, a Tamisei și a catedralelor zgomotoase și sumbre.

Acolo, în mijlocul străduțelor ce aminteau de Ellis Bell, micuța Brontë și a ei răscruce a vânturilor, Hanna se simțea acasă.

Ajunsese undeva unde parcă îi era destinat să ajungă, undeva unde viața ei trecută avea să se întâlnească cu destinul prezent, o altă Hanna ce trăise paralel în același corp, având aceleași brațe și gânduri se ivea cu puterea stăruitoare a unui basm magic. Din prima clipă până la ultima oră petrecută în acel oraș, Hanna plutise. Plutise în cafenelele revărsate pe străduțe, plutise printre anticariatele ascunse, cu cărți scrise în acea limbă modernă, pe care soțul ei o vorbea atât de bine, plutise peste Podul Londrei, plutise într-o agitație continuă, plutise fără dor de acasă. Fetele, ca încă legate de un cordon ombilical, îi preluaseră starea. Mai târziu avea să audă o expresie care explica simțămintele ei de atunci: când vizitezi un loc nou, chiar și pentru o zi, te odih-nești. Odihna aceea, calmarea a tot ce înainte părea o durere, avea să fie doar o bucurie trecătoare, poate ultima petrecută împreună, cu toții. Nimeni nu avea să știe ce le rezervă viitorul, dar pentru câteva clipe niciunul dintre ei nu mai dorea să știe. Orice avea să vină era primit de toți patru cu recunoștință.

De atâtea ori, în trecut, Hanna își privise fetele și gândise cu regret că pierduse multe din spiritul ei de copil. Pierduse acea bucurie explozivă pentru un mic obiect cumpărat, pierduse exclamațiile însuflețite la vederea unui fluture colorat, pierduse esența purității, iar atunci, în Londra, pentru doar câteva zile, le căpătase pe toate înapoi. În doar câteva zile, Hanna, Teodora și Natalia fuseseră toate doar o vârstă, o persoană sau poate doar un gând. Ce i se părea încă mai deosebit fusese că pe tot parcur-sul acelui vis trăit, o a doua Hanna, cea veche, era conștientă de fiecare moment simțit, de fiecare nouă senzație și îi amintea, ca picăturile de rouă peste același fir de iarbă, că totul va trece, că totul trebuie impregnat în creier, că fiecare miros trebuie asi-milat pentru mult timp sau pentru totdeauna. Vechea Hanna era alertă și o îndruma pe cea nouă să-și trăiască momentele ca și când ar fi fost primele sau ultimele.

Acum putea doar să închidă ochii și să își reamintească de ei toți, de zilele de atunci, de bucurii melancolice. Acesta fusese secretul ei cel mai mare, această putere de a transcende mări și orașe, păduri și văi și a se regăsi în aceleași locuri unde s-a pierdut odată, foarte demult, într-o grădină, cu o carte în mână, în ciripit de păsări, în zumzet de albine ce aplecau câte o floare, și o furnică ce i se urca grăbit pe piciorul gol. Capacitatea de a-și conduce sufletul, ca o forță divină, în momente din trecut, cu mirosuri specifice și clare, o ajutase să treacă peste cele mai groaznice clipe de-a lungul vieții. Așa cum avea puterea să zboare cu gândul în neantul fotografic al unei clipe armonioase din trecut, la fel avea tăria să treacă peste orice fusese dureros ca o compartimentare forțată care se ducea mereu printr-o luptă la nivelul gândurilor și a spiritului ce o poseda.

Hanna era atât de învățată să evadeze de realitate, prin propria imaginație, că uneori uita să le distingă și refuza să se reîntoarcă. Știa însă să aprecieze tot ce avea: fiecare moment petrecut lângă nepoți, lângă Teodora, rolul ei de bunică și de mamă, iar secretul ei straniu de voiajor fusese înmormântat o dată cu soțul ei, singura persoană care se apropiase de ea mai mult decât oricine.

Acum, așezată lângă Teodora, simțea că era rândul ei să aducă o bucurie într-o familie ce avea mare nevoie; acum putea să aibă același rol pe care soțul ei îl avusese mulți ani înainte, adunând veselii pe străzi londoneze, iar pentru doar câteva clipe Hanna uită de conținutul scrisorii împăturite, scrisoare pe care o purta cu ea peste tot, ca o expresie a unui gând abia format.

VI

PIERDUT

E sfârșitul verii, dar parcă acum nu mă mai întristează ca în alte dăți. În câteva săptămâni, mă alătur unei noi clase pregătitoare, iar apoi scap de aici, las totul în urmă.

De când mă știu, am visat la aceste clipe, la aceste ultime săptămâni, pierdut în centru, printre oameni pe care nu îi cunosc, printre „mame" împărțite pe ture, femei care nu au nimic de-a face cu mine sau cu viitorul meu. Viitorul meu abia acum se deschide, departe de tot. Am să pot șterge cu buretele fiecare lacrimă vărsată pe coridoarele acestea reci, fiecare mângâiere așteptată de la necunoscuți nepăsători. Am să pot șterge tot, fără niciun regret.

În curând împlinesc nouăsprezece ani, vârsta la care ești automat azvârlit din cămin. Nu că îmi pasă sau că voi ține legătura cu cineva de aici. Când porțile se vor deschide, am să fiu primul plecat, ca o umbră ce dispare la prima rază de lumină. Ca un strigoi.

Nu vreau să iau nimic cu mine și pe nimeni. Colegii mei și-au făcut planuri deja, se gândesc să împartă cheltuielile unei șandramale undeva la sat și să muncească pământul țăranilor pentru câțiva lei. Eu însă am alte planuri și o știu cu toții. De aceea nici nu m-au întrebat sau rugat să vin cu ei, dar nici că au curajul să stea lângă mine. Niște idioți, cu toții.

Nu înțeleg de ce nu pot să plec chiar acum și de ce mă forțează să fiu în această clasă suplimentară. Eu nu vreau să urmez o facultate, ca restul imbecililor care speră că mai multă carte îi va duce undeva în societate, că lumea din jur îi va privi altfel decât ca pe niște bieți și amărâți orfani. Pecetea ne este pusă de când am pășit în acest centru, iar ei nu o înțeleg. Nu pricep că suntem înfierați asemeni vitelor la comun, fără drept de a alege.

Mi-e silă de ei toți și de fețele lor prefăcute, cu zâmbetele grotești, ca și când o frânghie nevăzută și legată în spatele cefei este trasă cu viclenie, ca mai apoi rânjete ascuțite să le ascundă gândurile ipocrite. Parcă eu nu știu cum stau lucrurile? Parcă eu nu văd cât sunt de fățarnici toți?

Apoi, sunt aceste zvonuri despre clasa pregătitoare (ha! pregătitoare pentru ce?) organizată de o femeie străină, care le îmbuibă capul elevilor cu vise imposibil de realizat. Am auzit că se face plăcută prin scrierile altora, dar pe mine nu mă vor păcăli nici ea, și nici ceilalți. Totul e o spoială ca să le apreciem efortul educatorilor acum, în prag de plecare, să le spunem că ne pare rău că ne despărțim de ei, să le scriem și să ne amintim cu drag de un centru presărat numai cu picuri de suferință. De aceea și această clasă pregătitoare, ca un mare păcălici, sub altă formă și sub un alt nume, are rădăcinile unite subteran cu cele ale centrului.

Ce mizerie, îmi zic în gând, dar am să mă duc și eu, căci doar așa îmi vor da drumul din iadul acesta și doar așa voi putea să îmi împlinesc visul. Apoi, nimic nu mă va mai opri să uit de trecutul meu și să respir aerul libertății. La gândul acesta, corpul meu se umple cu candoare ca un vas de lut ce așteaptă de mult mâna istovită a maestrului lui.

Am să mă urc pe unul dintre acele vapoare cu coşuri abu-rinde şi am să plec pe alte meleaguri, unde eu nu voi mai fi cel de acum, iar tot ce am trăit va părea coşmarul altuia.

Ce naivi par cei care se gândesc să îşi regăsească familiile, familii care i-au aruncat ca pe nişte gunoaie spurcate, familii ce i-au lăsat în coşuri despletite la uşi străine, în frig şi ploaie. Ah, nu, eu nu vreau asta şi nimic din ce alţii visează. Prietenii legate în centru, suspine după oameni pe care niciodată nu i-au văzut? Cum oare aş putea să nu văd totul cu ironia celui care ştie că singurele motive pentru care toţi de aici privesc spre trecut sunt laşitatea şi frica de a avea un viitor independent? Destul cu biletele de voie, destul cu stingerea luminilor la nouă seara, destul cu lovituri primite pe nedrept de la femei frustrate de propriii soţi sau de plozii de acasă şi destul cu mâncarea porţi-onată ca la animale! Destul cu umilirea nemărginită! Sunt băr-bat, şi ei ştiu asta! Voi face ce mai este de făcut pentru a mă elibera de toţi, pentru totdeauna.

∞∞

Abia acum am găsit timp să scriu sau poate abia acum am curajul să pun pe hârtie tot tumultul prin care am trecut în urmă cu două săptămâni. Sunt exact două săptămâni de atunci.

Mă simt vinovat pentru reacţia mea şi poate că dacă o aştern acum pe hârtie o să reuşesc să o elimin, ca pe un lucru oarecare, încuiat într-o cutie fără fund. Oare ştie cineva ce s-a întâmplat cu mine? Cu ea? Oare a spus cuiva?

Am plecat cu ei în acea seară; cum era să rămân în urmă? Ştiam că trebuie să mă alătur lor şi nu din laşitate, ci că era timpul meu, aşa cum altora le venise rândul mult înaintea mea. Eram bărbat, şi înainte să părăsesc zidurile reci ale centrului trebuia să îmi demonstrez cutezanţa, îndrăzneala, semeţia, virilitatea. Virilitatea, căci acesta este cuvântul care mai poate caracteriza impulsurile noastre dobitocești din acea seară.

Îmi venise timpul, cum știam că îmi va veni, iar un „nu" răspicat m-ar fi exilat și mai mult decât oricum eram, deja, de toți ceilalți. Vorbe s-ar fi împrăștiat despre mine, cuvinte mincinoase la adresa însingurării mele, dar mai veninos decât orice ar fi fost umbletul acelui iz de eroare, de dereglare, care era atât de ancorat în cei ce nu izbutiseră, ca un șurub îndrădăcinat în vigoarea unui tânăr adult. Vorbesc despre acea posibilitate, calomnia unei anomalii. Am fost aproape obligat să spun „da", și „da" am și spus.

Biletele de voie se primeau ușor pentru această misiune nocturnă; eram tineri nestăpâniți, cu dorințe ascunse, suspinând după carnea fragedă de fecioare bălaie. O izolare a noastră colectivă ar fi însemnat probleme aspre, chiar temeri criminale din partea educatoarelor și așa prea multe la număr de gen femeiesc. Permisiunea de ieșire era dată ușor, iar trecerea printre porțile zidite se făcea cu un avânt nemilos și în chiote pline de patimă.

Eu, un novice, căci era să îmi fie prima noapte, îi urmam, cântând și eu asemeni urangutanilor din junglă, pilit deja de țuica pe care o strângeam prea tare la piept. Sentimente absurde mă treceau în acea seară, iar în delirul meu de atunci mă vedeam fugind cât mai departe de sminteala în care intrasem și din care nu puteam să mai ies decât într-un final, învingător. În sinceritatea mea de atunci, parcă totul părea o halucinație în care picioarele mă împingeau înainte, gura îmi rostea cuvinte nebănuite până atunci, iar tot corpul mi se schimonosea, sub dorința aprigă de a mă reîntoarce. Unde mă duceau ei toți și oare ce aveam acolo de făcut?

Bineînțeles că în linii mari înțelegeam; văzusem și eu imagini în cărțile sleioase și împinse din mână în mână prin dormitoarele comune dar, cu toate acestea, doar atunci, pe drumul iluminat de felinarele gălbejite, în plină noapte, înțelegeam că preamări-rea noastră strâmbă și exagerată avea să se oprească ca sunetul în gâtul omului strangulat, în fața ei, a celei ce avea să ne smulgă virginitatea.

Mă uitam în jur la fețele celorlalți ca mine, debutanți nepricepuți ce cântau în unison și îmi imaginam câ în spatele fețelor vlăguite de spaimă, nesomn și încordate, în fața efor-tului de a părea temerari neîntrecuți, stau acei copii lăsați de propriile mame în lumea necunoscută a bărbăției abia ivite. Și cu acest gând înaintam cu toții soldățește, cu strigătul mai crunt și pasul apăsat, spre noaptea ce promitea atingeri de nimfă și șoapte fiebinți.

Prima oprire se făcea mereu la o bodegă unde cei mai mari, cei destoinici, plăteau un rând de băuturi nouă, cei nevrednici încă. Apoi, la ieșire, noi ceilalți aveam să răsplătim maeștrii prin istorisiri deocheate și descoperiri fabuloase.

Un adult cu ochiul sprinten ar fi citit de îndată teama noas-trăm mai ales că fiecare își avea deja povestea memorată, mult înainte de a i se întâmpla. Cum altfel am fi putut pleca într-o asemenea aventură decât foarte pregătiți, indiferent ce miste-rioasa noapte avea să ne aducă?

Personal, aveam doar câteva cuvinte pregătite, zdrobitoare și imposibil de rostit în miezul zilei, dar băutura și avântul de bufon pus în fața spectatorilor nocturni aveau felul lor de a da umbrelor forme de zmei.

Acum, după aproape paisprezece zile de la acel moment mi-e silă de mine, de cel de atunci, de cel de acum și dau vina pe toți, dar și pe șansă.

Cum aș fi dat timpul înapoi și cu câtă siguranță aș nega acea plecare! De vorbe să îmi fi fost mie teamă, de hulă, clevetreală? Eu, mai trufaș peste toți ceilalți, eu cel îngâmfat, cel ce consideră că nu are nevoie de nimeni, că ei toți mă încurcă. Tocmai eu să mă alătur ridicolului, tocmai eu să cad primul, ca Lucifer dintre îngeri?

Acestea sunt momentele când mi-e groază de mine, de cine sunt și de ce altceva aș mai fi capabil. Mă-nfior la gândul că în sângele meu ceva negru și viclean sălășluiește, ceva ce eu singur nu pot să controlez, ci ca un posedat mă supun.

Am ajuns prea repede acolo; o cocioabă ce părea să se prăvăleasca peste oricine i-ar fi pășit pragul, o poartă ca o scorbură imensă, întredeschisă, cu luminițe ca de candelă abia pâlpâind, iar ferestrele sparte, cu crengile de nuc zbârcite și adâncite în ele, asemeni brațelor unei caracatițe mitologice. Nu îmi aduc aminte din ce motiv am pășit primul înăuntru, sub zâmbetele guturale ale tuturor, dând impresia unei hotărâri sau nesocotințe apropiate cu nebunia. Uitându-mă acum înapoi, știu că eram deja inconștient și totul mi se părea ca dintr-un vis din care aș fi ieșit doar supraviețuindu-i, ca tulumbașul ce trebuie să treacă prin foc pentru a salva o altă ființă, dar și pe sine într-un final.

Atunci părea totul eroic, acum doar un instinct egoist de a încheia ceva ce doar așa putea fi petrecut. Doar în acel moment, cu ochii mici, ce încercau cu disperare să se adapteze la semi-întunericul ce ne înconjura, am văzut o femeie ștearsă și îmbătrânită, ca și când cineva i-ar fi mânjit fața cu o cârpă murdară, iar rujul ce odată trasa urma pe buze încrețite, se lungea de-a lungul obrazului drept, părând astfel un bufon confuz de rolul ce avea să joace.

– Câte să fie? am auzit-o atunci șuierând printre dinții lipsă, în văgăuna ce părea să prindă contur.

Doar Victor, cel mai mare dintre noi, cel care de multe ori venise în această casă și care o cunoștea de câțiva ani, înaintă cu experiența celui care nu se mai teme de nimic. Îl priveam cu toții ca pe un zeu, cu mine în frunte, căci nimeni nu ar fi îndrăznit să vorbească unei femei ce părea mai mult căpcăun decât ființă omenească. Aveam să o visez după aceea în fiecare seară, așa imagine adâncă lăsă pecetluită în sufletul meu în acea noapte. Pe ea însă nu am mai visat-o.

– Suntem șapte, dar doar patru sunt novici. Adu-le, babo, pe alea mai curate, zise Victor, uitându-se dintr-o parte în alta, cu hoția unui om care știe că face ce nu are voie nici să gândească.

– Tinere, oi fi eu babă, dar doar așa sunteți voi în stare să deveniți bărbați, vorbise din nou femeia, râzând și ridicându-și fusta peste un picior gol și zbârcit de vreme.

Victor amuți rușinat de ochii vicleni ai femeii și se dădu un pas înapoi, lăsând femeia să troneze în fața noastră ca o ma-troană în fața unor netrebnici.

Doar atunci din dreapta noastră, sub clinchete vesele și în-fundate de adolescente, se iviseră, una după alta, șapte fete, toate tinere și toate îmbrăcate în rufe ce atârnau peste sânii și coapsele albe ca și când o fiară ar fi smuls din ele, în așa fel încât doar goliciunea femeiască să nu se iveasă. Mitrar, băiatul de lângă mine, se aplecă brusc și începu să verse, stropindu-mă pe picior, iar ceilalți amuțiră de rușine.

– Iertați-mă, iertați-mă, spuse Mitrar într-un târziu către fete și către noi.

– Alino, ia o cârpă și șterge pe jos, iar voi toți să vă dați la o parte. Tu, Victore, ți-am spus să nu mi-i mai aduci așa, că mai bine nu-i aduci deloc.

Nu ne-am mișcat niciunul până ce o fată voinică și sprintenă, cu ochii dușmănoși și negri nu a pășit printre noi și s-a aplecat pe podeaua crăpată cu o căldare de apă și o zdreanță mazacă și a început să șteargă tot ce Mitrar acumulase în stomacul lui de-a lungul zilei. Ne bucurăm cu toții în sinea noastră că nu ni se întâmplase nouă o asemenea nenorocire, căci fără îndoială rușinea ne-ar fi bântuit o viațăbîntreagă. Când fata se ridică în picioare, Victor înaintă din nou spre femeia care parcă devenea din ce în ce mai hidoasă cu fiecare clipă petrecută acolo.

– Bine, hai, alege-ți, dar să mi le lăsați în pace în zori. Fetele astea au școală, nu sunt mucoase ca voi, spuse baba uitându-se la fetele care râdeau cu mâinile acoperindu-și gura.

Pentru că nimeni nu îndrăznea să se miște din loc, au început ele, una câte una, să se apropie de grupul nostru, grup care părea din ce în ce mai mic și mai strâns în cămăruța care mirosea tot mai mult a apă rea și înăcrită.

Uitându-mă la alții, nici nu am fost atent când și de brațul meu s-a agățat o fată mai scundă cu un cap decât mine, dar cu strângerea fermă și dogoritoare. Am urmat-o amețit, fără să mai știu de mine, uitând cu totul de ce mă aflam acolo și care era menirea mea. M-am trezit într-un târziu împins de la spate printr-o ușă vopsită în roșu-închis, cu urme scrâșnite de-a lungul ei, ce dădea într-o cameră dezordonată și strâmtă. Într-o parte, abia puteam zări un pat improvizat, cu câteva pături colorate și aruncate la repezeală peste el, iar lângă pat un scaun pe trei picioare, pe care o lampă învechită și acoperită cu o bluză femeiască dădea o impresie gălbejită peste toată încăperea. Odaia nu avea nici măcar o fereastră, iar singurul obiect ce îmi atrase atenția era o icoană strâmbă, desenată pe o hârtie decolorată de timp, care parcă supraviețuise unui incendiu, sub rama murdară de sticlă. Rămăsesem cu privirea spre icoană când un glas firav și tânăr, aproape șoptit, mă trezi din îngândurare.

– Este îngerul Mihail, spuse fata închizând ușa cu stângăcie. Mă apără mereu.

Abia atunci am apucat să privesc mai atent spre fata care mă luase de braț și să realizez că totul se petrecea la o altă dimensiune.

Tot ce păruse ireal cu câteva minute în urmă se contura acum cu o sălbăticie completă, autentică.

Fata, cea care mi se păruse micuță la prima vedere, era de fapt o femeie la vreo douăzeci și șase de ani, voluptoasă la corp, cu ochii migdalați și prea mari pentru fața ei rotundă, cu bucle încâlcite ce îi întunecau fruntea și cu o gură tristă și prea roșie, cu mici urme de rană, asemenea oamenilor timizi și plini de temeri ce își mușcă adesea buzele. Stătea pe loc, uitându-se rușinată la mine, plecându-și ochii în podea și zâmbind melancolic, parcă dorind să îmi vorbească fără să știe de unde să pornească.

– Este prima dată pentru tine? a întrebat într-un târziu.

– Ce să fie? Aaa... nu, nu este, am spus eu atunci prea repede, cu inima zvâcnindu-mi în gură.

– Deci ai mai fost cu o femeie, rosti ea atunci mai curajoasă, înaintând spre mine. Atunci, spune-mi, cum îți place?

Mii de gânduri îmi zburau atunci prin cap și parcă un bâzâit nemaivăzut îmi imobilizase puterea de a mai raționa. O amețeală, asemeni unui curent puternic, îmi cuprinsese întregul corp și realizam stânjenit că tremur. Tremuram atât de tare că mi se puteau auzi dinții clănțănind în gură, iar lipsa de salivă îmi îngreuna limba, care nu vroia să mă ajute a rosti ceva.

Fata se apropiase atât de mult de fața mea încât îi puteam simți respirația domoală și mirosul de săpun cu iz de levănțică.

Nenorocirea s-a petrecut într-o clipă, cât îți fuge o buburuză din pumn, cât ațipești după o oboseală lungă, cât o clipire de gene. Nu îmi aduc aminte dacă i-am simțit degetele pe fața mea sau doar știam că avea să mă atingă. Încerc să înțeleg când anume am lovit-o și dacă asta am dorit cu adevărat, dar atunci eu parcă nici nu mă aflam în odaie, ci un altul îmi luase locul cu adevărat, iar când mă uit în urmă o fac prin ochii mei, și nu ai lui. Un altul care tot revine și mă posedă, făcând din mine o marionetă, iar pumnul lui este mai puternic decât tot corpul meu adus la încordare.

Ei, i-am văzut în treacăt cârlionții, ca o păpușă zvârlită și frântă de un zid, iar în cădere fata apucă icoana, care se sfărmă înaintea ei de podea. Liniștea de după încă mă mai bântuie, noapte de noapte.

Ultimile momente mi le amintesc cu precizia unui ceasornicar; pătura aruncată pe corpul strâmb, scârțâitul ușii și a pragului putrezit, lumina palidă din hol și aerul curat și rece al nopții. Ce nu îmi mai amintesc este fuga, cât a durat și în ce moment m-am oprit, vărgat de usturimea scaieților din tufișuri.

Astăzi pare că acea noapte nici nu a fost, iar amintirile mele sunt doar o festă, căci nimic nu s-a schimbat în jurul meu, ci doar ceva s-a urnit în mine. Încă aștept ca cineva să vină după mine și să fiu prins, lovit cu aceeași putere peste fața vinovată, pedepsit pentru crimă, dar nimeni nu mi-a adresat niciun cuvânt din acea seară, iar toți se poartă ca și când doar eu știu despre această plăsmuire. Adesea, până și eu mă întreb dacă s-a întâmplat cu adevărat, dacă am cunoscut acea fată și dacă poate, printr-o minune, totul este doar un vis amețitor, din care doar acel înger mă mai poate scoate. Dar apoi îmi amintesc de babă, de noi toți acolo, aleși de câte o fată, de mirosul greu și vechi de cuvertură aruncată peste ea și de luna aceea părtașă, prea mare și palidă.

Cu ceilalți nu am vorbit și nici ei cu mine. Ne purtăm cu toții ca și când nimic din cele întâmplate nu s-au petrecut, dar îi văd cum se uită unul la altul, îi văd cum ceva s-a schimbat în fiecare dintre noi. Curioși suntem toți, eu unul recunosc acum în scris, dar muți cu toții ne purtăm de teamă că ceva nefiresc s-a întâmplat cu fiecare dintre noi.

Nu știu dacă alții știu ceva despre mine, despre acea fată, despre fuga mea înainte de vreme, dar dacă știu pare că o ascund tare bine, fără a-mi da nici măcar un semn.

Dacă vor veni după mine, eu sunt pregătit, căci de câteva zile mă rostogolesc în pat, visând-o aievea, ca și când totul a fost doar o nălucire strâmbă a minții mele. O visez mai aproape de mine de fiecare dată, cu mâinile ei prea albe pe pielea mea arsă de soare, o visez timidă, așa cum era în aceea noapte, și zâmbitoare de parcă m-a iertat pentru ceva ce doar eu am gândit. Dar în visele mele ea niciodată nu vorbește, deși eu mereu o întreb cum o cheamă. Stă mută, așa, cu surâsul pe buze, cu ochii doar la icoană, iar eu tot o întreb și o întreb același lucru, până ce într-un târziu încep să țip la ea și să o scutur, simțindu-i părul lung pe fruntea mea ca solzii ascuțiți de pește răpitor. Mă trezesc de fiecare dată ud leoarcă și panicat că au venit toți după mine să mă ia, și totuși, zi după zi, nimeni nu vine, nimeni nu întreabă, nimeni nu mă cheamă. Mă trece gândul să vorbesc cu Victor, să-mi arate drumul spre babă, să o mai văd o dată cu ochii mei sau, dacă nu mai este acolo, să-mi mărturisesc păcatul, să le plâng îngenunchiat că nu eu am lovit-o pe fată, ci altul, cel ce nu-mi dă drumul, cel ce mă stăpânește cu ură, cel ce nu-mi dă voie să-mi cer iertare. Acest gând este însă stupid și o știu foarte bine, dar încerc uneori să par responsabil. De ce mi-aș cere iertare? Cine era acea fată pentru mine și câți ca mine nu au trecut prin odaia ei cea fără de ferestre? Poate doar eu am lovit-o, sau poate știa deja ce o așteaptă; poate e deja bine, cu un alt imbecil ca mine, ce își cunoaște pentru prima oară bărbăția cu una ca ea. Căci dacă este să o gândesc corect, așa cum e firesc, ea e la fel ca toate celelalte, ea dorind ceva de la mine în acea noapte chiar mai mult decât eu aș fi dorit ceva de la ea.

Eu am fost adus acolo, aproape silit de împrejurări, însă ea era deja acolo, ea mă aștepta pe MINE, pe unul ca mine. Nu trebuia să fug, poate asta mă deranjează mai tare, poate de asta nu dorm eu nopțile astea. Da, nu trebuia să fug, dar poate și alţii au fugit ca mine, de aceea nimeni nu spune nimic. Poate că ce mi s-a întâmplat mie li s-a întâmplat tuturor şi acum, nerozi şi neîncercaţi cum suntem, ţinem toţi ascunsă această mare taină, neştiind de fapt că toţi am trăit aceeaşi faptă. Suntem speriaţi, doar asta trebuie să fie, temători de o femeie, de noi înşine şi de-o babă. Dacă m-aş mai duce o dată acolo... dar nu, nu vreau să mai calc acel prag niciodată. Îi las pe alţii înainte mea care vor să împartă un pat cu o asemenea fată.

VII

Regăsită

O lumină plăpândă o încuraja să înainteze, iar simțurile îi erau invadate de mirosul tomnatic de vie bogată, atarnândă peste gardurile vechiului sat, vie de culoarea florilor de stânjenel. Tot ce ar fi trebuit să facă era să întindă mâna, să se înfrupte din bogăția strugurilor și să se răcorească așa, dar nu pornise la drum pentru asta. Era plecată de dimineață, iar după soare i se părea că a parcurs deja cinci kilometri pe jos, prin praful drumului de țară, rar întâlnind câte o căruță ce mergea leneșă pe marginea drumului.

Nu o recunoștea nimeni și chiar dacă ar fi salutat-o careva nu se știe dacă ar fi auzit, pentru că gândul ei era doar la Ilinca.

Cum de nu și-a dat seama de ceea ce avea să se întâmple, tocmai ea, care petrecuse atâtea ore alături de fată, tocmai ea, care îi cunoștea melancolia crudă?

Ultima oară când își vorbiseră fusese înainte de vizita lor, de vizita lui, căci aceasta stârnise totul, iar acum totul părea în zadar, totul părea suspendat ca și când încă se mai aștepta ceva, ca tăcerea spectatorilor înaintea unui salt mortal. Și totuși săritura se făcuse într-o mișcare, dintr-o privire, o vorbă, o răsuflare.

Acum se perpelea de griji, de gânduri și nu putea face altceva decât să o caute, să încerce să îi vorbească, să îi explice, de parcă mai rămânea ceva de explicat. În sufletul ei, știa că orice i-ar fi spus era în zadar. Ilinca văzuse totul, deși totul era neadevărat. Oare adevărul mai putea fi schimbat în cuvinte verosimile când imaginea toată pictează alt drum, altă părere?

Când încercase să fugă după ea, el o luase de braț și o ținuse strâns, imobil, cu o forță pe care nu l-ar fi crezut în stare să o aibă. Era totuși mai tânăr decât ea, un copil doar, studentul ei. Așa îl văzuse ea de la început. Cum de nu-și dăduse seama, cum de nu luase în seamă acele priviri lungi și penetrante, acele mici flori găsite aproape zilnic sub catedră?

Hanna se simțea obosită și parcă ar fi vrut să se așeze undeva, să nu se mai gândească la nimic.

De dimineață, Nana i-a spus că fata plecase la biserica din sat, să se roage. Iar acum tot ce putea să facă era doar să o urmeze, să o caute, să o privească, în speranța că o va înțelege.

Nu anticipase nimic, nu planificase nimic din tot ce se întâmplase și totuși purta o vină; o luase cu ea în acea zi, o luase în clasa ei. Acum blestema ziua aceea, rugămintea Ilincăi să îi cunoască elevii, lacrimile ei de singurătate, privirea ei aproape evlavioasă de copil singur. Cum putea să-și imagineze că acea zi avea să o schimbe atât? Și totuși parcă ea, mai ales ea, trebuia să știe, îi datora măcar atât, căci doar ea îi cunoștea vulnerabilitatea.

Pe el nu îl luase în seamă, deși era venit doar de câteva luni; fiecare interacțiune cu el o considera normală, aproape firească, asemeni oricărei legături între un dascăl și elevul ei. Când fusese rugată să îl primească în clasa ei pregătitoare avusese pentru o clipă o ezitare, ca și când ajunsese dintr-odată la un capăt nebănuit și abrupt de țărm. Instinctual, dorise să refuze, neștiind motivul exact, dar cum elevii ei erau din ce în ce mai puțini, acceptase cu jumătate de inimă. Apoi el nu apăruse în clasa ei decât după trei săptămâni, iar ea uitase de el. Nici când își pronunțase numele în felul lui prea intens, cu privirea aceea întunecată și pătrunză-toare, Hanna nu ținuse cont că îl așteptase și că de fapt nici nu îl dorise. În realitate, niciodată nu i se mai întâmplase să fie intimidată de vreun elev, nici măcar cei mai isteți și vanitoși nu o stingereau, dar acest tânăr avea ceva aparte, ca și când toată ființa lui ar fi ars într-o privire pe care o fixa uneori obraznic peste obrazul ei, sau peste buze, iar ea se găsea pentru doar câteva clipe tulburată de prezența lui. Îl văzuse doar atunci o dată, iar a doua oară venise după alte două săptămâni și îi intrase în clasă în mijlocul lecției fluierând, cu mâinile în buzunar și mirosind a brazi, a pământ, a rășină.

Își dăduse imediat seama ce voia să facă, cum voia să îi submineze autoritatea în fața celorlați și își zâmbise în sine, cre-zând că o vorbă fermă și o lipsă de încurajare l-ar pune pe drumul drept. Știa că nu toți elevii ei aveau să colaboreze cu ea, iar pentru Lorian se părea că rolul ei de educator și de femeie îl deranja, fără să fie clar care dintre roluri i se părea mai batjocoritor.

A treia oară când îi apăruse în clasă fusese de fapt adus de directoarea centrului de plasament, aproape cules de pe dru-muri, ca o frunză târzie de toamnă și boțită de bătaia vântului. Avea ochiul drept vânăt și semăna izbitor cu un pirat încolțit, uitându-se amenințător direct în ochii ei.

Directoarea, doamna Sofia, o luase blând într-o parte a cla-sei, rugând-o să încerce să vorbească cu el, căci mai avea doar câteva luni până când atingea vârsta majoratului și urma să fie lăsat liber, cu propriile decizii, iar școala eliberată de respon-sabilitatea lui. Hanna știa că ar fi trebuit să vorbească cu el încă de la început, dar ceva o reținea, o impresie vagă de neliniște, ca și când în centrul unei pânze de păianjen se afla ea, iar el marea ei primejdie. Era absurd ce simțea, dar fiecare privire înspre el o asigura că Lorian o privea atent de fiecare dată și îi adulmecase frica precum un câine de vânătoare.

Curaj nu își făcuse decât după alte două zile, când l-a prins pe coridor lovind cu putere un elev mai mic decât el, și imediat l-a apucat energic de umăr.

– Nu îți permit un asemenea comportament în clasa mea! se auzi Hanna ridicând vocea.

Lorian o privise amuzat atunci, Hanna citind pe fața lui o urmă de admirație și curiozitate.

– Nu suntem în clasa dumitale, domnișoară, îl auzi atunci pentru prima oară vorbind.

Avea un glas sobru, prea grav pentru trăsăturile lui tinere, gândise atunci Hanna. Un bărbat blocat într-un corp de copil.

Hanna nu îi luase în seamă încercarea de insultă, ci îl apucase de mânecă domol și, coborând vocea, îi spuse aproape șoptind că se aștepta să vorbească după ore cu el.

Îl amenință cu implicarea directoarei centrului, iar asta însemna un alt an forțat în clasa ei și încă o vară. Își aducea acum aminte cum plecase de lângă el cu satisfacția că îl citise, îi văzuse căutătura de animal captiv, speriat și zdrobit. Îi aflase secretul, iar el o știa. Lorian putea fi manipulat și pentru început ea câștigase prima bătălie.

La finalul orei, Lorian o aștepta rezemat de peretele ușii, cu privirea fixată în podea și pumnii strânși.

– Vino lângă mine, Lorian, stai jos, zise Hanna molcom, arătând cu mâna spre un scaun cu spetează din fața ei.

Lorian, cu umerii căzuți îi urmă cu privirea mâna albă, dar fără a se mișca din loc.

– Cum vrei tu, atunci. Dacă nu vrei să vorbești, și așa este bine, dar eu am de gând să vorbesc, continuă Hanna pe același ton.

– Când eram tânără, am descoperit în podul casei o carte ce mi-a deschis privirea spre o lume diferită decât cea pe care o știam până atunci. Cartea se numea *Winnetou*. Ai auzit vreodată de el? întrebă Hanna, fără să aștepte un răspuns. Winnetou era un erou aparte, neînțeles de restul personajelor din carte, dar era un erou plin de compasiune. Îmi aduc aminte cu atâta plăcere cum mă ascundeam în câte un colțișor al casei cu această mică poveste pe brațe și mă pierdeam în prietenia atât de non-comformistă a unui nativ războinic, Winnetou, și a lui Shatterhand, un vânător alb, ce devine până la urmă fratele lui de sânge. Fusese povestea preferată a tatălui meu și, fără a o ști, devenise și a mea. Anii au trecut, iar eu am citit multe alte cărți de atunci, dar cred că acea poveste sălbatică și plină de aventuri m-a convins că am datoria să le vorbesc celor pe care îi întâl-nesc despre cărți și importanța lor.

Hanna, care vorbise toate acestea uitându-se pe fereastra ce dădea spre un câmp plin de margarete, continuă îndreptându-și dintr-odată privirea spre Lorian, care tresări pe neașteptate. Se apropie și se așează în prima bancă.

– Atunci când te-am văzut pentru prima oară intrând în clasa mea, am știut că recunosc un suflet de Winnetou în tine. Nu știu nimic despre viața ta, cum nici tu nu știi nimic despre a mea, dar cred cu tărie că, uneori, doi oameni foarte diferiți pot lupta pentru aceeași cauză. Nu îți cer să mă asculți, să revii în clasa mea sau să studiezi, de altfel nu vreau să îți cer nimic, dar dacă îți vei da o șansă, dacă vei decide să te oprești din a lovi colegii vulnerabili, mai mici decât tine, de a face orice pentru a brava în fața celorlalți, dacă vei hotărî că stă în puterea ta să creezi lumea pe care ți-o dorești, atunci cred că noi doi vom putea fi într-o zi prieteni, asemenea lui Winnetou și a lui Shatterhand.

Văzând că Lorian nu spune nimic, Hanna se așează lângă el și își sprijini mâna pe umărul lui.

– Ce s-a întâmplat cu el? auzi dintr-odată vocea sugrumată și stinsă a lui Lorian.

– Cu Winnetou?

– Nu, cu tatăl dumitale. A aflat că împărtășeați aceeași pasiune pentru carte?

Pe moment, Hanna rămase cu gura întredeschisă, fără aer, ca blocată în fața acestui băiat care se gândise să pună această întrebare. Se ridică brusc în picioare și, așa cum era întoarsă cu spatele la el, șopti ca pentru ea că tatăl îi murise înainte să afle.

– Îmi pare rău, spuse atunci Lorian, ridicându-se în picioare și pornind spre ușa clasei. Eu m-am regăsit în bătrânul Pumn-de-Fier, nu în Winnetou, și părăsi clasa în tăcere lăsând în urmă doar un miros de mușchi de pădure, ca o părere.

Acum, cu pașii obosiți și prăfuiți, Hanna își aducea aminte surpriza cu care auzise acele cuvinte, senzația stupidă pe care a avut-o imdeiat după aceea și cum acel tânăr reușise încă o dată să o facă să se simtă mică și ignorantă. Ea, care dorise să îi dea o lecție, primise alta în schimb, iar drumul spre casă îl făcuse, în acea zi, zâmbind, gândindu-se că-și judecase prea aspru oponentul. Pentru prima oară în atâtea săptămâni, dorise să îl aibă în clasa ei.

Dorința avea să i se împlinească, iar Lorian avea să vină la școală în fiecare zi, alegând mereu ultima bancă și parcurgând ora în liniște, dar mereu cu privirea spre ea, zâmbind uneori în colțul gurii un altfel de zâmbet, sincer.

Toamna aceea păruse mai scurtă decât toate anotimpurile pe care le parcursese Hanna până atunci. Elevii erau mai conștiincioși ca niciodată, iar ea plină de energie și optimism. Lecțiile cu Ilinca luaseră o altă formă, mai jucăușă și îngăduitoare, iar viața ei de profesoară se așezase într-un comfort tihnit. Fără să știe, se pregăteau toți de un alt an, diferit de tot ceea ce aveau să trăiască vreodată, un an ce avea să le aducă o nimicire a tot ce părea copilăresc, liber și promițător.

Ilinca petrecea ore în șir cu picioarele în iazul cu fântână arteziană din spatele casei și mereu cu o carte în mână, iar Hanna alerga între clase și lecțiile tinerei ei protejate.

Deși ocupată cu corectatul de lucrări și examene, Hanna realiza pe zi ce trece ce frumusețe devenise Ilinca, cu buze roșii și cărnoase, cu părul auriu, ce îi crescuse până la coapse, ca o amazoancă cu aripi de înger. Vorba îi devenise șoptită, iar gesturile păreau voluptoase, zâmbind doar rar și doar cu ochii plecați, ca și când și ea era mirată de transformarea petrecută. La doar șaptesprezece ani, Ilinca era un copil într-un corp de femeie, iar colivia în care tatăl ei o crescuse amenința o vijelie ca o bulboană adâncă.

Acum, cu rochia de in lipită de trupul ei ud și obosit, cu același soare în față și cu gândul la distanța lungă pe care încă o mai avea de parcurs, Hanna își dădea seama că în preocuparea ei de zi cu zi făcuse aceeași greșeală pe care și tatăl ei, Dumitru Popescu, o făcuse. Așteptase prea mult și evitase pericolul ce se înrădăcinase demult, asemeni unui mugur de brad.

Totul fusese ideea ei, de aceea își reproșa acum amarnic naivitatea proprie, iar invitația de a sărbători ziua ei de naștere în salonul mare din casă venise din partea Ilincăi ca o adiere abia întrezărită printre dune mișcătoare de nisip. Îi vorbise atât de des Ilincăi despre elevii ei din clasa pregătitoare, fără să realizeze că, la pronunțarea numelui lui, Ilinca se tulbura ca un bujor abia desfăcut și doritor de admirație. Abia acum realiza cu regret că, în gândul ei, apropierea Ilincăi de elevii orfani avusese atunci sens. Erau doar cu un an mai mari decât ea.

Ilinca părea fericită, gândindu-se la rolul de gazdă, și dorea mult să îi cunoască pe elevii ce îi împărtășeau dragostea de romane asemeni unui explorator de noi ținuturi.

Cum putea să o mai refuze, când de câteva zile Ilinca dansa, cântând, prin holurile ce duceau spre bucătărie, suflecându-și mânecile și ajutând-o pe Nana să prepare cel mai bun sufleu sau cel mai gustos șerbet pentru viitorii ei prieteni? Cine ar fi crezut altceva în locul ei?

Când dimineața zilei de naștere a Hannei venise, odată cu un vânt crunt și aducător de bucăți mari de gheață și cu vestea că petrecerea organizată trebuia amânată, căci șoferul nu dorea să conducă pe acel vifor, iar studenții nu aveau cum să ajungă la moșie, Ilinca se prăbuși în mijlocul camerei, frângându-și cu furie rochia călcată cu atâta meticulozitate și zvârlindu-și pantofii spre candelabrele lucitoare. Doar zgomotul făcut de ploaia măruntă, ce bătea acum ferestrele ferecate cu cârlige din tablă, mai estompa din urletele ca de animal rănit și împușcat în inimă ce răzbăteau din odaia Ilincăi. Atunci, Hanna ar fi trebuit să își dea seama că ceva nu era cum trebuie, că durerea fetei era mai profundă, iar primejdia mult mai mare.

Clop-clip, clop-clip, o altă căruță, un alt salut trecător cu pălăria de paie coborâtă la piept.

Mergea de câteva ore, iar tălpile picioarelor ardeau, deși mintea ei rămase la cele întâmplate în urmă cu câteva săptămâni și la ghinionul vremii frumoase care parcă se răzbunase pe ea, aducând un sfârșit de toamnă maiestuos. Mergea molcom spre o biserică, un lăcaș pe care nu îl vizitase niciodată, undeva în adâncimea satului, simțind că șansele de a o găsi pe Ilinca acolo erau mici, aproape inexistente, iar totul era o răbufnire tinerească, o răzbunare de fată pierdută în sentimente pe care nu le cunoștea și nu le înțelegea. O fată care însă avea să îi schimbe destinul.

∞∞

După zile întregi de tânguire într-o casă neaerisită și întunecată de draperiile unite ca aripile unui grifon, Hanna simțea că era singura ce avea responsabilitatea de a schimba ceva. Astfel că, într-o dimineață sumbră de toamnă, cu o tăviță acoperită de un prosop alb de in, sub care se ascundeau prăjituri cu vișine și o ceașcă fierbinte de ceai, Hanna intră pe vârfuri în camera fetei. Camera Ilincăi arăta ca restul casei, maiestuoasă, dar la fel de întunecată, căci sosise ordin de la tatăl ei ca Ilinca să fie lăsată să se odihnească și nicio rază de soare să nu fie văzută până ce fata nu va cere lumină. Amândouă, dădacă și profesoară, citiseră scrisoarea din capitală de două ori, ca un soldat în fața unui ordin venit de sus, dar, cu trecerea zilelor, Hanna înțelese că nimic nu avea să se schimbe dacă cineva nu intervenea.

Așezată pe marginea patului, Hanna întinse cu stângăcie ceașca de ceai spre ridicătura de pătură de sub care doar părul auriu al Ilincăi se zărea pe pernă, ca brațele Shivei.

– Ilinca, Nana ți-a făcut prăjituri cu vișine, cum îți plac ție. Hai, ieși de sub pătură și mănâncă măcar una, cât încă sunt calde.

Niciun gest, nici măcar un sunet.

Hanna așeză cu grijă tava pe măsuța de sticlă cu margini aurii, peste care erau aruncate într-o dezordine de fată tânără funde colorate, mărgele deșirate, un burete sub forma unei păsări împăiate și înțepată toată cu ace și bolduri. Văzând că Ilinca nu se mișcă deloc, Hanna se ridică timid și se îndreptă cu o teamă stranie spre ferestrele închise, ca și când s-ar fi temut că nu va avea cum să ajungă la timp la ele. Se simțea intimidată acolo, căci camera fetei îi dădea mereu impresia unei cutii frumos ornate, în care se cocea un măr stricat și putred. Era ca și când pereții odăii ar fi respirat asupra ei, ca și când le-ar fi putut citi durerea sau ca și când ceva greoi, mortuar, sălășluia acolo.

– Lasă-mă să îți deschid măcar o fereastră... Încă mai plouă, dar aerul curat îți va face bine, se auzi Hanna șoptind din nou și temându-se parcă să nu o trezească. Însă Hanna avea certitudinea că fata nu dormea, căci doar cu câteva minute înainte auzise clinchete mărunte, ca și când conserve goale ar fi fost legate de coada unei pisici alergate.

Ce era cu această fată? De ce nu reușea să o înțeleagă, ea, care trăise lângă surorile ei, care preda atâtor tinere cu vârste asemănătoare, vârste dificile?

Atunci îi venise idea, o idee care probabil fusese însămânțată în mintea ei cu câteva zile în urmă, când studenții de la clasa pregătitoare i-au mărturisit cât de rău le păruse că nu au ajuns să o viziteze pe Ilinca. Lor le-a spus doar două cuvinte banale: „poate altădată", dar cele două cuvinte au luat-o înainte cu forța unui prâsnel eliberat din strâmtoare.

– M-am gândit mult, Ilinca, și cred că ar trebui să plănuim altfel mica noastră petrecere. Nu există niciun motiv pentru care, doar pentru că vremea s-a supărat pe noi, să îi răspundem cu aceeași monedă.

Hanna văzu cum pătura de pe pat se mișcă imperceptibil, doar cât un clipit de gene, însă suficient încât să conteze. Îmboldită de curaj, Hanna, cu mâinile dibace și vocea mai sigură, apucă să deschidă o fereastră.

– Știi, și prietenii noștri au spus că ar fi dorit să te vadă...

– Au spus ei asta? vorbi Ilinca dintr-odată, descoperindu-și fața și umerii de sub straturile de așternuturi.

Hanna observă nu cu mirare că fata era deja îmbrăcată cu o rochie de zi, iar părul îi era pieptănat ca de ieșire. Bineînțeles că totul era un truc de-al ei și, deși reușise să-și îngrijoreze tatăl și dădaca, pe ea nu avea cum să o impresioneze.

– Daaa..., și cum ei nu au cum să ajungă aici din cauza drumurilor inundate de atâtea ploi, mă gândeam să mergem noi acolo.

– Acolo..., adică să mergem noi... la cămin... la clasă? ridică din nou vocea ei cristalină, dezvelindu-se complet, nerealizând că Hanna îi putea vedea acum și pantofii legați elegant cu șnur.

Fata aceasta nu are nimic, decât prea mult răsfăț, gândi atunci Hanna. Însă gândul îi fugi din cap cu aceeași viteză cu care anulezi ideea că într-un iris ai văzut odată o libelulă și nu o pasăre colibri, căci aveau același zumzet imperceptibil de aripi, imposibil de egalat.

Pentru o clipă, Hanna încercă să și-o imagineze pe Ilinca măritată, cu soț și copii, cu o casă, poate ca aceasta în care copilărise, dar nu reuși. Vedea în schimb, ca prin ceață, o umbră acoperită de un fum înnecăcios, ce îi estompa trăsăturile feței, brațele, îmbrăcămintea.

Ilinca avea un fel al ei, singular, de a trăi în pielea proprie ca într-o țară străină și îndepărtată, cu reguli diferite și intrări blocate și alunecoase. Era dificil de intrat în acea țară pentru că de fiecare dată când Hanna credea că e deja acolo, că are parte de o perspectivă vastă și plină de flori, aburi grei, ca o ceață groasă peste o mlaștină care nu fusese acolo dinainte, preschimba ce păruse inițial o pajiște luminoasă, iar granița acelei țări se muta fără vreun comunicat oficial sau vreo înștiințare, departe, mult prea departe pentru a mai încerca o altă intrare. Era ca și când Ilinca era un pește frumos, intimidant, bogat în solzi aurii, dar care i se strecura printre degete cu o dibăcie nebănuită, lăsând în urmă dâre de sânge, palme zgâriate și silă sau oroare după doar acea sublimă atingere de la început.

Hanna cunoștea sentimentul de a fi altfel, diferit; poate că și ea părea diferită în ochii acestei fete, poate că și ea avea propria țară, dar aventurile din ținutul ei se petreceau mereu în imaginația creionată prin senzații și percepții. De aceea o ierta pe Ilinca, o absolvea de micile ciudățenii, o încadra într-o cutiuță pe care o inscripționase încă de la început cu acel cuvânt pe care poți să îl folosești doar pentru artiști sau celibatari înconjurați de pisici și cescuțe înflorate. Excentrică. Pentru ea, Ilinca era excentrică.

Se întrebase adesea cum ar fi fost viața ei dacă ar fi trăit închisă în acea casă maiestuoasă și dezolantă, cu holuri lungi și mâhnite, cu canapele pline, dar chinuite, cu ferestre abătute de atâtea lacrimi ascunse printre colțurile interioare. Cum ar fi fost să nu aibă surori, voci și idei contradictorii, glume zgomotoase, sunete estompate auzite prin pereți, certuri molcome pe care doar o familie le poate înțelege? Cum ar fi fost ca viața ei, nașterea ei să însemne îmbolnăvirea acelei unice persoane care a adus-o pe lume? Cum oare se simțea acea povară?

Cum ar fi fost să trăiască printre atâtea păpuși frumos ordonate, cu zâmbete desenate pe chipuri de lut, într-o cameră pustie, ce ar fi putut odihni două familii în locul unei singure copile? Cum ar fi putut să o judece pe Ilinca pentru frivolitatea ei, schimbările subite de personalitate, melancolia și sensibilitatea exacerbată?

– Hanna, la ce te gândești? Te-ai răzgândit? Spune-mi că nu te-ai răzgândit, vorbi rugător, aproape în pragul plânsului Ilinca.

– Nu..., mă gândeam doar la aromele minunate ce vin dinspre prăjiturile cu vișine făcute de Nana. Crezi că am putea-o ruga să facă mai multe? Adică... mult mai multe? spuse Hanna, făcându-i cu ochiul Ilincăi.

Un zâmbet cât un răsărit de soare apăru pe trăsăturile frumoase ale Ilincăi. Orice i-ai fi spus Ilincăi, un singur lucru nu puteai să îi reproșezi. Singurătatea nu îi era companie dragă.

Nana își făcuse datoria ca de fiecare dată, pregătind cele mai pufoase prăjituri cu vișine, doar că de data aceasta zâmbea și ea printre picăturile rare de ploaie, pentru că fericirea Ilincăi însemna fericirea casei, iar fericirea casei reprezenta nopți dormite pentru toți.

În zilele ce au urmat și printre cuvinte șoptite, Hanna aflase și povestea acelei femei atât de îndrăgite. Nana fusese dădaca domnului Popescu încă de pe vremea când avea cinci ani, dar înainte trăise un mare scandal, căci tânără fiind, rămăsese însărcinată cu un băiat din sat și născuse pe ascuns un băiețel mort. De atunci, Nana hotărî pe loc că Dumnezeu o pedepsise pentru păcatul de a nu fi fost unită religios și se îngropă în casa stăpânului ei. Degeaba bătuse tânărul ce o iubea la porțile moșiei, sperând să o ia de nevastă și să pornească o familie împreună, Nana ferecase pentru totdeauna iubirea lui și orice altă speranță de un viitor diferit. Ilinca nu știa prea multe despre acel băiat, doar că-și auzise o dată tatăl vorbind cu un grădinar cum că Nana ceruse o singură dată permisiunea să plece câteva zile din casă, iar la întoarcere dăduse doar o simplă explicație grădinarului: „mi-am îngropat bărbatul".

Dacă sufletul Nanei era împietrit ca femeie, ca mamă avea multă iubire de dăruit. Îl crescuse pe Dumitru asemeni copilului ei, iar pe Ilinca precum pe fata pe care și-ar fi dorit-o mereu.

Nana suferea alături de ei și se bucura alături de ei, făcând din orice cădere o tragedie și din orice înfăptuire, un triumf.

Faptul că Hanna reușise să o scoată pe Ilinca din camera ei, iar tânăra părea din nou fata vioaie pe care o știa dinainte, o făcea pe bătrână mai blajină. Într-o casă cu puține cuvinte, cele nerostite erau uneori mai puternice decât cele auzite, iar Hanna simțea recunoștința Nanei.

Și așa, cu un coș plin de prăjituri și mere domnești, cele două fete porniseră spre clasa din centru, ca eroinele unei povești nemuritoare, fără să știe că, asemeni fiecărei povești, pericolele sălășluiesc acolo unde te aștepți cel mai puțin. Chiar în fața ta.

∞∞

Cum se ivește dragostea în inima unei tinere? Care este procesul acela chimic ce stârnește transformarea ca dintr-un sâmbure udat peste noapte spre o viță de fasole înaltă, până în nori?

Nu, aceasta nu era o dragoste ce se ivise peste noapte, ci instant, într-o clipă, ca o picătură de rouă care odată unită cu lacul de pe pământ, devine brusc una cu el. Sau așa o interpretase Hanna atunci.

Acum, nu o mai vedea așa. Nu o mai vedea atât de imediată, ci ca pe o metamorfoză, evoluând lent, sub ochii deschiși ai ei și totuși atât de incapabili să vadă. Oare nu îi vorbise ea atât de candid despre el, oare nu îi răspunsese ea la toate întrebările copilărești despre el? Oare nu el fusese motivul acelei crize crunte din dimineața furtunoasă?

Contase cu adevărat cum o primiseră ceilalți în clasă? Contase că Simion și Andreea îi dăruiseră flori de câmp și pietre lucitoare de la râu? Contase oare că până la finalul celor două ore petrecute împreună, Ilinca părea una de-a lor?

În realitate nu contase decât el, Lorian, și apropierea aproape indescifrabilă dintre ei doi.

O percepuse pe Ilinca mai vorbăreață ca înainte, deschisă, feminină, și știa că ochii celorlalți erau și aveau să fie ațintiți doar asupra ei pe durata acelor două ore, dar nu își imaginase niciodată că totul fusese plănuit, studiat și repetat ca o piesă de teatru. În acele ore, Ilinca dăduse dovadă că Hanna se înșelase amarnic în ceea ce o privea. Nu părea deloc fata aceea timidă, cu mii de secrete contradictorii, misterioasă și mofturoasă. Dimpotrivă, părea o adevărată domnișoară care știa să asculte, să povățuiască, să creeze impresia că nimic nu era diferit între ea și acei tineri vulnerabili.

Orgoliul ei de profesoară o liniștise în acea după-amiază asemeni mirosurilor comune care au rolul de a te face să te simți în siguranță și astfel Hanna se justificase că acea vizită la clasă le făcuse bine tuturor, sau mai bine zis, mai ales Ilincăi.

Când, mai târziu, Ilinca a început să primească săptămânal vizitele a doi sau trei elevi din aceeași clasă, mereu ascunși în biroul mare cu bibliotecă al domnului Popescu, Hanna nu a bănuit nimic. Nici faptul că Lorian era mereu prezent în acele vizite nu a făcut-o să cugete asupra a ceea ce se putea întâmpla. Cum putea să se gândească la ceva anume, sau mai bine zis cum de nu se gândise la nimic? Doar Nana se purta straniu în preajma lor, mereu îngândurată și posomorâtă, mereu absentă și pe fugă, dar fără să scoată vreodată vreun cuvânt.

Acum, când se gândea mai bine, Hanna realiza că nu o auzise pe Nana fredonând nicio melodie de când intraseră acești tineri în casă, un detaliu pierdut ca un sunet eterat, aproape aerian printre mii de gânduri zburătoare. Și apoi o liniște adâncă. O absență completă. Un abandon.

Ușa casei rămase închisă, Ilinca în camera ei, iar elevii din nou în clasă. Nicio altă întrebare, niciun răspuns. Hanna se așteptase să se încheie; era firesc, până la urmă erau tineri din două lumi diferite și, oricât ar fi crezut că prieteniile nu țin de circumstanțe, ci și mai mult le leagă, instinctual știa că orice început avântat avea doar un singur final. Dizolvarea.

Nana reîncepuse să fredoneze vechile melodii, Ilinca descoperise poeziile, iar ea, neschimbată, era amuzată de ritmicitatea organică a existenței cotidiene.

Dar totul era doar o liniște ca dinainte de furtună, totul era o simplă impresie, ca o peliculă veche cu actori muți, ce lasă loc de interpretare individuală.

Bisericuța se ivea printre brazii falnici asemeni fecioriilor tineri lângă o babă Dochia, aplecată de vreme, încovoiată la spovedanie. Totul invita spre răcoare, spre acel miros specific de lumânare cu flacără plăpândă, cu șoapte către un Creator nevăzut. În jurul ei era liniște și era pace. Hanna se așeză ostenită pe o buturugă, privind cu melancolie ușa întredeschisă a bisericii ca o chemare într-un vis și inspiră mirosul puternic de rășină, care se prelingea pe conurile căzute din jurul ei. Acolo, în mijlocul brazilor, rămase uimită că în sinea ei, și după atâta drum, Hanna spera ca Ilinca să nu fie acolo. Liniștea aceea nu o dorea împărțită cu nimeni.

VIII

UNELE UŞI NU SE MAI DESCHID NICIODATĂ

Iarna venea mereu cu tristeţe pentru Hanna, aceeaşi melancolie ce îmbina mereu antitetic bucuriile şi tragedia trecutului. Primii fulgi o suprindeau mereu cu lacrimi în ochi, fugea pe străzi de clinchetul colorat al râsetelor de copii şi avea uneori nevoie de aproape o lună să se ajusteze la veselia colectivă din jurul ei. Seara, în zăpada groasă, luminiţele felinarelor o deprimau, iar îndrăgostiţii pierduţi prin parcul Cişmigiu o fugăreau ca o durere surdă, pecetluită adânc peste carnea ei.

Încă de la primii fulgi aduşi de frigul iernii, Hanna îşi calcula baricadarea în casă de la ora cinci, când totul era încă vizibil, iar oraşul părea acelaşi. Intra în apartament cu ambiţia unui om care are ceva programat şi foarte important de făcut şi încuia uşa de la intrare cu stoicism, cu cele două zăvoare instalate demult, de pe vremea când fetele ei erau copile, mereu pregătite să iasă în parc, prea mici pe atunci ca să cunoască un alt concept decât acela de siguranţă naivă şi totală.

De vizitat, nu o mai vizitase cineva pe neaşteptate de ani de zile; o cunoşteau cu toţii, cei rămaşi, astfel că sunau înainte. Sunau chiar şi de ziua ei, căci ştiau de regula iernii, îi cunoşteau aproape toate particularităţile, fiind văzută asemeni unei artiste extravagante ce îşi zăvorăşte uşa apartamentului iarna şi odată cu ea toate circuitele unei vieți normale, iar apoi o mai deschidea primăvara, o dată cu prima rază de soare ce topește țurțurii de gheață agățați de streașina blocului. Știa însă că unele uși nu se mai deschid niciodată. Unele uși nu mai au prezent, nici viitor, ci sunt doar spre trecut, dar și acela uneori pierdut în imagini greu de recreat.

Însă iarna nu fusese dintotdeauna așa pentru Hanna și poate de aceea totul era de două ori mai dureros pentru ea. Petrecuse momente frumoase, aproape magice alături de familia ei, sărbătorirea zilelor de naștere de care se bucurase ca orice trecător întâlnit în drumul ei zilnic, trecător de care în anotimpul iernii fugea ca un vârcolac de lumina zilei.

Totul se schimbase brusc, odată cu pierderea soțului ei și cu moartea Nataliei.

Viața o golise de sărbătoare și o trădase cu mulți ani înainte, deși se păcălise singură că ceea ce fusese greu trecuse în tinerețe. Mulți ani după aceea, furia se formase pe buzele ei asemenea spumei mării la marginea plajei, fără să se mai retragă cu adevărat. Furia se topise într-un final, dar fusese înlocuită de o paralizie completă la vederea zăpezii, ca un ac de busolă în fața unui pericol iminent.

Nici măcar prezența nepoților nu i-a mai readus liniștea sărbătorilor de iarnă. Totul era furat, totul era pierdut. De multe ori, Hanna gândea că poate așa trebuia să fie pe pământ.

Poate fericirea completă dăuna omenirii, ca și când ar fi existat o rețetă împotriva unei răceli, servite cu o linguriță mică, și doar din când în când, cât să privești în jur și să fii mulțumit cu ce ai primit, cu iluzia însănătoșirii. Iar atunci când doza este depășită cu prea multe lingurițe, te trezești golit, fără măruntaie pe dinăuntru, ca o carcasă ce funcționează numai din cauza unei inimi zdrobite, al cărei sunet face doar un ecou ce dă impresia unei normalități.

Aşa se simţea Hanna iarna, ca pereţii unei carcase putrede, unde inima, dacă s-ar fi ajuns la ea şi dacă ar fi fost atinsă, s-ar fi prăbuşit instant, transformându-se în praf, fără vreo picătură de sânge. De-a lungul vieţii ei, nu mai exista sentiment rămas încătuşat şi neîncercat. Cu un „puf" s-ar fi evaporat totul, ca o uşurare. Ca o moarte binevenită.

De aceea ştia că bătrânii ajun şi la vremea morţii cunoşteau misterul dinainte şi chiar priveau totul cu detaşare, senini. Acel firesc era cumva o alinare. Nu mai erau sentimente de simţit, nu mai erau lacrimi de vărsat. Era doar liniştea, ca un capăt de drum biruit, aşa cum fusese dat.

Iar când venea vremea colindătorilor pe scara blocului, Hanna închidea lumina pe hol şi deconecta soneria, visând uneori câteva nopţi la rând că uitase una sau alta aprinse şi se trezea deschizând uşa unor oameni necunoscuţi şi stranii, în costume hidoase, ce îi împingeau zăpada pe pragul uşii, acoperind-o toată, îngheţând-o.

Dar apoi totul trecea: frigul, zăpada, plictisul, iar oamenii îşi reveneau. Vecinii îşi reluau forma ştiută, nu mai tropăiau la ore neaşteptate pe scările blocului, cumpărătorii se normalizau şi nu se mai grăbea nimeni să cumpere lucruri de care nu aveau niciodată nevoie, iar ea ieşea din casa şi bântuia din nou cafenelele şi anticariatele pierdute prin colţuri de capitală. Iarna părea din nou departe, o melancolie sădită la suprafaţa pielii, aparent înlăturată.

∞∞

Iarna nu fusese dintotdeauna aşa.

Existase o vreme când fulgii de nea şi aerul rece al dimineţii îi încânta simţurile, iar grijile trecutului păreau îngropate într-o ţărână încremenită. Uneori, fragmente din viaţa ei anterioară îi alunecau prin fața ochilor ca fulgi croiți din mărgăritare, deși dorise izolarea lor totală într-un un cavou cu o cheie pierdută.

Nici ea nu-și mai amintea de câte ori nu își separase momentele vieții în etape, în situații trecute, în răni protejate, asemeni unui raft ascuns dintr-un scrin vechi și uzat. Însă trecutul avea planuri diferite, iar senzațiile reveneau cu încăpățânare.

Cândva, prețuia nespus acele dimineți de început de iarnă, când geamurile din micul apartament erau acoperite cu flori complicate în gheață, ca desenul unui magician, când se trezea mereu a doua, mereu după soțul ei, care o aștepta pe canapea cu o cană mare de ceai aburind sau, când erau bani, cu cafea orientală. Ce clipe divine trăiseră atunci! Se simțea cum poate doar o cloșcă se simte atunci când își are toți puii sub aripile călduroase, se simțea în siguranță, potolită și alinată de simplitatea vieții de familie.

În timpul acelor prime săptămâni de iarnă, înainte de a se depune zăpada pe străzile Bucureștiului, dar mult după golirea copacilor de frunziș, Hanna primea cu recunoștință fiecare zâmbet pierdut al trecătorilor. Parcă ar fi știut că undeva, cândva, acele zâmbete aveau să fie șterse și mânjite de perioade umbroase.

Apoi, o dată cu venirea zăpezii, toată atmosfera casei se schimba cu un farmec tainic. Gutuile mari și rumene așteptau dimineață de dimineață ivirea zorilor pe pervazul ferestrelor, iar Hanna le aștepta împlinirea destinului ca pe o datină străveche, ce îi amintea de o copilărie trecută.

Doar amiezile de duminică mai cuminteau agitația săptămânii, atunci când fetele veneau de la sanie și se așezau toți patru în jurul măsuței din lemn din bucătărie și mâncau aceeași ciorbă fierbinte de pui, într-o liniște aproape solemnă. Mânuțele roșii se încălzeau ținând lingura între degete, în timp ce mănușile înghețate se înmuiau pe caloriferul încins.

Hanna se întrebase adesea dacă toate familiile din București simțiseră într-un anumit moment aceeași liniște dăruită în zilele de duminică și dacă acele câteva clipe măsurabile erau răspândite cu grijă prin casele românești prin gura cheii.

Discutase de multe ori cu soțul ei ritmul acelor ierni, puterea absolută a sărbătorilor de iarnă în a colora sufletele oamenilor cu bunătate și blândețe, bunăvoința cu care necunoscuți se opreau în dreptul bisericilor pentru a aprinde o lumânare, lăsând doar pentru o clipă la o parte graba care îi împinsese afară din case. Se considerau amândoi norocoși și doar în acele ierni aveau timp să și-o mărturisească, dar, ca orice trecător naiv prin viață, uitaseră să bată în lemn, uitaseră să nu se încreadă.

Încă din momentul căsătoriei și fără să discute vreodată, Hanna împreună cu soțul ei celebraseră atât Hanuka, cât și Crăciunul, una după alta. Amândouă sărbătorile aminteau de miracole neverosimile, atât de aproape de sufletele lor, ca un balsam dulce asupra unei răni îndepărtate.

Fetele știau de ambele sărbători și le îmbrățișau cu aceeași bucurie, fără să se gândească la alte familii sau alte case, unde poate misterul iernii nu pâlpâia în lumină de candelă împerecheată ca uleiul Menorei, care a ars timp de opt zile cu doar o singură cană de ulei pur.

Doar o singură dată Hanna îi vorbise lui Mircea despre copilăria ei, și doar atunci îl auzise întrebând-o, ca printr-un vis, dacă dorința de a lăsa trecutul în urmă era mai mare decât aceea de a-l păstra. Era o curiozitate pentru amândoi, acea nevoie de a păstra durerea vremurilor de odinioară, ca un lucru pe care nu erau încă pregătiți să-l abandoneze, deși nu doreau revenirea la ceva specific, anume. Poate fiindcă trecutul îi formase, făcea parte din ei cu aceeași putere ca și prezentul pe care îl trăiau zi de zi, asemeni unei simple petale de floare ofilită și păstrată între file de carte. Niciunul nu avea puterea să o arunce, cum niciunul nu ar fi știut să trăiască în lipsa acelei petale.

∞∞

Ziua aceea începuse cu un semn, ca un simbol de dincolo de lumi, același semn care avea să se repete cinci ani mai târziu, mult mai dramatic de aceea data și mult mai de neconceput. Semnul era un simplu vis, un vis ce cuprindea aceleași imagini de odinioară, ca o poartă spre înțelegere, dar care trecea asemeni unui tunel prin mii de alte vise. Fețele o bântuiau de mult, dar de data aceea o imagine clară i se ivi în fața ochilor, aceea a mamei ei.

Ultima dată când își văzuse mama fusese în acea noapte, noaptea fugii, și de atunci ochii ei o marcaseră profund poate pentru că erau lipsiți de lumină, goi, pierduți pe altă lume. Pe ea nu o mai visase demult și niciodată atât de aproape, ca și când i-ar fi simțit respirația pe obraz, citindu-i cu ușurință zâmbetul melancolic. Însă în acel vis, pentru prima dată după atâția ani, buzele mamei nu mai surâdeau a iertare, ci încercau să forțeze cuvintele să iasă, ca și când ar fi fost undeva blocată în timp sau sub o altă atmosferă, unde sunetele fuseseră uitate sau interzise. Poate din această cauză toate trăsăturile mamei erau schimonosite, strâmbe, în nevoia ei de a-i spune ceva. În vis, Hanna își amintea că era îngrozită, cu corpul țeapăn, înghețat, dar nu de incapacitatea mamei de a vorbi, ci de teama că acele cuvinte aveau să fie pronunțate. Avea certitudinea că o mare nenorocire se împlinea o dată cu rostirea lor. Cuvintele însă izbucniră cu forță printre buzele subțiri, printre care se zăreau câțiva dinți lipsă, și le-a înțeles încă de la început semnificația, sau cel puțin în vis reușise să le cuprindă mesajul, dar la trezire rămase doar cu acele trei cuvinte atârnând misterios în aer. Ca o atenționare. *„Umbrele au umbre."*

Degeaba a mai închis ochii, dorind cu disperare să-şi revadă mama, să o întrebe de ce acele cuvinte şi ce dorea să-i spună, imaginea refuză cu încăpăţânare să mai revină, iar siguranţa explicaţiei pierdută era cu acel vis.

Îşi aminteaa că citise undeva, demult, că imaginile unui vis pot fi spulberate într-o secundă prin simplul gest de a privi spre lumină, la o fereastră deschisă, spre o lampă aprinsă, dar nu reuşea să îşi amintească şi contrariul, cum ar fi putut fi acelaşi vis reînviat, resuscitat la forma iniţială.

De aceea, atunci când a primit acel telefon spre seară, a înţeles că aşteptase o zi întreagă explicaţia apariţiei din vis, ca o premoniţie ce îşi urma drumul spre o destinaţie nebănuită, dar fără întoarcere.

De multe ori, după aceea, a revenit la acea dimineaţă de după trezire, la clipa când soţul ei era lângă ea, o formă vie, caldă, ce respira oxigen, sau poate visa cel din urmă vis. În anii de singurătate ce au urmat, gândul ei fugea mereu la ultima lor îmbrăţişare, cuvinte schimbate în grabă, la acele câteva ore rămase, nebănuind că viaţa avea să îi despartă pentru totdeauna. Singurul amănunt care o măcinase încă de atunci fusese că nu simţise nimic ieşit din comun. Atunci când soţul ei sângera în zăpada abia aşezată, ea pregătea baia fetelor, sau strângea vasele, mătura podeaua. Făcea lucruri banale.

Atunci când omul, care o luase de atâtea ori în braţe, care o definise ca femeie şi mamă, care o cunoştea mai bine decât propriul jurnal, suferea, ea nu simţise nimic. Ca şi când legătura aceea cu care se mândrise atâţia ani nici nu existase. Ca şi când ei doi nu fuseseră decât doi necunoscuţi, intersectaţi de viaţă doar pentru o clipă.

Cum poţi să fii atât de detaşat de cel cu care ai dormit în fiecare noapte, timp de doisprezece ani, şi să nu eziţi măcar o

secundă când el, jumătate din tine, își dă ultima suflare în miez
de noapte? Cum poți să mai trăiești după aceea?

Detaliile le-a ascultat în treacăt, ca sub hipnoză, cu ochii
fixați pe chipul lui alb, sidefat, dorind cu disperare, până și
atunci, să nu fie el acolo. Să nu fie *ea* acolo.

Îi aranjaseră părul greșit și asta îl făcea să arate diferit, un
altul, nu soțul ei, nu tatăl fetelor lor. Mai apoi a înțeles că
amintirea fetelor acasă, în camera lor încălzită, îmbrăcate în
pijamale cu girafe, o întărise să stea în picioare în odaia aceea
înghețată, privindu-l pe o masă metalică, sub ticăitul unui ceas
de perete. Se presupunea că fusese înjunghiat de un tâlhar, căci
portofelul îi lipsea, fiind recunoscut după un bilet găsit în bu-
zunarul de la veston, cu numele ei, adresa și numele unei flo-
rării. O chitanță plătită cu o zi înainte. Murise în doar câteva
minute, probabil înainte să realizeze ce i se întâmplă, sau cel
puțin asta i se spusese atunci, de parcă asta avea să o liniștească
sau să explice fetelor lipsa lui.

Ajunsă acasă în aceea noapte, a închis ușa cu zăvorul, do-
rind să se izoleze de lumea de afară, de o realitate pentru care
încă nu era pregătită. Spera că, o dată cu închiderea ușii apar-
tamentului, va înlătura și absurda imagine a soțului ei întins
pe o masă, într-o cameră goală, la o adresă străină. Avea să facă
o baie, să se schimbe de haine și să pregătească un ceai. Avea
să îl aștepte ca în fiecare seară, dar el avea să nu mai vină că de
fiecare dată.

Cu câțiva ani înainte de moartea soțului ei, Hanna se îm-
prietenise cu o vecină. Părea și acum misterios cum reușise să
primească această femeie în sânul familiei ei, dar pe cât de stra-
niu era totul, pe atât de normal li se păruse apropierea atunci.
Femeia se mutase de câteva săptămâni în apartamentul de lângă
ei și doar un scâncet de copil abia născut se auzea din când în

când, prin pereții de cărămidă ce le despărțeau dormitoarele. Vag, își mai amintea prima ei vizită în apartamentul femeii, Laura pe nume, și tot ce îi rămase fixat în memorie era faptul că apartamentul nu avea niciun fel de mobilă. Doar în dormitorul mic, cu ferestre largi, ce dădeau, la fel ca și dormitorul fetelor Hannei, spre parcul Cișmigiu, femeia avea strânse lângă un perete o grămadă de pături groase, acesta fiind locul în care dormea cu copilul ei abia născut, și o măsuță cu trei picioare. Restul, puțin cât era, rămăsese împachetat în cutii cartonate și răscolite prin holul lung și întunecat.

Povestea Laurei o aflase mai târziu și pe neașteptate, dar nu completă, ci părți insinuate ici și colo, ca un puzzle răsfirat cu piese pierdute. O dată, Hanna își amintea, ieșiseră toți trei în parc, ele două și un băiețel de opt luni într-un cărucior cu o roată înlocuită și strâmbată de vreme. Era una dintre acele ultime zile călduroase de septembrie, când frunzele arămii încă se țineau cu ultima forțare de crengi, o briză molatecă adia la suprafața lacului tăcut, iar elevi în uniforme albastre se alergau venind spre casă. Hanna nu își mai amintea nimic din ce discutaseră înainte de acea conversație, dar cuvintele de atunci, cuvinte plăpânde, ca o tristețe vagă și aproape nedefinită, aproape de delir, nu reușise să le mai uite niciodată.

Laura plecase de acasă, nu mult după ce născuse, singură alături de băiețelul ei. Pleacase din motive doar de ea știute, dar din câte înțelese Hanna, mai mult fugise, ca alungată de tatăl copilului. Marea dilemă a Laurei stătea într-o singură întrebare: nu știa dacă făcuse bine. Avea siguranța că pusă într-o situație similară ar fi făcut din nou la fel, pas cu pas, lăsând aceeași urmă, dar nu regretul era ceea ce o mistuia. Purta mereu cu ea o întrebare repetată în mod obsesiv uneori, de mai multe ori în aceeași frază, asemeni unei persoane care cere un răspuns divin. Ca și când Laura ar fi dorit o a treia persoană, o persoană cu autoritate morală, o entitate ce o cunoștea numai pe ea, în adâncul ei, și numai pe el, acel bărbat cu care fusese, să îi decidă soarta, să o judece, să o elibereze de dubiu. Dar nesiguranța Laurei nu stătea în decizia în sine, în decizia de a pleca, și poate asta îi fusese greu Hannei să înțeleagă la început, ci în decizia de a lăsa în urmă povestea creată în capul ei, care trebuia să aibă un alt sfârșit.

Laura îi explicase atunci cum femeile, după părerea ei, trăiesc mai mult la nivel imaginar, la o dimensiune superioară bărbaților. O fată tânără, care abia începe să cunoască viața reușește să se atașeze, sau mai bine zis, să se îndrăgostească, cu o forță inimaginabilă, de un copac cu formă de om, de un scriitor dispărut de sute de ani, de o fantomă în opera cuiva, de un personaj desenat în creioane colorate. Firesc, aceasta este prima iubire. Când fata devine femeie și acel mult așteptat iubit îi apare în cale, atunci ea neavând decât experiența primei ei infatuări, împrumută cu prea multă ușurință din acele caracteristici care au condus-o atât de ușor în nori, în dragostea anterioară. Acea stare care te face să plutești în loc să mergi, te face să zâmbești, deși în jurul tău oamenii plâng, taina dragostei, în opinia Laurei, era o creație proprie și sensibil protejată doar de o femeie.

Acea femeie, Laura fiind, căci doar ea reușea să disece amănunțit problema fugii personale, se lupta cu o singură întrebare. *Oare făcuse bine?*

Dacă făcuse bine că se trezise din păcăleala proprie, ca o țesătorie cusută cu fire fumurii, dacă ar fi existat orice altă șansă ca totul să se fi derulat diferit, înainte de decizia plecării, iar ea să se fi putut înșela în continuare că iubirea era un motor puternic cu rezervorul plin și integral, fără capacitatea de epuizare. Problema Laurei însă revenea constant, ca o roată cu multe spițe ce, petrecută de un singur punct, calculează aceași dimensiune, revenind mereu la același rezultat.

Astfel încât întrebarea Hannei venise într-un mod logic, așteptată de însăși Laura, întrebarea fiind ipotetică. Hanna ar fi vrut să știe dacă acea esență cu caracteristici divine, atotputernice, s-ar fi coborât spre ea și i-ar fi dăruit Laurei singurul lucru pe care îl mai dorea, și anume siguranța că procedase în acord cu forța etică ce o conducea pe această lume ca persoană, ca suflet în carcasă de om, ar fi fost ea, femeia, capabilă să accepte cele petrecute ca finalitate? Răspunsul însă rămânea suspendat în timp, în ani și doar după îngroparea soțului ei, Hanna o înțelesese cu adevărat pe Laura, îi pătrunsese dilema.

Nu actul iertării, a împăcării cu sine dăinuia visele Laurei, ci procesul de smulgere pentru totdeauna, de aruncare a unei părți din sine, ca o sorocire dintr-odată, într-un moment ordinar, ca un vers aruncat brusc de pe o coală de hârtie mototolită, înainte să devină o poezie.

Hanna avea siguranța că Laura avusese dreptate atunci, în acea lungă plimbare prin parc. Femeile, împrăștiate în atâtea roluri de mame, surori, fete și iubite, trăiesc iluzia vieții reale doar în cel mai temporar mod, folosindu-se de imaginația momentului creat. Cineva spunea că nu ești sigur că iei decizia corectă, în legătură cu orice, niciodată, și deși trecutul celor două femei diferea ca două dimensiuni opuse, finalul lor era același, așa cum doar finalurile pot fi. Și una și cealaltă pierduseră pentru totdeauna ceva de nerecuperat, de nevindecat, o parte integrală din propria sine.

Dar Laura părăsise de bună voie căsătoria, sau forțată de o împrejurare doar de ea cunoscută, ceea ce nu se aplica în cazul Hannei. Hanna fusese părăsită, soțul ei o părăsise, dar nu pentru o altă femeie, ci pentru viața de dincolo și pentru o eternitate cu chip meschin.

Îngropăciunea avusese loc într-o liniște dezorientată. Vântul crunt șuiera printre puținii copaci împrăștiați în cimitir și, din cauza frigului, încheierea slujbei aduse o oarecare ușurare printre puținii prieteni adunați. Sleite de plâns și de răceala ce le pătrunsese oasele, Hanna, împreună cu fetele ei, se așezaseră îmbrăcate în patul din dormitor. Nu mai aveau cuvinte de folosit, ci se voiau adormite și totul doar un vis urât și disipat mai târziu, la trezire.

Următoarele zile au curs automat, neștiind niciuna cum să acopere propria durere și încercând stângaci să se poarte ca înainte, ca și când nimic din ce știau nu s-ar fi întâmplat cu adevărat. Rana sângera doar când uitau că el nu mai era, doar când se bucurau vinovat de o simplă și banală clipă pe care ar fi dorit să o împărtășească cu el. O izbucnire a doar câteva cuvinte „tata trebuie să vadă" sau „ce ar zice tata să știe asta", le descleșta durerea ca o șampanie agitată și eliberată de strâmtoarea dopului. Atunci, tristețea era cu totul asupritoare, aproape organică, iar povara de pe umerii lor cu atât mai grea.

Zilele însă s-au transformat în săptămâni, iar săptămânile în luni. Vecinii de apartament păreau spășiți la vederea fetelor, iar prietenii de odinioară încetaseră să le mai bată la ușă de teama de a nu deranja cu prezența lor și cu familiile lor complete, sănătoase.

În final viața a revenit la un oarecare normal, fetele erau preocupate de școală, înțelegând mai mult povara ce ducea o mamă singură și rolul salvator al unei educații trainice, iar cărțile erau din nou, ca și pentru mama lor, salvarea celor două fete.

Hanna se închise în ea, preocupându-se doar de a fi mamă și încercând cu disperare să nu mai privească în urmă, să nu mai recapituleze atâtea alte dureri înmormântate pe o listă interioară. Uneori însă își zărea soțul pe stradă, pe o bancă, citind un ziar, într-un gest al unui trecător, în forma unei mâini pe bara unui tramvai, dar de fiecare dată, cu respirația blocată, accepta dezamăgirea cu mai multă ușurință, înțelegând că el nu avea cum să mai revină, iar timpul nu clipea nici o secundă înapoi. De pe atunci însă a început să vorbească în gând cu el, ca și când doar el o mai putea povățui fără să spună vreo vorbă cuiva. Laura, singura ei prietenă ce nu se ferea de durerea ei, plecase definitiv în Moldova, la rude, rămânând să-și mai scrie uneori scrisori. Plânsul pe pernă începu să fie mai rar, o dată cu conversațiile lăuntrice, iar fetele observând schimbarea în Hanna păreau din nou să aibă vise de copile. Hanna însă devenise imună la lumea din exterior, ca și când dezpieliță încet, asemenea unui șarpe, un strat de piele ce nu-i mai aparținea de mult. Lucruri banale, interese sociale, politică sau filozofie păreau să treacă pe lângă ea ca un puf de păpădie, în zborul lui spre nicăieri. Secretul Hannei de a putea vorbi cu soțul ei o alienase de restul lumii, dar o apropiase de fetele ei. Seara, le povestea cu melancolie secvențe din perioada când erau nou-născute, așa cum o făcuse pe vremea când erau mici și când dorința de a se cunoaște ca bebelușe le provoca zâmbete ca de turturele sau porumbei, sunete disparate și nearticulate în cuvinte. Amândouă vroiau să își reamintească cum în acea dimineață de vară, Hanna, împreună cu tatăl lor, au adus-o prima dată acasă pe Teodora, fata cea mare, și cum, în amețeala zilelor de dinainte, uitaseră să cumpere un pătuț. Primul somn al Teodorei se petrecuse într-un sertar din scrinul vechi din dormitor, sertar ce părea încăpător și protector pentru o ființă atât de mică, cu mânuțe ca de aripi de pui de găină. În acea noapte ajunsă acasă, Teodora își văzuse pentru prima oară mama plângând, dar gânguri ca și când încă de pe atunci înțelegea cu maturitate căpentru amândouă totul era o mare schimbare. În aceea clipă se crease o legătură între ea și fata ei, care avea să se dezvolte în timp cu o forță de nestăvilit.

Patru ani mai târziu venise Natalia pe lume, copil așteptat și mult discutat cu Teodora, dar cu toate că vorbise cu burta mamei ce se umpluse treptat cu o vietate timp de nouă luni, surpriza era de proporții.

Atunci Natalia a prins alte vremuri și, spre deosebire de sora ei mai mare, acasă o aștepta un pătuț din lemn, cu zăbrele albastre.

Partea preferată a fetelor era însă cea în care Teodora, la vederea Nataliei, se ascunsese după dulap, cu spatele la peretele rece, nedoriind să mai iasă de acolo de supărare. Însă gelozia Teodorei se împrăștie repede ca un desen făcut din deget pe un geam aburit, iar Natalia avea să devină repede păpușa ei favorită. În timp, cele două surori deveniseră una protectorul celeilalte, zâmbind imperceptibil, aproape grațios în fața unui potențial vrăjmaș. Convingerea cu care se identificau înfrățite, ca o spadă cu două tăișuri, o asigura pe Hanna că dăduse naștere la doi soldăței ascunși sub rochițe cu panglici violete și că nimic pe lumea aceasta nu avea vreodată puterea să le despartă. Se înșelase însă atunci, se înșelase încă o dată.

Exista o vreme delimitată clar în viața Hannei, în care tragediile trecutului aveau o nuanță aproape de înțeles, aproape explicabilă, însă cinci ani după moartea soțului ei, într-o altă zi de iarnă târzie, nimic nu mai avea cum să aibă sens vreodată în inima ei de mamă. Atunci se stinse Natalia.

∞∞

Ne privim în oglindă aproape în fiecare zi, sau, de regulă, măcar în fiecare dimineață. Ne obișnuim cu schimbările pe care viața le imprimă pe trăsăturile fețelor noastre ca și cum au fost dintotdeauna acolo, și niciodată nu am fi arătat altfel.

Uneori, ne uităm în trecut, printre fotografiile unui album, și recunoaștem o tinerețe trecută, dar numai dacă este destul de apropiată de momentul prezent, la câțiva ani diferență. Atunci putem remarca o linie a feței ce se lumina diferit decât în prezent, un rid în partea dreaptă a ochiului care nu era atunci, o piele mai luminoasă, elastică, mai vie.

În celelalte cazuri, privirea din fotografie, care ne fixează înapoi, ne pare extraterestră ca ceva ce niciodată nu ne-a aparținut. Aici sunt eu la cinci ani, aici sunt eu la șaptesprezece ani, aici sunt eu la douăzeci și nouă de ani... ne prezentăm cu mândrie și obișnuință celor care nu ne-au văzut crescând până la vârsta curentă. Ceea ce nu înțelegem de fapt este că noi prin vreme suntem străini de noi cei de acum, deși cunoaștem amănuntele acelor fotografii pe de rost. Dar le mai simțim oare? Câți dintre noi mai putem privi o fotografie de peste ani și recunoaște în amănunt sentimentele simțite atunci? Câți dintre noi ne mai aducem aminte în amănunt ce ni s-a întâmplat cu o zi în urmă?

Fotografiile însă au un cu totul alt rol dacă persoana din imagine nu mai există în prezent. Atunci, aceeași fotografie, care înainte părea banală, devine cel mai important vestigiu, ca moaștele unui sfânt. Atunci fotografia capătă nuanțe aparte, senzații și trăiri unice, iar persoana ce zâmbește înapoi are o poveste de spus.

Când oamenii mor, știm instinctiv că trebuie să mergem mai departe, suntem codați cu posibilitatea de a înțelege și accepta cursul vieții, iar lor, oamenilor pierduți, le știm locul, înapoi în fotografia din cadran, pe marginea șemineului.

Cei din jur, prieteni de odinioară, ne așteaptă să ne revenim după pierdere, ca după ceva firesc, ce se întâmplă mereu, tuturor măcar o dată în viață, așa că neputința noastră de a ne scutura de doliu și amărăciunea atașată ne înstrăinează, ne izolează de tot ce părea firesc pe lume.

Un om care își pierde o rudă dragă suferă o durere aproape de nebunie, ca un membru retezat a cărui lipsă încă mai provoacă spasme puternice. Timpul de revenire la un normal general acceptat depinde de tăria celui rămas în viață, dar și de suportul primit de la familie.

Situația de neconceput apare însă atunci când aceeași persoană ce a pierdut ruda mult iubită, mai pierde, la scurt timp, o alta. Atunci fotografiile din albume devin cărți de rugăciune, iar sfinții din icoane, vrăjmași potrivnici.

Pierderea Nataliei o situa pe Hanna printre cei cu neputință de recuperat, printre umbrele umblătoare ale pământului care încă mai făceau umbră. Suferința, pentru ea, cunoștea cote diferite, rezonând în multe zile cu sminteala omului ajuns la capătul unui abis. Natalia, micuța ei Natalia, numită după personaje din literatură rusă, era destinată întunericului la vârsta de cincisprezece ani și mireasă albă doar în mormânt. Dormitorul fetelor avea să rămână camera ei cu patul nefăcut ca în ultima zi, cu moațele de păr împrăștiate pe noptieră, cu picturile mici în acuarele azurii, iar Teodora, fata mai mare, avea să împartă patul cu Hanna până în ziua măritișului.

Boala Nataliei păruse superficială la început, o simplă gripă cu tuse grea și înecăcioasă, care se transformă rapid într-o pneumonie vicioasă.

În acele prime zile părea că o mână nevăzută îi răpea fata clipă cu clipă, sleind-o de putere și de suflu, dar nici pentru o clipă Hanna nu jonglase cu idea că acele ore ce se scurgeau cu deznădejde ar fi putut fi și ultimele. Nu putea fi posibil ca un copil să se piardă înaintea părintelui, o anomalie hidoasă cu care nu avea de gând să negocieze nici în vis.

Ultimile ore din viața Nataliei păreau și primele, glasul ei viu umplând camera, cerând un *eclaire* pe care l-a mâncat cu furculița de argint și o păpușă veche aruncată într-o ladă, demult. După aceea, lipsa de aburi pe oglinjoara adusă la gură, ochii deschi și, ațintiți ca într-un punct în tavanul pătat nu aveau sens, ca o confuzie a momentului. Nu mai exista rațiune a dimensiunii sau dimensiune a rațiunii, ci doar o existență fără sens. O păcăleală a zilelor de dinainte și a celor ce aveau să urmeze.

De pe atunci, Hanna, dar și Teodora, au început să se confrunte cu psihoze, lipsă de memorie, halucinații și ineficiență corporală.

De pe atunci, au început să nu mai mănânce, să uite să se îmbăieze, ieșind rar din casă și dormind zile întregi cu jaluzelele trase.

De pe atunci, o altfel de realitate s-a coborât peste cele două femei, o realitate intoxicantă, a nonsensului vieții pe pământ, a clipei ce răstoarnă o viață, a vieții fără de însemnătate. Căci ce altfel de valoare mai poate căpăta viața unei mame fără de copil?

IX

Mă surprind

Dimineața în care am fost zărit pentru prima dată de Hanna, stăteam aplecat peste revista acea nouă. Scriu aici nouă, pentru că era pentru prima dată când îmi căzuse și mie în mână, sau o luasem cu forța, nu îmi mai amintesc cu precizie. Ideea este că stăteam cumva aplecat pe coridorul din fața clasei, când am văzut o umbră peste filele pe care le răsfoiam. Cred că m-am speriat și de aceea am închis imediat acea revistă, pregătit să izbucnesc către persoana care mă deranja. Abia după aceea mi--am dat seama că nimeni nu ar fi îndrăznit să mă întrerupă, căci îmi cunoșteau năravul.

Nu știu exact dacă era cu precădere conținutul revistei ce mă tulbura sau faptul că deja întârziasem în clasă, dar mi-o amintesc ca ieri, cum stătea aplecată cu fața spre mine (nu spre conținutul paginilor), și se uita concentrată, cu ochii ei mici și ageri de culoarea cărbunelui, cu părul negru ce i se revărsa pe obraz și cu gura întredeschisă. Cred că am stat câteva secunde uitându-mă înapoi la ea, adversitatea mea domolindu-se cu fiecare clipă, iar apoi a întrebat ceva, ca și când ar fi vorbit doar pentru ea, ceva legat de faptul că nu sunt în clasă, a ei sau a altcuiva, sau dacă sunt pierdut. Nu îmi amintesc acum, dar știu cu sigu-ranță că eram destinat să uit orice mi-ar fi spus din momentul în care ar fi format primele cuvinte. Ce însă îmi aduc aminte a fost că i-am întins revista, poate pentru că eram intimidat sau consideram că doar asta ar fi vrut de la mine, iar ea nu a luat-o. Am rămas așa, cu mâna întinsă spre ea, revista atingându-i șoldul, prins ca într-o transă, simțindu-mi inima alergând în piept.

Totul s-a petrecut în mai puțin de un minut și totuși de atât am avut nevoie să îmi doresc să o cunosc.

A doua oară când am zărit-o a fost în fața centrului. Pe atunci, încă nu știam că ea era cea care avea să îmi fie profesoară.

Primul instinct a fost să mă avânt spre ea, dar cum nu aveam ce să îi spun, m-am ascuns după un copac, prefăcându-mă că îmi leg șireturile. Pe vremea aceea aveam niște pantofi noi, pentru care dădusem la schimb o lanternă cu baterie pătrată și un disc, așa că legarea șireturilor era un act important pentru mine. De data aceasta mă uitam doar la ea, realizând că arată diferit de la depărtare, mai matură, cu un aer așezat, și nu iscoditor, așa cum îmi dăduse impresia prima dată.

Stătea rezemată cu capul pe leagănul ruginit din curte, citind dintr-o carte, cu capul îmbrobodit într-o basma înflorată, mișcând din picioare din când în când. Nu știu din ce cauză, dar mă liniștea să o privesc așa, așezată acolo, legănându-se lin, ca și când observam desfășurându-se în fața ochilor mei cel mai natural lucru.

Pentru o clipă, a ridicat privirea spre locul unde eram, privind așa în gol, ca într-o depărtare nedefinită, dar apoi a coborât privirea spre cartea din fața ei. Cred că în acel moment am simțit un fel de panică, sau poate o agonie trupească, realizând că în orice secundă putea să se ridice și să plece, iar eu să nu o mai pot vedea niciodată. Părea ciudat, dar era ca și când ajunsesem la o constatare definitivă, ce îmi spunea că viața mea nu mai putea continua decât cu ea alături.

După câteva momente măsurabile, cred că picioarele m-au condus de la sine spre ea, spre leagănul acela pe care îl știam din copilărie, spre această femeie pe care, deși era o enigmă pentru mine, simțeam că o știu dintotdeauna. Părea ca și când atunci când o zărisem pentru prima oară îmi amintisem de ea, ca din trecut. Ca un deja-vu coerent.

Îmi amintesc că am trecut prin spatele ei, așa cum eram cu mâinile în buzunare, agitat și repetându-mi în gând cuvinte pe care ar trebui să i le spun în caz că aș fi îndrăznit să îi vorbesc, dar ea nu s-a mișcat din acel loc, ci doar frunzele foșneau la picioarele noastre. Îndrăznesc să cred că eram la o palmă depăr-tare și dacă doream aș fi putut să o ating, dar am continuat să merg, mesmerizat de îndrăzneala proprie. Era ca și cum desco-peream ceva nou, neînchipuit până atunci, ca și când eram un altul sau acela care fusesem menit să fiu dintotdeauna și simțeam că lângă ea aș fi reușit să fiu, fără efort, oricine mi-aș fi dorit.

Îmi aduc aminte de o seară, undeva demult, când mă aflam într-o cameră luminată de multe lumânări, iar în dreapta mea era un copăcel cocoțat pe masă și încărcat cu ghirlande multicolore, ce scăpărau scântei ca de licurici. Nu știu ce vârstă aveam, dar știu că acel copăcel era mai scund decât mine și, cum era el îngropat la rădăcină de ovăz, mie mi se părea că arată ca o ființă omenească, un frate mai mic cu puteri magice, cu brațe puternice și aducă-toare de daruri.

Atunci, în acea cameră cu tavanul din lemn, un țol pe perete și personaje fabuloase încrustate deasupra sobei, trăiam o sen-zație caldă, care mă petrecea ca și când ceva minunat urma să mi se întâmple. Îmi aduc aminte cu exactitate forța acelei stări ce rezona atât de mult cu ce simțeam acum privind această femeie, o surescitare duioasă ca și când aș fi ținut pe palme, pentru prima oară, un pui de iepure, simțindu-i teama, dar și încrederea în mângâierea mea.

Acum, când stau şi dau vremea în urmă, umplând acest jurnal cu rămăşiţe împrăştiate ale memoriei mele, îmi dau seama
că prima dată când i-am intrat în clasă eram mai intimidat decât
aş fi crezut. Bineînţeles că surpriza mea a fost de proporţii, să
o văd chiar pe ea, acolo, la masa din lemn, uitându-se la mine
cu aceeaşi ochi închişi la culoare ca nişte vrăbii speriate şi prinse
într-o colivie, iar tot ce am putut să fac a fost să îmi spun
numele. Am simţit de parcă şi cea mai mică respiraţie ar fi
dărâmat zidurile camerei şi de aceea am încercat iniţial să mă
abţin din a mai inhala oxigen. Cred că simţeam instinctiv că
panica ce mă cuprindea era doar una autosugerată, iar ochii
curioşi ce mă ţintuiau din băncile aliniate pe lângă geamul deschis nu ajutau deloc situaţiei.

De aproape, ea părea mai micuţă, aproape fragilă, purtând
aceeaşi fustă lungă, de culoarea pământului, şi mirosind vag a
săpun, a cerneală şi a cărţi vechi, ascunse într-o cămară.

M-am aşezat în ultima bancă, incapabil să o privesc, dar uneori vocea ei blândă mă purta departe, ca pe aripi pufoase, clădite
din vată de zahăr, amintindu-mi de personajele de carte cu care
îmi mângâiasem singurătatea atâtea seri cu câţiva ani în urmă.

Următoarele săptămâni nu am mai venit la clasă, căci ştiam
că mă făcusem de ruşine, aşa că am simţit nevoia de însingurare
şi de regrupare, căci la momentul acela nu ştiam cum trebuia
să acţionez. Eram conştient atunci, cum sunt şi acum, că ceva
trebuia să îmi vină în minte într-un final şi că dintr-odată viaţa
mea va avea apoi un rost. Da, am bravat probabil când am
revenit în clasa ei şi sincer încă sunt gelos pe toţi puştanii ăştia,
care îi urmează paşii ca oile într-o turmă, dar ce era să fac când
nu reuşeam să ajung la ea, iar ea nu dădea niciun semn că ar fi
preocupat-o starea mea? Cum puteam să îi arăt altfel?

Dar în acea după-amiază de toamnă târzie totul s-a întâmplat firesc, asemeni unei piese de şah ce îşi găseşte singură locul pe tablă, ca un nebun ce printr-o neatenție superficială a reginei se vede în poziție de putere.

Atunci, în ziua în care am rămas singuri în clasă, totul s-a conturat firesc în mintea mea. Cred că atunci creierul a trasat un drum clar unde până atunci era doar un desiș, ca un tunel printre mii de pânze de păianjen.

Acum pot să înțeleg mai bine totul, așa cum a decurs în acele prime săptămâni, atunci însă îmi era cu neputință.

Eram nervos în acea zi, mă blestemam că nu reușisem deloc să îi intru în voie și în plus mă văzuse lovind un coleg, pe Ducu a Măriei, un idiot care ne făcea tuturor viața imposibilă. Acum trebuie să scriu ceva despre acest Ducu, ca să explic de ce în acea zi, din atâtea altele, eu îl loveam pe el. Ca regulă, nu mai lovesc pe nimeni de o vreme, sau cel puțin așa mi-am propus, mai am puțin de stat pe aici, iar gândacii ăștia mai mici nu îmi mai țin calea. Ducu era știut de noi, cei mai mari, ca un pă-duche ce vrea să crească înainte de vreme, un clovn în fața unei audiențe naive și astfel își permitea și îndrăznea destule cu cei din ultimele clase. Ducu avea cercul lui de amici, de vârsta lui, desigur, dar de fiecare dată când unul dintre noi trecea pe lângă ei, Ducu avea darul de a ne saluta într-un anumit fel, ca și când el și noi aveam ceva de împărțit, ca un secret între noi, o dez-batere ținută între pereți feriți de urechi străine. Desigur că toți știam că se laudă în fața celorlalți și de cele mai multe ori ne amuzam pe seama lui pentru că ne aminteam de timpurile când și noi făcusem poate la fel.

În aceea zi însă eram mai iritat ca de obicei. Întârziasem deja la prima oră a Hannei fiindcă am mers pe jos, prin ploaie, de la internat până la clasă, fără pelerina pe care o foloseam în mod obișnuit, pelerină ce îmi dispăruse ca prin farmec cu doar câteva ore înainte. Nu era prima dată când ceva de-al meu dispărea, iar în orfelinat ajungeai să te obișnuiești după o vreme și cu actele de hoție sau vandalism la adresa cabinetelor personale, însă acea pelerină o aveam de mult și o schimbasem pe niște șnururi de adidași neonizați, așa că pierderea era destul de importantă.

Ducu era pe coridor, alături de ceilalți, și din nou mă salută în modul lui specific, ca și când eram cei mai buni prieteni, de parcă doar cu o zi înainte schimbasem idei complexe asupra unei posibile conspirații. L-am lăsat așa, fără să îi răspund, dar înaintând agitat spre clasă l-am auzit pe Ducu întrebându-mă ceva și apoi râzând în gura mare. În realitate nu am auzit cu certitudine toate cuvintele rostite, dar am înțeles contextul și am priceput imediat că se referea la faptul că nu mai aveam ce căuta acolo, că ar fi trebuit să fiu deja afară, că ceilalți de vârsta mea s-au descurcat să plece și fără clase superioare.

Cred că la cât de surescitabil eram, exact de o trânteală am avut nevoie, căci m-am trezit cu mâinile în jurul gâtului lui Ducu, într-un scandal asurzitor. Unii țipau să îi dau drumul, alții dimpotrivă, priveau calmi, sătui de îngâmfarea lui, doritori să îi fac felul. Din această cauză nu am auzit-o venind și nici nu am simțit când m-a luat de braț, doar vocea ei gravă m-a făcut să mă liniștesc. Nici nu știu ce i-am răspuns pe moment, căci am văzut-o schimbându-se la față și am realizat imediat în ce poziție de ticălos mă prezentam așa în fața ei, încăierat cu un băiat mult mai mic de statură decât mine, la prima vedere neprihănit. Îi puteam citi dezamăgirea și mânia în ochi, ca și când ochii ei deveniseră dintr-odată ai mei, organe intrinseci ca într-un joc de magie când persoana invocată posedă corpul alteia. Bineînțeles că totul nu a ținut decât câteva momente, simple și banale secunde din viața efemeră a unei muște, dar pentru mine părea că întregul pământ s-a rotit atunci o dată cu amândoi, iar eu îmbătrânisem privind ostenit la ea.

Ce a urmat nu aș fi ghicit nici dacă m-ar fi rugat cineva să îi înșir opțiunile.

Ca un câine plouat, m-am așezat lângă ușă, cu privirile spre încălțămintea plină de glod, foarte conștient că deși afară se înseninase, ca o răzbunare a universului, tremuram de frig și de umilire. Mai apoi, obosit de stat în picioare, m-am așezat într-o bancă și de acolo o ascultam vorbind cu ochii spre fereastra întredeschisă.

De câteva ori mi-a trecut prin cap să mă ridic, să parcurg acele câteva rânduri de bănci și să ies pe ușa laterală fără să mai privesc vreodată în urmă, dar rușinea de a fi oprit și chestionat m-a țintuit pe loc. Realizăm în ce stare penibilă mă aflam și poate în orice altă circumstanță aș fi aruncat o înjurătură și nu mi-ar fi păsat cum aș fi fost perceput, dar ceva mă oprea. Ea mă oprea.

Pentru câteva secunde m-am uitat așa la mine, ca cineva deconectat de la întreaga situație, cineva ce stă deoparte și evaluează indiferent, dar obiectiv repercursiunile unui accident. M-am văzut atunci așa cum eram, comun, neinteresant, chiar bleg, cu hainele ude și lipite de corp, tremurând ca varga, un alt individ în fața ei, timorat de prezența-i impunătoare. Am îndurat cu stoicism acea oră și fiecare cuvânt al ei a trecut pe lângă urechea mea ca ceva străin, o limbă neclară pământenilor, compusă din silabe vagi și morfolite. Poate de aceea, după ce s-a sfârșit ora, am rămas țintuit în bancă, confuz de ceea ce îmi rămânea de făcut, plănuind neclar fuga din sistemul pe care îl detestam cu atâta tărie. Eram însă obosit, ca și când mi se scursese din vene tot sângele care doar cu câteva minute înainte mă motivase să ajung la oră. Ce inutilă mi se părea atunci ostilitatea mea față de Ducu, ce idiotic să cred că acea femeie din fața mea merita atâta dramă. În timp ce toate acestea îmi treceau prin cap, fiind în picioare în acest stadiu și pregătindu-mă de plecare, Hanna a început să îmi vorbească.

Sunt câteva zile de când stau și reimaginez felul acela melancolic al ei de a vorbi, așa uitând-se în zare, dându-mi încă o dată iluzia de a mă afla într-o imagine abstractă, ca o pictură stâlcită, unde creatorul mă ține de mână, îndemnându-mă să fixez ceva ce mi-e cu neputință să înțeleg.

Așa mi-a vorbit ea atunci, ca o nălucă, ca o apariție antagonică și de aceea este atât de important pentru mine să redau acum, cu aproximație, felul ei unic de a mă aduce spre ea. De aceea, tot ce a urmat mai târziu este rezultatul discuției din acea după-amiază, efectul privirilor ei mângâietoare, încurajatoare, iar eu un simplu jocheu prins în mrejele unui vis.

Am privit-o uluit cum mi se deschidea asemenea unei flori care are nevoie de soare să trăiască, cu inocența unei femei ce crede în magia vieții, în cuvinte inutile ca „posibil", „erou", „diferit", fără să realizeze că vorbea despre ea, sau, mai bine zis, își vorbea ei și nu mie. Părea de necrezut că aceeași femeie care cu o oră înainte mă privise cu ferocitatea unui animal gata de atac să îmi confere acum atâta consolare, liniște, ca o mamă ce îți dezmierdă puiul insolent. Am privit-o lung, probabil ca un impertinent, atunci când îmi vorbea de personaje de carte pe care le regăsisem în copilărie, dar pentru că îmi era de necrezut că totul era atât de ușor, că sângele care îl pierdusem cu câteva momente înainte pompa acum cu forță în corp.

Acum, când stau și scriu aceste rânduri, realizez că am citit-o pe Hanna din prima clipă, de atunci, de pe coridor, când s-a aplecat asupra mea. Încă de pe atunci i-am prețuit puritatea ochilor, a minții, încă de pe atunci am realizat drumul fatal care urma să mă lege de această femeie, fără putință de recuperare.

Când am ieșit în drum, ca un semn al naturii, priveam curcubeul abia format cu un sentiment de recunoștință, conștientizând încă o dată că pășeam ca un alt om, cu o altă statură, lucid de ceea ce mi se așternea în față. Mă simțeam pregătit

pentru orice urma natural să se concretizeze. Primul pas era
făcut.

După acea zi, următoarele s-au scurs fără evenimente ma-
jore. Am continuat să revin în clasa ei și să mă prefac, cu o
înțelegere tăinuită, ca și când totul ar fi fost la fel ca înainte, iar
noi simpli străini culeși de mâna destinului. Somnul meu era
mult mai liniștit, iar ritmul zilelor îmi dădea un impuls diferit.
Gândurile de plecare erau din ce în ce mai vagi și asta nu mă
îngrijora, căci aveam siguranța că o dată decis, plecarea avea și
ea să vină într-un mod firesc.

Însă totul a luat o nouă turnură atunci când a venit acea fată
și cred și acum, după atâtea zile, că ea a fost și este răspunsul
rugăciunilor mele, punctul de plecare, dar și bucla prin care
toate au să devină posibile.

Ilinca, o fată firavă la prima vedere, cu pletele lungi, de cu-
loarea soarelui într-o după-amiază de vară și ochii mari și curioși,
părea o zână coborâtă pe pământ pentru deliciul muritorilor de
rând. La vederea ei, o stare de tensiune palpabilă se putea simți
printre rândurile de elevi, iar introducerea făcută de Hanna nu
făcea decât să adauge la încordarea mută ce se amplifica de la
secundă la secundă.

Auzisem cu un an înainte de la colegii mai mari că intrarea
unei femei deosebit de frumoase într-o cameră plină de bărbați
va crea întotdeauna o stare acută de stres datorită construcției
interne a unui bărbat. Bărbații vor fi automat competitivi, iar
circulația sângelui se va accelera cu fiecare minut pierdut. Uni-
versal valabil, aceeași stare va fi resimțită și de acei bărbați deja
căsătoriți, poate chiar mai intens, din cauza lipsei teoretice a
sorților de reușită.

Dacă aceeași femeie va intra într-o cameră alăturată, o ca-
meră ce conține doar femei comune, acestea la rândul lor vor

încerca sentimente asemănătoare de tensiune, dar aduse spre gelozie, cu dorințe aprige de ură și dușmănie.

Partea amuzantă era că tot ceea ce dezbătusem cu acești colegi atunci nu fuseseră decât cuvinte și opinii aruncate, fără vreo posibilitate fermă de a testa teoriile invocate. Acum, însă, absorbind cu satisfacție reacția declanșată la intrarea acestei fete, înțelegeam că tot ce discutasem atunci fusese adevărat. Tăcerea gravidă din jurul meu ascundea animozități mocnite.

Bineînțeles că prima impresie nu a durat foarte mult; fata fiind comunicativă, destul de dezinvoltă și îndrăzneață, a reușit să liniștească orice instinct lugubru ce palpita prin vecinătate.

Cred că doar eu și Hanna am văzut atunci schimbarea aproape imperceptibilă în atmosfera camerei, deși prezența Ilincăi ne luase pe nepregătite; despre ea auzisem dinainte, căci această fată de boier ne invitase la moșie cu câteva zile înainte.

Prea multe din acea zi nu îmi amintesc, doar acel sentiment insesizabil, ca o impresie vagă sau un spectru orientat spre un anume punct nedefinit.

Dintr-un motiv neînțeles, această fată părea interesată de mine mai mult decât de oricare altul din clasă, cu atât mai curios cu cât nu schimbasem decât câteva cuvinte de când venise.

Era ceva imperceptibil, desigur, însă felul ei de a mă privi de fiecare dată când Hanna rostea ceva anume, felul ei de a zâmbi la orice glumă făcută de Simion, verificându-mă ca și când tonul glumei era dat de mine, mă făcea să cred că Ilinca aflase dinainte despre mine.

Acum, când scriu aceste rânduri, știu adevărul, dar atunci era doar o descoperire pe care o făceam subtil și cu neîncredere.

Încetul cu încetul, însă, am văzut totul așa cum mi se prezenta dinainte și mă găseam foarte pregătit, ca și când așteptam de mult exact acestă ocazie. Ca și când aș fi fost într-o clădire cu zece etaje și la fiecare etaj exista o punte spre un nivel elevat.

Sus, la ultimul etaj, era ea, încoronarea eforturilor mele, ținta finală, însă mai jos, dar la fel de importantă, era această fată curioasă, această vietate venită special să mă ajute, să mă pregătească pentru etajul al zecelea.

Nu pot să mă blamez prea mult, căci dacă stau să consider acum câte oportunități poate cunoaște unul ca mine în lumea dinafară, știu de pe acum că nu aș reuși să trec de numărătoarea a două degete de la o mână. Asta dacă sunt cu adevărat norocos. Câți orfani ieșiți din centru nu au ajuns în stradă, forțați să se înjosească la mila perversă a unor moșnegi? Câți nu curățau grajdurile unor boieri, ca apoi să doarmă în condiții mai crude decât vițele de care aveau grijă peste zi? Câți nu furau sau, mai rău, ucideau, pentru un loc amărât la umbra unei troițe părăsite?

Răspunsul era universal valabil, ca siguranța unui fapt ce niciodată nu trebuie dovedită, asemeni certitudinii că lumina este urmată de întuneric și omul sărman de nenoroc.

Gândurile ce se perindau prin fața ochilor mei nu puteau să fie judecate de nimeni, nici măcar de un Dumnezeu care, în forța Lui divină, mă născuse sub o asemenea stea, căci nu exista vreo îndoială de ceea ce aveam de făcut.

Așa că atunci, în acea clară zi, cu șansele pe masă, îmi vedeam scăparea, iar ea, Ilinca, o oiță năzdrăvană, ce urma să îmi înlesnească reușita finală.

∞∞

Grupul nostru este acum format din trei, fără a o pune la socoteală pe Ilinca, bineînțeles. Însă inițial, când am început să ieșim, eram toți șase.

După cum interpretez eu totul, Camelia este un fel de tampon între mine și Ilinca, iar Simion amicul meu, deși el ne însoțește pentru a fi cât mai aproape de Camelia.

Prima dată când am intrat în casa ei am avut un sentiment pripit de ură aproape imediat ce am pășit pe covoarele pufoase, cu desene complicate, și, ca și când am dorit să îmi verific propria reacție, m-am uitat spre ceilalți care rămăseseră timizi la intrare, cu ochii fixați pe interiorul somptuos. Corina și Andreea au fost primele care au considerat necesar să vorbească, ca și când ceea ce vedeam cu toții era ceva normal, parte din existența firească a fiecăruia, Marcel a bolborosit o exclamație, iar eu am rămas acolo împietrit, cumpănind valoarea fiecărui lucru peste care îmi aruncam ochii. Nu văzusem în viața mea o casă mai plină de lucruri, iar gândul că această fată ne voia acolo mă neliniștea. Mă simțeam ca un pește scos din mediul acvatic, agățat pe o frânghie la soare și obligat să se adapteze la o nouă atmosferă intergalactică.

Ilinca, îmbrăcată într-o rochie portocalie, cu manșete albe și datelate, ce se asortau cu gulerul scrobit, se uita zâmbind la noi cu un aer trufaș de matroană, intuind senzația de afundare în care ne aflam cu toții.

În general ziua a fost plăcută, fetele fiind impresionate de păpușile frumos ordonate din camera Ilincăi, de șifonierul mare, cu rochii și panglici multicolore, în timp ce eu, împreună cu Simion și Marcel, le așteptam afară, vorbind *literatură* și planuri de viitor cu Hanna, la umbra unui nuc. Reușisem cu toții, în câteva ore, să uităm cine eram, de unde veneam și unde urma să dormim odată reîntor și la centru. Poate de aceea toți ne purtam diferit unii cu alții, împrumutând ceva din mediul în care ne aflam, zâmbind gingaș bătrânei care ne servea ceai în cești cu toartă aurie, și folosind politețuri inutile, cu teama celui ce știe că în curând visul din somn avea să se spulbere și cu el orice șansă de reîntoarcere. Pana și Hanna era diferită acolo, sub nuc; îmbrăcată într-o pereche de pantaloni croiți ca pentru un bărbat și cu pletele coborâte pe umerii mici, semăna cu o amazoană coborâtă chiar atunci dintre pagini de carte.

Cu toate acestea, doar noi trei am continuat să fim invitați în casa Ilincăi, iar instinctul că toate aceste pregătiri erau doar pentru mine continua să persiste.

Prima dată când presimțirea mea a fost confirmată a fost la doar câteva zile de la prima vizită în casa ei. Făcusem un oarecare pact ca eu și Simion să urmăm fetele prin saloane cu un aer detașat și dezinteresat atâta timp cât bătrâna sau Hanna erau prin apropiere. În rest, grupul se răsfira brusc, Camelia și Simion se pierdeau în plimbări lungi prin grădină, iar eu cu Ilinca ne pierdeam timpul prin biblioteca tatălui ei.

În acea zi însă ploua neîmpăcat, focul abia făcut începuse să mocnească, iar noi patru stăteam adunați în fața șemineului, discutând lecția deschisă ce urma să aibă loc la clasa noastră. Aflasem de la Hanna că o dată pe an, cineva de la învățământ, o persoană importanta, venea să asiste la orele special pregătite de unii profesori, și cum noi toți făceam parte dintr-o clasă specială, era rândul nostru în acest an. Auzisem cu toții zvonuri că țara noastră era amenințată de război și că unele clase speciale rămăseseră fără fonduri după aceste lecții deschise, dar nu ne îngrijoram prea mult pentru că aveam încredere cu toții în Hanna, iar în plus mai erau doar câteva luni până ce urma să ne încheiem anul la centru. Ce urma să facem după aceea părea vag pentru fiecare în parte și, cu cât ni se apropia termenul, cu atât nevoia de a ne agăța de amintirile pozitive din orfelinat era mai mare.

În aceea după-amiază Hanna era plecată în sat, cu bătrâna Nana. iar impresia mea era că niciuna dintre ele nu știau că noi eram acolo cu Ilinca.

Ilinca, îmbrăcată într-o rochie de casă roșie și împletită cu ochiuri mari, printre care i se vedeau genunchii albi și cruzi, stătea așezată lângă mine, atingându-mi brațul cu palma de fiecare dată când mi se adresa. De câteva ori o prinsesem uitându-se adânc în ochii mei, ca acei oameni care vor să îți spună ceva, dar nu au curajul, rareori plecând privirea și astfel întrezărind un zâmbet complice printre genele lăsate.

Sincer vorbind, începusem să o plac pe Ilinca, dar nu în același fel în care o plăceam pe Hanna, nu îmi stârnea niciun sentiment neobișnuit această fată, dar apreciam o similitudine între mine și ea și, deși veneam din două lumi antitetice, ceva anume ne lega. Avea o anume complexitate a minții, care mă încuraja să cred că orice gând murdar fusese deja prin mintea ei și toată această disimulare făcea parte dintr-un joc bine gândit. Uneori mă găseam gândind că ea și numai ea mi-ar fi putut citi gândurile înaintea oricui și cred că acest lucru mă fascina mai mult decât mă îngrozea. Uneori, în interiorul meu, simțeam că această fată îmi putea fi pereche la orice, asemeni unui costum de haine bine croit, ce pare turnat pe corpul meu.

La un moment dat se auzi ușa de la intrare, iar Ilinca, speriată, tresărind lângă mine și cu ochii spre salon, m-a apucat brusc de mână și a început să le facă semne disperate celorlalți doi ca să ne urmeze. În acel moment eram cu toții conștienți că vizita noastră fusese păstrată în taină și, după reacția Cameliei și a lui Simion, părea că doar eu eram singurul ce nu ghicisem caracterul conspirativ al întâlnirii.

Totul se petrecu atât de repede încât nici nu mi-am dat seama când, cocoțat pe pervazul ferestrei larg deschise din cameră, ne luam la revedere de la Ilinca, planificând o următoare vizită. Simion era deja jos, în plină ploaie, cu mâinile încleștate sub piciorul Cameliei, care zâmbea larg spre el, iar mie îmi era cu neputință să înțeleg de ce eram supuși la un asemenea tratament. Mă confruntam în același timp cu sentimente de panică, umilire și ce simțeam a fi începutul unei posbile nevroze când am simțit buzele umede ale Ilincăi peste ale mele. Nici nu știu cât am stat așa încătușați, cu toată presiunea corpului pe stomac, rezemându-mă doar cu un braț și cu un picior atârnând în aerul umed, dar știu că senzația a fost atât de hipnotică, încât uitasem pentru câteva secunde că ceilalți mă așteptau să sar.

Când am ajuns jos am rămas câteva momente uitându-mă confuz la ea, având din nou impresia că dintre noi doi eu eram marioneta în sforile ei și că niciodată nu va fi invers. Ea părea calmă, zâmbind poznaș și, rezemată într-un colț al ferestrei, îmi relata fără cuvinte că singurul idiot din toată povestea rămâneam eu, cel ce încă nu elucidasem problema.

După aceea, întâlnirile s-au petrecut doar pe furiș și de fiecare dată la ea acasă, conștient fiind că de cele mai multe ori reușea să ne strecoare în camera ei când Hanna era în camera alăturată.

De sărutat nu am mai sărutat-o, deși după acea zi am început să îmi doresc să o fac, dar de fiecare dată când mă apropiam de ea se ferea jucăuș, prefăcându-se că nu îmi înțelege graba. O dată i-am atins sânii în treacăt și atunci nu s-a mai ferit, lăsându-mă să o admir așa cum stătea țintuită pe loc cu ochii închiși.

Ilinca avea un fel deosebit de a fi cu mine, diferit de felul pe care îl adopta cu ceilalți, greu de explicat și nemaiîntâlnit la nicio fată până atunci, ca și când doar cu mine avea curajul de a-și asuma o altă personalitate sau identitate, cea proprie.

Nu mă pot pronunța cu tărie pentru că experiența mea față de sexul opus este destul de restrânsă, dar simțeam că Ilinca suferea de o nevoie obsesivă de a impresiona sau chiar șoca și nu din dorința de a mă sensibiliza pe mine, ci dintr-o căutare acută de a evada din propria viață.

Părea să aibă o plăcere sau aproape o manie de a vorbi despre moarte sau aproape orice era macabru cu o detașare ruptă din alte lumi.

Prima dată când am observat asta a fost la câteva zile după
sărut, când, luându-mă de mână, mi-a promis ceva curios și
plăcut.

Atunci, am fost dus până spre treptele înguste, ce duceau
spre podul casei, unde a trebuit să îi dau drumul mâinii ca să
mă sprijin de peretele înclinat, ca un alpinist ce se regrupează
înainte de stânca finală. Podul semi-întunecat și mirosind al
bibliotecii părăsite părea că se întinde la nesfârșit, iar noi, doi
străini pe o altă planetă, unde ploua cu milioane de particule
de praf, ce dansau un vals domol peste cutiile împrăștiate.
Mi-au trebuit câteva secunde să recunosc ce era în jurul meu și
curiozitatea fascinantă a Ilincăi. La început nu am diferențiat
sicriul de restul lucrurilor împânzite în jurul nostru, ci doar
când Ilinca s-a urcat și întins în el mi-am dat seama că ceea ce
vedeam era real. Am ascultat-o cu respirația la gură când mi-a
povestit că sicriul era cumpărat de Nana pentru când va muri,
că se afla acolo în pod de câțiva ani și că atunci când vroia să
se liniștească Ilinca se așeza în el și închidea ochii. Doar așa,
îmi spunea ea, putea să își amintească de ceea ce era cu adevărat
important în viață și să comunice cu mama ei, care murise
foarte tânără. Nana avea un loc în cimitir peste care erau flori
albe ce se deschideau doar noaptea și pe care le uda cu sârguința
celui care are animale de hrănit. Ilinca știa fiecare cruce de lemn
din acel cimitir, care era mai mult ca un oraș părăsit, pentru că
majoritatea crucilor aveau doar anul nașterii și nu și cel al mor-
ții, sătenii călătorind de departe pentru a-și uda propriile flori.
Era inedit cu câtă precizie această fată mă introducea în lumea
ei, fără să se gândească la faptul că mie totul îmi dădea fiori.

Ascultând-o pe Ilinca, îmi aduc aminte cu precizie sunetul
asurzitor al ceasului de perete care răsuna în podul prăfuit în
care trona coșciugul ce o ducea pe Ilinca pe culmile povestirii,
ca o plută pe valuri line de mare. Am închis ochii atunci,

încercând să îmi imaginez de ce simțămintele acestei fete trezeau în mine atât duioșie, cât și groază. Mă aflam acolo ca un impostor, ascultând-o inutil, deși realizam că pentru ea *eu* devenisem totul. Pentru ea devenisem asemeni unui partizan, împărțind suferințe corespondente, având nevoi grotești de a trișa propria existență, propriul destin.

După acea zi, orice dorință de a o mai atinge mă părăsise cu totul, ca un amant scârbit de propria purtare.

Pentru ceilalți însă păream un cuplu ce își ține relația în taină, neștiind că eu reușisem fără prea mult efort să pășesc prima punte ce ducea la etajul cel din urmă.

Nici acum nu consider că o păcălesc pe Hanna sau că o amăgesc pe Ilinca, căci cel ademenit și sedus sunt eu, iar planul pare să meargă înainte.

În fiecare seară, când mă întorc de la ea, mi-am făcut o obișnuință să scriu în acest jurnal pe care îl ascund sub lespedea desprinsă de la capătul patului. Mă ajută să îmi văd gândurile așternute pe hârtie ca soldăței tactic poziționați prin tranșee, căci știu că atunci când o să am nevoie, toate întâmplările de zi cu zi se vor potrivi ca mărgelele înșirate pe o sfoară, iar victoria se va afla la capătul degetelor mele.

∞∞

Am făcut-o! Am făcut-o!

Tremur tot, până și cuvintele îmi tremură pe hârtie dar... am sărutat-o! Nu îmi vine să cred cât de ușor a fost, nu îmi vine să cred că totul nu a fost doar un vis!

Acum rămâne de văzut ce vom face cu Ilinca, dar ea nu e problema noastră, niciodată nu a fost. Știam în adâncul sufletului meu că Hanna mă iubește, știam de când am văzut-o prima dată!

Desigur, înțeleg că reacția ei a fost de fațadă, doar fiindcă am fost descoperiți, dar dacă nu era Ilinca să ne prindă în acel moment, sunt sigur că ea îmi mărturisea ceea ce eu de atâta timp doream să îi spun.

O, iubita mea!!! Adorata mea Hanna! Cât de moi ți-au fost buzele, cât de surprinsă ai părut când te-am luat în brațe, cât de uimită când a trebuit să te smulgi de lângă inima mea. Cât de rău îmi pare că nu am avut timp să îți spun cât de mult însemni, câte am de învățat de la tine, cum mă alini cu doar o privire! Dar te-am înțeles că ai fugit spre ea, am înțeles că dorești să o împaci pentru că tu, draga mea, scumpa mea iubită, ai o inimă mare, ai un suflet frumos și te gândești la toți. Iar apoi noi doi știam de noi dinainte, aveam acest secret, această patimă nemărturisită, nu-i așa, dragostea mea? Aș fi dorit să mai rămâi cu mine însă, să îi râdem în față acelei fete răzgâiate, să plecăm chiar de mâine împreună de aici, cât mai departe, doar eu cu tine, dar te-am înțeles, am înțeles că trebuie să ne gândim și la alții, nu doar la noi.

Este timp pentru noi de astăzi încolo, știu că asta gândești acum. Mi-e teamă că te îngrijorezi prea mult de Ilinca și nu merită, draga mea, noi contăm acum și pe ea nu am iubit-o nicio clipă așa cum te iubesc pe tine. Ea a fost bună doar să mă aducă mai aproape de tine, ca o momeală într-o găleată cu un pește auriu.

Trebuie să mă gândesc bine ce este de făcut de acum încolo, dar am să te aștept, draga mea, să ne povățuim împreună. Dacă ar fi după mine, am pleca imediat de aici, dar mai știu că ție îți pasă de fiecare din acea clasă, își pasă cum se va termina totul, îți pasă de ce va crede lumea. Aici, dragă mea, ești tu naivă, aici eu am să te învăț cum să nu-ți mai pese, cum a fi egoist este cel mai ne-egoist lucru pe care poți să ți-l dăruiești.

Stau acum și revăd fiecare clipă petrecută împreună, fiecare privire schimbată în ultimile luni și mă minunez cum de am avut curajul să te prind de braț și să te trag spre mine. Păreai o frunză lină în căderea ei spre pământ, păreai o pană de turturea în îmbrățișarea mea.

Îți vine să crezi că am emoții când mă gândesc acum la ce îmi vei spune când mă vei vedea? Îți vine să crezi că aștept cu nerăbdare să te ating din nou, să ard de pasiune în brațele tale?

Desigur că nu a fost așa cum mi-am imaginat să fie, cum de altfel niciodată nu se întâmplă nimic așa cum crezi că se va întâmpla, însă când te-am zărit singură, lângă vie, alegând cu mâinile tale mici și albe strugurii vineții, rămași pe ciorchine și fredonând acel cântec vechi, un instinct natural mi-a îndreptat pașii spre tine. Ai rămas suprinsă atunci când te-am salutat uitându-mă direct la tine și, pentru câteva momente, ai părut atât de dezorientată ca și când nici nu m-ai fi recunoscut. Nu știai că te privisem de atâtea ori de la fereastra Ilincăi, curățând trandafirii sau ajutând-o pe bătrână să aducă apă de la fântână, nu știai că de fiecare dată când ne ascundeam de tine de fapt îmi doream să mă descoperi, să suferi, să te știu geloasă. De aceea cred că te-ai temut de mine când m-am apropiat de tine, de aceea ai rămas așa, cu mâna pierdută în aer într-un semn de resemnare, de aceea nu te-ai împotrivit când te-am luat în brațe. Mă așteptai, iubita mea, și am știut-o atunci mai mult ca altădată. Însă te-ai rupt din strânsoarea mea mult prea repede, m-ai dat la o parte cu o putere pe care nu o bănuiam, iar pe moment nu am înțeles. Am crezut că e un joc, am crezut că vrei să fii curtată, să îmi arăți că nu te lași ușor iubită, deși cutezam să cred că amândoi cunoșteam adevărul. Mi-am schimbat însă părerea imediat ce am văzut-o pe fată, împietrită ca o stâncă, cu ochii mari și mâna acoperindu-și gura căscată. Iartă-mă că m-a pufnit râsul, dar eram prea fericit, draga mea. Vezi tu, eu nu sunt ca tine, eu nu știu să reacționez cum o fac alții, nu știu să alin sau să văd suferința în alții așa cum o vezi tu. De aceea am nevoie de tine, de aceea îmi ești ca aerul fără de care nu mai pot trăi. Apoi, după ce ai fugit după ea și am rămas singur am simțit ceva ca înainte, ca atunci când eram mic și am fost găsit în gara aceea aglomerată, unde vedeam doar picioare grăbite în jurul meu. Am simțit acel abandon care îți sfâșie măruntaiele, care te face să îngenunchiezi urlând după ceva anume sau cineva, oricine, care să te strângă în brațe.

M-am simțit singur și neputincios. Dar te-am iertat. De unde aveai să știi ce simt? Cum puteai să mă alini, când Ilinca avea atunci mai multă nevoie de tine?

Acum știu că ai făcut ce trebuie și totuși mi-e teamă de tine, mi-e teamă pentru noi. Să nu te răzgândești, iubita mea, să nu mă părăsești și tu, acum, că ne-am regăsit.

X

VEŞTILE RELE GĂSESC
CALEA CEA MAI SCURTĂ DE A TE AJUNGE

Plimbarea îi făcuse bine, chiar dacă încă mai păstra urmele răcelii care o țintuise în pat timp de două săptămâni. Hanna pășea mai greu ca înainte, respirând pe gură, deși nu făcuse mult efort. O luase încet pe Calea Victoriei, gândindu-se din nou la acea scrisoare. Automobilele păreau puncte negre într-o pictură de Grigorescu, iar trecătorii grăbiți o ocoleau ca din instinct, ca și când ar fi fost o formă aievea știută, peste care nu merită să îți arunci privirea, dar pe care știi că trebuie să o eviți.

Avea sentimentele acestea de câteva zile, poate din cauza bolii, stări melancolice, dar și unice până atunci. Poate că venise timpul ei să se vadă așa cum o vedeau, sau nu o vedeau cei din fața ei, necunoscuții. O bătrână.

Bătrânețea era însă ceva natural; nu era deranjată de trecerea timpului, de persoana care devenise, de transformările vremii, dar plutea în jurul ei, ca o aură karmică, o anumită stare, ca o înfrângere sau o neputință. Se vedea nesemnificativă într-o colectivitate de mușuroi ce forfotea spre treburi și lucruri importante. Ea nu mai oferea nimic acelui mușuroi ce viermuia continuu, iar ce oferise dinainte părea important atunci, la acea vreme, însă fără sens acum. Viața ei avusese un scop în tinerețe sau poate tinerețea îi găsise un scop.

În prezent era un suflet rătăcit într-un corp în degradare, ce aștepta să iasă pe ușa finală. Se amuza uneori că după atâta zgomot în viață ajungi să îți aștepți retragerea fără teamă, fără să mai fii paralizat de faptul că lași oameni plângând după tine. Dimpotrivă, reușise să înțeleagă că ar fi fost mai crunt să nu fie nimeni care să își mai amintească de ea, ca un fum împrăștiat peste o mare agitată. Astfel, își mai avea fata, nepoții care urmau să crească, vietăți ce puteau să ofere o continuitate unei sforțări a unui destin eșuat. Era conștientă că acea impresie de eșec o vor trăi fiecare dintre cei care o ocoleau în acea zi, doar că nu o știau încă. În orice caz, nu în acel moment. Dar fiecare avea descoperirea lui proprie de făcut, regretele personale de împăcat.

Poate că aceste sentimente care o pătrundeau acum au fost iscate la vederea acelei scrisori la care nu găsise încă răspuns, dar care îi amintea de o altă scrisoare primită demult, ca dintr-o altă lume.

Scrisoarea de atunci încă o mai avea ascunsă într-o carte și, deși nu o citise decât o dată, îi rămăsese în memorie fiecare cuvânt al ei, fiecare virgulă, ca o rană provocată de zeci de lovituri de pumnal.

Era însă atât de tânără atunci, atât de naivă, iar bătrânețea atât de departe. Trăise până atunci cu iluzia că fiecare om moare la o vârstă înaintată, destinată de o forță decisivă, în patul lui, fără dureri și înconjurat de fețe dragi și familiare. Cine vrea să socotească un altfel de sfârșit decât cel firesc? Totuși era conștientă atunci că viața nu contenea să o păcălească cu fiecare secundă trecută, dar o altă forță mai puternică decât rațiunea intervenea mereu, ca un blocaj necesar, propria înșelătorie, nevoia de anihilare a oricărei tragedii viitoare.

De aceea, într-un fel normal al minții omenești găsise o soluție, sau singura soluție, la groaza dintre rândurile caligrafic așternute. Poate că oricine ar fi citit o singură dată acea scrisoare ar fi chibzuit la fel, iar dacă era un fel specific de a procesa acea informație, ea îl căpătase automat. Revenind în timp, dată fiind aceeași ocazie, presentimentul de conservare sau intuiția i-ar fi spus la fel. Era în pericol și trebuia să se ascundă, să fugă.

Totul venea după acea poveste stupidă, cu acel băiat care făcuse aproape o obsesie pentru ea, fără ca ea să fi considerat adevăratul potential al primejdiei.

Își aducea aminte, ca printre cioburi sparte, discuția avută cu Lorian pe coridorul întunecat al centrului, când, tremurând de frig, întrebase de el până îi găsise camera. Abia atunci realizase în ce condiții trăia, cum îl găsise cu fața în sus, privind pierdut un tavan crăpat și înnegrit de la fumul lumânărilor din dormitorul lung, cu paturi aliniate ca într-un spital de răniți. Părea pierdut acolo, printre atâtea alte fețe supte ce se uitau straniu la ea, ca și când era un personaj ce nu avea loc în propria poveste. Se ridicase uimit sau poate încrezător, mândru, și o însoțise pe coridorul fără de lumină, vorbind cu el ca și când ar fi fost doar o umbră tăcută. Încercase să fie cât mai sensibilă cu putința, vorbindu-i despre viitorul lui, despre zecile de fete de care avea să se îndrăgostească, de diferența de vârsta și cât de măgulită se simțise să fie plăcută de el. Da, încercase să nu îl rănească, să nu i se adreseze cu furia care o cuprinsese atunci când o sărutase. Încercase să îl protejeze. Și apoi, cine era ea, să îi spulbere primele sentimente de atașament, ce știa ea despre dragoste cu adevărat?

Cu toate acestea, își promisese că în același timp să fie fermă cu el și să îl facă să înțeleagă că acel sărut fusese o greșeală și că niciodată nu se va mai repeta.

Atunci fusese recunoscătoare acelui întuneric crepuscular de pe coridorul strâmt, cu miros stătut, că nu îi putea vedea ochii, că nu îi putea citi dezamăgirea în privire și de aceea îi povesti cum de-abia reușise să o liniștească pe Ilinca, cum totul era atât de greu pentru acea fată care suferea după el, cum situația era ieșită de sub control și trebuia oprită. Îi vorbise relaxat, aproape molcom, ca unui copil mic, deși simțea că ceva nu era în regulă cu el, că acea tăcere era bolnăvicioasă și sufocantă. În realitate, nu voia decât să fie ascultată, să pună o stavilă la orice ar fi putut urma, căci în toată acea poveste doar ea era responsabilă. Ea era adultul.

Însă scrisoarea avea să dea o turnură diferită la tot, ca un perete ce își schimbă culoarea prin var.

În acea dimineață, Hanna purta prima haină de primăvară din acel an. Era o haină lungă, ce avusese odată culoarea crem, culoarea ei preferată, dar din cauza vremii și a uzurii doar Hanna îi mai știa aspectul inițial. Acum, haina ei arăta mai mult a tulpină scrijelită cu nasturi peticiți, ce parcă plângeau atârnând, asemeni unor pisoi părăsiți la margine de drum.

Dimineața era însorită, iar cele câteva raze de lumină reușeau să o destindă.

De aceea acum, printre melancolii bolnăvicioase, într-o haină veche, o altă simțire îi revenea cu forță la suprafață. Un început de sfârșit, căci așa identificase Veronica groaza văzută și așa avea să își aducă Hanna aminte de perioada aceea, ca o pecete încerată pe carne vie. Câteva secunde s-au scurs de la citirea acelei scrisori din trecut, dar Hannei i se păruse că îmbătrânise cu câțiva ani. Iar peste ani, orice impresie odată simțită avea să fie divizată în mii de ecouri, ca un blestem de care nu te poți scutura oricâte rugăciuni ai face.

Draga mea Hanna,

Cum aș putea să încep această scrisoare fără să te înspăimânt, fără să te înfricoșez de aceste câteva cuvinte pe care cu durere în inimă și cu grabă le trimit astăzi către tine? Poate că dacă aș putea să te țin în brațe, să te mângâi pe creștet ca o mamă ce își protejează puiul, poate atunci, cu palmele lipite de urechile tale, aș putea să îți șoptesc ce urmează să aștern pe foaia albă. Simt că urmează să murdăresc această foaie nevinovată cu veștile mele, simt că am să îți mânjesc copilăria, tinerețea, viitorul, și nu am cum să ocolesc durerea ce ne lovește pe toți. Cu toate acestea, îți scriu ca un om pierdut între mii de suflete spintecate, cu o mie de impresii divizate.

Aici, în Iașul nostru drag, s-a dat ordin de moarte. Aici am început să murim unul câte unul.

Îi zic altfel, însă, ca o astupare a simțurilor folosesc termeni uzuali, ca o ascundere a rușinii. Se „curăță terenul"! De două zile „se curăță terenul" în Iași.

Oare știi tu, copile, ce înseamnă asta? Oare știe cineva ce va însemna această curățare peste ani, cu ce obsesie ne va urmări, ca un coșmar din care nu ne vom mai putea trezi?

Iașul plânge, scumpa noastră, Iașul sângerează de două zile. Iașul nostru miroase a durere, a panică, a oameni putrezi pe străzi, a moarte.

Nu mai există casă nerăscolită, nu mai este copil care să nu își jeluiască părintele ucis sau părinte să nu urle în tăcere în fața nedreptății criminale. Sunt toți îmbrânciți pe străzi, aliniați cu forța și împușcați într-o tăcere asurzitoare.

Draga mea Hanna, cum pot eu să îți povestesc ce se întâmplă aici? Cu ce să încep? Cum să mai continui?

Stăm baricadați în casă de două zile de frică, iar veștile ce vin spre noi sunt ca din infern. Doar domnul Popescu ne mai vizitează și doar pentru că încă nu au avut curajul să ne spargă ușile casei.

Prietenul nostru Isaac a fost luat de acasă în plină noapte și bătut cu patul armei. A fost dus la gară și aruncat în vagoane de vite, unde alți oamenii ca el mureau ca muștele. După ce a fost bătut cu picioarele încălțate cu cizme militărești, a fost călcat în picioare, dezbrăcat și lăsat semiconștient, pe o movilă de cadavre, într-o mlaștină întunecată. Acum, când îți scriu aceste rânduri, îl ținem ascuns sub podele casei și am un sentiment fatidic că Isaac nu va mai fi vreodată omul mândru pe care l-ai cunoscut. Isaac a reușit să fugă, dar cel care stă sub podele nu mai este Isaac.

Mulți ca el nu au mai reușit să fugă, iar și mai mulți urmează să fie exterminați. După două zile de groază, nu mai există familie de evrei să nu fi fost bătută, denigrată, batjocorită sau omorâtă. Nu mai există suflet neîngenunchiat. Nu mai există speranță.

Cum o să trecem peste asta, Hanna? Cum o să putem să mai ștergem tragedia acestor zile vreodată?

Mă rog lui Dumnezeu să înțeleg, să iert, să rămân puternică, dar gândul îmi zboară continuu la cei întinși pe stradă, peste trandafirii din fața casei.

Privesc din oră în oră la colțul străzii, unde doar cu o zi înainte copii și părinți, ținându-se de mână, zăceau întinși în poziții stranii, cu chipuri schimonisite de groază, ca de pe altă lume, în bălți uleioase de sânge. Aștept din oră în oră să vină careva, căci au uitat să le ridice pantofii răsfirați și păpușile din cârpă. Au uitat să le șteargă urmele.

Mai încolo, spre Tei, încă mai sunt tineri studenți cu genți revărsate de cărți și aliniați pe pietre, asemeni animalelor măcelărite. Doar ecoul durerii lor mai răsună între ziduri curățite de suflu.

Vecinii noștri, prietenii noștri, frații noștri, toți au fost luați, smulși din paturi calde și izgoniți spre trenuri întinse, cu vagoane monstruoase, fără ferestre, fără apă și fără oxigen.

S-a întunecat văzduhul de atâtea răcnete în Iași și atâta sânge ridicat la ceruri. Este începutul sfârșitului pentru noi toți.

Plâng fără lacrimi și plâng fără sunet. Au înghețat toate în mine și mi-e teamă că atunci când mă voi împiedica o să mă dezintegrez în mii de țăndări, ca un țurțure de gheață ce se izbește cu putere de pământ.

Dar îți scriu, Hanna, îți scriu cu gândul că adevărul trebuie știut, oricât de dur și de nedrept este el. Îți scriu pentru că tu mai ai o șansă.

Hanna, acum citește bine ce scriu mai departe, căci o altă scrisoare nu va mai veni către tine de la noi. Plecăm cu toții și plecăm în această noapte. În plic vei găsi un bilet spre Palestina (doar atât am mai putut cumpăra). Asta înseamnă că doar tu mai poți scăpa de acest iad. Stiu că te vei gândi la mama ta, la surorile tale, dar este prea târziu acum, căci Dumnezeu a închis ochii nu numai asupra Iașului, ci asupra întregii țări. Nu mai este răgaz pentru noi, căci s-a golit universul de timp și spațiu.

O navă pleacă spre Palestina aproape în fiecare lună; unii rămân acolo, alții pleacă mai departe spre America. Biletul tău este pentru Struma, iar sute de evrei vor fi în Portul Constanța în doar câteva luni. Acunde-te până atunci și așteaptă să se liniștească ropotul dezlănțuit. România este în război.

Costache se va întoarce către tine în câteva zile și apoi, cu Ilinca alături, fugim și noi spre Constanța. Din păcate, Costache nu va putea să te ia cu el acum, căci locurile în automobil sunt numărate și nu vrem să trezim suspiciuni, dar dacă totul merge bine, în câteva zile cineva va veni după tine.

Va trebui să aștepți, fata mea, va trebui să te ascunzi și să nu spui nimănui despre Struma. Când va veni timpul, Dumitru va trimite om să te întâlnească și să te aducă la port, dar până atunci ascunde biletul și arde scrisoarea.

Hanna, mi-a înlemnit sufletul în mine și respir acum egoist aerul altora. Odată, demult, ți-am cunoscut tatăl, acel om semeț și minunat, care avea o vorbă bună pentru fiecare și știu că dacă ar fi trăit acum ar fi murit pentru a doua oară. Oare este posibil să mori respirând?

Tatăl tău ar fi avut alte cuvinte pentru tine, cuvinte ce mie îmi vine greu să le scriu acum, dar fii curajoasă, fii bărbată și stai ascunsă. Nu te uita înapoi, că nu vei vedea decât durere. Ia biletul, Hanna, și așteaptă instrucțiuni.

Orice va fi, oricât de greu ne va fi, știu că ne vom mai întâlni o dată. Nu este un adio, draga mea, ci un pe curând cu inima strânsă.

...număr clipele până ne vom reîntâlni în siguranță, sub un alt soare de iulie.

Veronica

O singură dată a citit Hanna acea scrisoare, dar, peste ani, fiecare cuvânt a luat forma unei entități ce s-a hrănit singură, ca o vietate ce nu are nevoie de degete opozabile pentru a absorbi tot ce are nevoie pentru a se multiplica, așa că acele cuvinte au devenit imagini, iar imaginile senzații.

După aceea totul s-a petrecut ca printr-un miraj, iar Hanna, după atâția ani în care a încercat uneori cu disperarea unui naufragiat să închidă fereastra ce îi scufunda prezentul, a reușit doar să estompeze secvențial panica trăită atunci, lipsa de aer, gustul de sânge simțit în cerul gurii, spaima, frigul necontenit din oase. Cum mai trăiești după ce ai murit o dată respirând?

În ciuda mesajului necruțător al Veronicăi, scrisoarea nu a fost arsă niciodată și nu pentru că ar fi dorit cumva o mărturie a cuvintelor de atunci, o evidență a trecutului ce avea să devină istorie, ci pentru că fiecare clipă ce a urmat a fost una de deznădejde, de dezechilibru, gesturi făcute în grabă, ca un străin ce îi posedă corpul pe o altă planetă, undeva inuman, unde fiecare mișcare e doar o pantomimă, o impresie într-o oglindă întoarsă.

Mai târziu, la doar două zile, ca o promisiune macabră a unei realități dintr-o scrisoare greu de perceput, domnul Popescu parcă automobilul în spatele casei, intrând gârbovit și, o

dată cu el, o presiune înecăcioasă a unei noi dimensiuni. Părea
că îmbătrânise mulți ani și ce mai rămanea din el era doar o
sumă de gesturi ce aminteau de un alt om, văzut în treacăt și
greu de identificat mai târziu. Nu aveau să știe niciunul dintre
ei că acea seară urma să fie și ultima în care își mai adresau cu-
vinte, iar peste ani Hanna avea să afle că renumitul ofițer Du-
mitru Popescu murise singur și abandonat, la puțin timp înainte
de încheierea războiului, spânzurându-se în propria casă și lă-
sând în urmă doar epoleții uniformei și caschета de militar.

Cuvintele schimbate atunci fuseseră aproape monosilabice,
iar Hanna nu își mai amintea nimic din cele spuse, dar știa cu
precizie că niciunul dintre ei nu reacționase ca o ființă conști-
entă. Au stat câteva secunde sau poate câteva ore unul lângă al-
tul, în timp ce deasupra lor, în odăile de la etaj, Ilinca și bătrâna
dădacă împachetau în tăcere, cu mișcări automate, într-un întu-
neric bolnav, ce îi infecta ca o povară veninoasă. Îl privise atunci
cum privești un necunoscut aducându-și vag aminte de prima
dată când îl văzuse, intimidarea pe care o simțise la vederea aces-
tui bărbat, dorința arzătoare de a-l ajuta, de a-i proteja copilul
rămas fără mamă, de a fi respectată și admirată de acest om.
Acum nu mai zărea nici măcar umbra celui de atunci. Acum
erau cei doi străini de dinainte de a se cunoaște, când destinele
lor încă nu se intersectaseră, doi indivizi în roata mistuitoare a
timpului, doi oameni ce ar fi putut avea altă proiecție a destinului.

Pentru o clipă doar, avusese impresia că cineva pășea în ca-
mera ei, auzindu-i pașii de felină deasupra capului, acolo unde
ar fi trebuit să fie o lespede dezlipită în colțul patului, lângă
fereastră, dar alungă gândul cu un gest al mâinii așa cum alungi
o viespe ce bâzâie confuză în dreptul urechii. Părea că așteaptă
ceva, fără a identifica cu certitudine ce anume.

Acum Hanna știa ce așteptase atunci, dar mintea ei de atunci
era incapabilă să formeze cuvinte, care apoi să se regăsească în

întrebări, planuri, intenții pentru un viitor pe care fără să realizeze îl abandonase de la prima frază a Veronicăi.

Astfel încât rămase cu ochii închiși mult după ce îi văzuse zâmbetul grăbit al Ilincăi, ușa întredeschisă a casei, umbrele unui automobil fugărit în noapte cu faruri estompate. Mult după ce greierii încetaseră să mai cânte și ultima lumânare topită pierduse lupta cu ceară topită.

Nu se mai putea gândi la nimic, ca și când acea funcție a creierului atât de des folosită pentru fiecare mimetism își luase vacanță cu valizele grele, refuzând cu încăpățânare orice reîntoarcere. Adormi spre dimineață, pe podeaua rece, cu aceeași incapacitate de a imagina vreun vis.

Odinioară devenise infirm în fața a ceea ce plutea în jurul ei, ca o incertitudine cu potențial de pericol. Deși zgomotul părea că se abătuse pentru următoarele câteva zile, Hanna avu imboldul, mai mult ca o negație a lunilor trecute, să își schimbe felul de viață și să își riște siguranța zidită prin a ieși la lumină.

În fazî incipientă, Hanna reacționă ca orice om ce a piedut de mult orice legătură cu umanitatea, procesând primii pași cu incertitudine, încercând să își reamintească ce capacități abandonase de la izolarea ei inițială. Primul gând imperios omenesc ce o vizita era al curățeniei corporale. Nu se mai spălase de câteva luni, ieșind afară rar și doar pe întuneric, pentru a scoate apă potabilă de la fântână.

De aici și admirația de peste ani a Hannei față de casele cu vană, unde apa caldă venea prin conducte ca printr-un sistem digestiv al clădirii, prin mațe ce chiorăiau de la căldură.

Însă acea casă veche, boierească, nu era dintr-acelea cu vană, apa putând fi încălzită doar pe sobă, iar o sobă încinsă însemna foc și mult fum și astfel un semnal tribal, o inculpare automată. Se hotărî spre o baie cu apă rece, ca o înviorare a simțurilor pierdute în atâtea săptămâni.

După baie, Hanna se îndreptă spre odaia ei de odinioară, unde totul părea să fi rămas încremenit în timp, ca și când o eră glaciară se coborâse peste tot, iar lucrurile din odaie hibernau amorțite.

Recunoscu imediat lângă fereastra închisă cartea în care ascunsese scrisoarea Veronicăi, cartea ei de căpătâi, cartea lui Jane Austen ce îi ținuse de atâtea ori de urât, iar mai încolo, la capătul patului, geamantanul ei ponosit, deschis și sprijinit de perete ca un bătrân la margine de drum. Nu își mai amintea să fi umblat în el și doar după o simplă și aproape tehnică ajustare a ochilor minții observă lucruri mărunte zvârlite pe jos, haine, un pieptene de lemn cu coada ruptă și o foarfecă aurie, ca o incriminare de la locul asasinării. Abia atunci avusese o reacție nestăpânită.

Fără să își dea seama, se năpusti spre cartea lui Austen, auzind ca un ecou de peste ani scârțâitura atât de familiară a unei lespezi dezlipite. Nu conștientiza în acea clipă dacă sunetul venise de sub piciorul ei sau era ecoul de sub piciorul alteia, dar reacția proprie la deschiderea cărții nu o surprindea. Desigur, calmul la vederea scrisorii șifonate o nedumerea, având vaga impresie că altfel ar fi trebuit să reacționeze, dar era totuși în prima zi de convalescență, iar senzația de febră moleșitoare abia se ridica, asemeni aburilor deasupra pământului cald.

Știa, desigur, ca o a doua natură, ca un sunet șters sau asemeni unei particule infime ce șovăie între celulele de creier precum o părere, știa că Ilinca avea să se răzbune, să nu o ierte pentru acel sărut văzut în grabă și neînțeles. Știa că nimeni nu avea să vină după ea și mai știa că Struma se dezintegrase de mult, încă de la început, asemeni unui vis, iar biletul fusese doar o iluzie optică.

Cu mâinile tremurânde, Hanna își descheie haina și, slăbită, se sprijini de un stâlp telegrafic. Mașinile huruiau în jurul ei cu

aceeași viteză ca înainte, unii trecători uitându-se întrebător la
ea, ca apoi să-și mute privirea vinovată spre alte direcții, ca și
când o schimbare de priveliște i-ar fi protejat de povara bătrâ-
neții. Viața pe pământ avea felul ei ciclic și fad de a continua
cu sau fără ea. Își amintea că citise cândva părerea unui scriitor
ceh, care considera că o viață trăită și nerepetată e ca și când
nu ar fi existat niciodată. Atunci se revoltase, la gândul că a trăi
ar putea fi inutil, lipsit de sens și nesemnificativ, doar o trecere
spre neant, dar era prea tânără să înțeleagă mai mult.

Ajunsă acasă, puse ibricul cu apă pe foc și, intrând în baia
îngustă, stropi cu apă rece pe fața ridată din oglindă. Se pierdu
în privirea reflectată, ca și când ar fi vrut să se recunoască pe
sine, pe cea din interiorul ei, dar cu cât se privea mai mult, cu
atât se zgâia la o necunoscută. Într-un final renunță să mai pri-
vească, în favoarea celei din oglindă și, cu ceaiul fierbinte în
cană, se așeză pe scaunul de răchită de pe balcon. Privea în gol,
spre văzduhul de la asfințit, căci golul, prin natura lui, este
singurul lipsit de vreo angoasă.

XI

Ultimul drum

În dimineața în care l-a găsit în bucătărie, Hanna se confrunta cu o migrenă îngrozitoare. Începuse să aibă aceste dureri de cap, urmate uneori de amețeli și stare de vomă, ca un asalt vicios la adresa întregului ei corp. Nu dorise să iasă din bibliotecă, dar a simțit nevoia să își miște picioarele prin salon și, de aceea, învelită în una dintre păturile mari din scrinul Nanei, ajunse aproape buimacă în bucătărie.

Era una dintre acele dimineți înghețate, în care dacă ieșeai afară ți-ar fi înghețat lacrimile pe obraz fără să ai posibilitatea să simți mirosul aerului rece din cauza usturimii căilor nazale. Ferestrele toate erau acoperite de steluțe din gheață, cu forme exacte, ca picturi rupestre lăsate în urmă de străini cu capacități mistice.

El se afla la fereastră, în fața unei bucăți de sticlă pe care o folosea drept oglindă, sprijinindu-și cu degetul mare al mâinii stângi o parte a nasului și cu cealaltă mână bărbierindu-și spuma albă de pe obraz. Pentru o clipă, a ridicat capul și a privit-o în ochi, ca și când ar fi așteptat de la ea o întrebare sau poate un răspuns, dar apoi și-a continuat activitatea, concentrat pe trăsăturile reflectate în oglindă.

– Mă întrebam când ne vom întâlni, spuse într-un târziu, folosind o cârpă îmbibată în apă pentru a-și șterge obrazul mânjit.

Hanna rămase împietrită, uitându-se la el ca și când ar fi văzut un om pentru prima oară, studiindu-i gesturile cu pasiune și realizând că toată amețeala de dinainte dispăruse ca printr-un farmec.

– Nu ai de gând să spui nimic? întrebă Lorian, uitându-se fix la ea.

– Ce cauți aici? De unde... știai că sunt aici? murmură Hanna, cu un efort evident.

Îl văzu atunci pe Lorian ridicându-se în picioare și apropiindu-se de ea dar, din instinct, asemeni unui reflex necondiționat și transmis ereditar, se dădu la o parte, simțind o anumită panică la ideea apropierii de el. Lorian îi observase aversiunea și, ca un om bolnav, cu chipul schimonosit, se așeză cu greutate pe primul scaun din apropiere. Cunoștea prea bine acea privire cu care se confruntase toată viața, dar era prea obosit, aproape sleit de atâtea speranțe dizolvate. Hanna, încă ferită, într-un colț, strângând cu putere pătura pe care o ținea acum ca un scut protector în fața propriului trup, urmărea cu interes fiecare mișcare a lui.

– La început nu mi-a venit să cred, începu să vorbească Lorian cu o voce înfundată, ca și când cuvintele lui răsunau dintr-o fântână fără fund. Te-am căutat peste tot când am auzit că ai plecat și te-am visat în fiecare noapte, ca și când mereu erai la o mână distanță de mine, iar de fiecare dată când te apucam de braț alunecai și te disipai în aer, lăsând în urmă doar o disperare inumană. Apoi visam că vii spre mine sau te găsesc undeva, printre oameni, dar până să ajung la tine și să îți vorbesc rămâneam fără ochi în orbite și bâjbâiam în întuneric, iar vocea ta nu o mai recunoșteam printre atâtea. Apoi am aflat ce s-a întâmplat, de ce nu ai revenit, zise Lorian cu un oftat apăsător. Clasa noastră nu mai este acolo, și nu mă refer la odaia în sine, căci acum totul arată ca un grajd de cai, în care proviziile și armamentul sunt dosite de armată, ci mă refer la noi toți, orfanii, elevii ce mai trebuiau să termine o clasă. Unii au fugit, alții..., și aici o privi pe Hanna cu lacrimi în ochi, alții nu au mai apucat. Eu m-am ascuns și te-am așteptat, am crezut că o să vii să ne cauți, să vezi dacă suntem bine, dacă avem nevoie de ceva, dar nu ai revenit niciodată. Într-o zi, însă, am primit o scrisoare de la Ilinca, ca un repros era acea scrisoare. Nici nu știu cum a aflat de mine sau poate nu m-a interesat să aflu. Mi-a scris că au plecat spre Constanța, ea, tatăl ei și cu bătrâna din casă și că așteaptă un vapor să îi ducă pe mare, spre un alt tărâm. Mi s-a părut bizar la început, când nu a scris despre tine nimic, ca și când nici nu ai fi existat vreodată și, deși am recitit acea scrisoare de câteva ori, nu am înțeles ce s-a întâmplat. Mai apoi am reușit să trimit răspuns Ilincăi prin Simion, care a plecat singur spre Constanța, în dorința de a se sui și el pe unul dintre aceste vase imense, ce navigau spre Palestina. Nu am crezut că va ajunge la destinație, după freamătul morbid din țară, dar la câteva zile am primit din nou o scrisoare, de data aceasta printr-un țăran din sat care, pentru un sac de făină sau câțiva cartofi, te poate ajuta cu orice ai nevoie. Atunci am aflat de la Ilinca ce s-a întâmplat cu adevărat, că te-au lăsat în urmă ca să nu aibă probleme pe drum pentru că ești *evreică*. Scrisoarea nu a fost lungă, dar mi-a fost destul să înțeleg că nu ai plecat cu ei și asta însemna că te ascundeai și tu undeva, la fel ca mine.

După un timp, Lorian se ridică în picioare și se îndreptă spre fereastra mare, ce se luminase dintr-odată, ca o revărsare de aur.

– Am venit aici de câteva ori și am dormit sub această masă câteva nopți la rând, spuse melancolic Lorian, gesticulând spre masa veche din lemn masiv, de culoarea muștarului murdar, sperând că vei reveni și te voi găsi, dar niciodată nu mi-am imaginat că te ascundeai chiar sub nasul meu. Niciodată nu am crezut că tu nu ai părăsit această casă. Trebuia să mă gândesc, știu, trebuia să îmi imaginez că nu ai fi avut unde să pleci, încotro să te îndrepți, deși nu mai aveam cum să fiu sigur de nimic.

– Vezi tu, Hanna, noi doi suntem foarte asemănători, vorbise din nou Lorian după o pauză îndelungată. Noi doi suntem ai nimănui și doar cei ai nimănui rămân în urmă așa. Acum câteva zile, însă, ca un dar divin, m-am trezit mai liniștit ca niciodată până acum. Trebuie să înțelegi că visele mele nu sunt niciodată silențioase, ci dimpotrivă, sunt pline de freamăt, ca o prelungire a zilei de dinainte. Dar acest vis a fost diferit, iar acum, când stau și mi-l amintesc, am aceeași stare de armonie în suflet ca și când plutesc cu fața în sus pe o apă netulburată, iar deasupra mea sunt mii de păsări, ce cântă doar pentru mine. În vis era o zi obișnuită, iar eu îmbrăcat la fel ca sunt acum. Dintr-odată, am zărit un tunel în fața mea, dar un tunel diferit de grotele reci și înspăimântătoare ce caracterizează de obicei ideea de tunel. Nu, acest tunel era diferit, luminat, dar fără să aibă ferestre prin care să intre lumina. Am pășit spre tunel cu încredere și, de parcă cineva mă ținea de mână, am înaintat spre o odaie care mă aștepta cu ușa larg deschisă. Înăuntru erau multe rafturi în fața mea și toate pline cu pâini aburinde, cu covrigi cu mac și baghete pufoase și aveam din nou certitudinea că toate erau pentru mine și că mă așteptau doar pe mine. Era o brutărie în care aerul foarte cald și îmbietor, cu miros de scorțișoară și aluat proaspăt frământat mă calma într-un mod aproape descântător, ca o vrajă de poveste. Uitându-mă așa spre aceste minunății care mă chemau, seducându-mă cu aroma lor, am întins mâna să apuc o pâine și am realizat că în fața mea se afla un perete de sticlă, de care nu puteam să trec decât spărgându-l cu ceva. M-am uitat în jurul meu, căutând flămând o piatră și conștient că o voi găsi fără să mă enervez, fără să stric aura aceea magică pe care o simțeam în jurul meu. M-am trezit lent atunci, cu siguranța aceasta în suflet, că voi găsi o piatră să sparg acel zid ce m-ar fi apropiat atât de mult de ceea ce îmi doream, încât am avut siguranța că acel vis însemna ceva important. Atât de sigur am fost de semnificația lui, încât am revenit în această casă cu gândul că undeva, cumva, există un mijloc să ajung la tine.

Îndreptându-și privirea spre Hanna, Lorian zâmbi cu ochii mici și aliniați, asemenea unui copil căruia i se întinde o bomboană.

– Atunci te-am văzut, Hanna! Te-am văzut cum cărai o găleată cu apă spre casă și am știut că nu trebuia să găsesc nicio piatră, ci ar fi trebuit doar să întind mâna spre tine și tu ai fi venit spre mine, căci în visul meu tu erai brutăria, tu erai vraja ce mă putea liniști, tu erai singura care m-ai fi putut înțelege.

Hanna, ca și când ascultase povestea unui om ce vorbește despre ceva personal între el și iubita lui, avea o impresie de jenă ce o oprea din a rosti vreun cuvânt. Pieptul ei era lipsit de sunete, ca și când vocea toată i se scursese prin vene și, oricât ar fi încercat să vorbească, niciun cuvânt nu reușea să se formeze.

– De ce ai venit? se auzi vorbind într-un final.

Lorian, ca trezit din reverie se uită uimit la ea.

– De ce am venit? De... ce... am... venit? rămase gânditor asupra acestor patru cuvinte. Și ca și când își aminti, continuă cu o siguranță: Am venit ca să te scot de aici. Am venit ca să plecăm împreună. Am venit pentru că mai avem o șansă și pentru că ai nevoie de mine.

– Nu avem unde pleca... noi nu...

– Știu de bilet, o tăie scurt Lorian, iar Hanna rămase dintr-odată fără suflu. Știu ce a făcut Ilinca și mai știu că există un mijloc de a ne salva.

– Cum?

– Ilinca mă așteaptă, Hanna, Ilinca a luat biletul pentru mine. Ilinca speră că vom pleca împreună. Nu înțelegi? Ilinca are biletul și noi îl vom lua înapoi, zise Lorian atunci triumfător. Vasul spre Palestina este al tău, nu a fost al meu niciodată.

– De ce ai face asta pentru mine? întrebă Hanna cu un tremur în glas, ca și când nu ar fi vrut să afle răspunsul la propria întrebare.

– Chiar nu ai înțeles încă? Pentru că te iubesc!

Plecarea o hotărâseră amândoi, dintr-odată, fără să își vorbească. Știau că timpul era restrâns, iar orice secundă pierdută era ca o prăpastie ce se adâncea tot mai mult.

Hanna împachetă în același geamantan vechi câteva haine mai groase, puținele cărți de care nu se putea despărți și singura fotografie pe care o avea cu familia ei, de pe vremea când nici nu împlinise cinci ani. Luase cu ea câteva pături din lână, două căciuli ale lui Dumitru și o manta militară, pe care plănuise să i-o dea lui Lorian.

De partea cealaltă, Lorian reușise să aducă din sat un cal slăbit, legat de o căruță ce se asemăna mai mult cu o caravană, cu o prelată ponosită, ce acoperea partea din spate, cu scânduri șubrede și scârțâitoare. Înăuntru se afla un sac cu merinde și două bidoane mari de apă, un sac de ovăz pentru cal și un țol voluminos. Când Hanna îl întrebă pe Lorian de unde are toate merindele și cum a obținut acel cal, privirea lui reținută o convinse că unele întrebări sunt mai bune neadresate și slobozite, asemenea păsărilor libere în văzduh.

În noaptea aceea dintâi ningea plăpând, cu fulgi mari și moi, răspândiți ca pufii de bumbac în vânt. Lorian o convinse că plecarea trebuia făcută noaptea, pe drumuri dosite, iar zăpada abia cernită avea să acopere urmele căruței. Drumul era lung, de aproape patru zile, și asta neincluzând popasurile ca să adape calul și să se odihnească, dar încercau să nu se gândească prea mult la asta.

Hannei îi venea greu să își imagineze atâtea zile petrecute într-o căruță cu acest băiat, pe care îl cunoștea prea puțin. Nu dormise deloc în ultimile două nopți cu gândul la ceea ce Lorian îi spusese și la faptul că totul era o greșeală pe care o simțea în fiecare celulă a corpului. Îi venea să strige uneori cu glas răsunător, să fugă de ea pentru că acceptase compromisul de a-l urma pentru că avea nevoie să fie salvată și să trăiască. Ar fi preferat să nu-i fi auzit cuvintele acelea emoționante, cuvinte care nu o mișcaseră deloc, ci mai mult o îngroziseră, pentru că știa că niciodată nu va putea să îi împărtășească sentimentele. Cel mai greu îi era când se gândea că el îi percepuse muțenia ca acceptare sau cine știe, chiar reciprocitate. Adevărul era că fusese un moment, cât un grăunte într-un univers în mișcare, când Lorian o intrigase, felul lui de a vorbi și de a se purta, ca și când acel băiat se zbătea în interior cu două personalități ce nu-l lăsau să se odihnească. Vorbea puțin, dar gesturile lui vorbeau de la sine. Îl studiase mult când îi era elev, dar după tot ceea ce se întâmplase cu Ilinca, după acel sărut copilăresc, îl dăduse la o parte din gândurile ei, așa cum arunci ceva stricat ce nu îți mai folosește. Hanna nu se gândise niciodată că acel tânăr avea sentimente atât de profunde pentru ea și că simțea nevoia puternică de a o apăra, de a o salva și de a o iubi. Iar acum, concesia pe care o făcea în tăcere îl convingea pe Lorian de un răspuns favorabil, ca un consimțământ tainic și nefast.

Acea fugă, noaptea, cu o căruță ce probabil era furată de la țărani, printre păduri lăturalnice spre o destinație obscură, părea o nebunie în visul altuia. În orice altă circumstanță a vieții nu ar fi acceptat niciodată un astfel de compromis, nu ar fi înșelat nicicum sentimentele cuiva, fie el străin, dar nu mai trăia demult vremuri normale, iar convenţiile şi rânduiala ştiută nu se mai aplicau în vreme de război.

Hanna nu se putea gândi cum avea să se sfârşească totul, fiindu-i teamă să îşi imagineze orice, căci planul lui Lorian de a recupera acel bilet i se părea ingenuu. Aveau de traversat o ţară în plin război, unde doar ea, în aceea căruţă, era ca o bombă gata să îi nimicească dintr-un foc pe amândoi.

Lorian însă avea un fel aproape inconştient de a fi, ca un smintit ce trăieşte detaşat de tot ceea ce este real, un lunatic ce pe dinafară îţi dă impresia uneori de alienare totală. Era ca şi când ceva era deformat în el, ceva ce nu se vedea la suprafaţă, căci totul părea omenesc acceptabil, dar nesăbuinţa lui aproape violentă făcea ca diferenţierea să fie la nivel de minte, de procesare a informaţiei neuronale.

Îi era desigur recunoscătoare pentru că venise după ea, o căutase, dorea să o ajute, dar nu era un sentiment firesc, ci mânjit şi straniu, un amalgam de teamă şi surprindere apăsătoare, stări pe care nu le simţise niciodată până atunci.

În clasa ei avea un rol de mentor, ca un instructor ce îşi susţine ucenicii cu o anumită apropiere, de la o distanţă impusă. Însă, în afara clasei nu îţi delimitase concret rolul, iar vecinătatea cu acest tânăr, ce investise efort şi emoţii în speranţa unei apropieri viitoare, o nelinişte cu adevărat. Bineînţeles că ştia încă de la început că niciodată nu îi va putea răspunde într-un mod afectiv, dar spera, în inima ei, că o dată cu trecerea acelor câteva zile el va înţelege şi vor rămâne prieteni sau măcar va aprecia felul bizar în care viaţa îi aruncase împreună.

Imediat ce s-au suit în căruţă, Lorian îmbrăcă mantaua de ofiţer a lui Dumitru Popescu şi se aşeză în spatele calului, ce fusese şi el, la rândul lui, acoperit cu o pătură din lână, legată de jur împrejur cu o frânghie groasă, pentru a-i ţine de cald.

Afară, doar umbre vagi ale copaci se mai unduiau în lumina ca de ceară a lunii, auzindu-se din când în când câte un câine flămând, jelindu-și stăpânul. Hanna se uită doar pentru o clipă în urmă, revăzând cu melancolie acea casă ce îi fusese acoperiș în tot acel timp. Îți reaminti prima impresie pe care Ilinca i-o făcuse, bătrâna dădacă și micile amintiri păstrate ca nestemate într-o cutie de carton. Știa că uneori trecutul pare mai frumos, privit de departe, dar realiză cu tristețe că se îndepărta de odaia ei cu obloanele trase, purtând în suflet suferința celui ce se desparte de o rudă apropiată. În ultimii ani își luase la revedere de la prea multe ființe dragi și, deși viitorul era atât de incert, simțea că fuga ei vine cu o pierdere.

La început, fulgii dansau molcom pe obrajii umezi ai celor doi, ca apoi totul să se transforme ușor într-o vâltoare albă, unde doar mișcările regulate ale calului se puteau simți. Înăbușindu-și regretul, Hanna își puse o pătură pe spate și se așeză tăcută lângă Lorian. Îi venea mai ușor să privească înainte, ca și când o dată cu schimbarea perspectivei o altă viziune promitea să ia ființă.

El privea încordat înainte, cu o mare povară, iar prezența ei părea lipsită de esență. De altfel, nici nu se știe dacă Lorian îi simțea prezența, lăsându-se amândoi legănați în tropot înăbușit de omăt prin noaptea luminată. După un timp, Hanna își simți ochii împăienjeniți și alunecă ușor, ca într-un vals al umbrelor, spre alte dimensiuni purtătoare de vise. Lorian îi sprijini lin capul pe umărul lui drept și privi suav spre fața adormită a Hannei.

Dacă luminile toate s-ar fi aprins în acel moment, lumea înreagă ar fi văzut de îndată o fericire așternută peste ochii negri și obosiți ai lui Lorian, ca un copil ce primește în dar jucăria mult visată, dar nimeni nu era acolo să vadă, așa că secretul lui avea să rămână scufundat în anonimatul clipei.

Drumul era lung, iar calul bătrân, dar pentru o clipă doar Lorian știa că ar risca totul și ar lua-o oricând de la capăt pentru a mai simți acel sentiment intoxicant de fericire pură.

∞∞

Încă de la începutul drumului, Hanna se hotărâse să obstrucționeze orice gând trecut sau paralel, ca și când în loc de pleoape ar fi purtat obloane în fața ochilor, obloane ce îi stăvileau capacitatea de a se mai uita în urmă. Pentru ea era ca și când ceva se golise pe dinăuntru și nicio altă idee sau vreun sentiment nu mai aveau puterea de a o atinge. Trăia fiecare clipă într-o așteptare înghețată, ca și când reușise să inhaleze tot oxigenul de care avea nevoie, refuzând să își mai folosească plămânii pentru respirație. Fără să realizeze, aștepta un final inevitabil la o margine de prăpastie.

Privit de la o anumită depărtare, Lorian părea calm, iar cei care nu îl cunoșteau ar fi putut zice că părea chiar imperturbabil, asemeni celui ce urmează un plan învățat pe de rost, plan ce nu conține nicio eroare. Călătoreau doar noaptea, prin păduri adânci și drumuri șerpuite, astfel încât calea le era dificilă, oprindu-se din oră în oră pentru a împinge crăci și ramuri căzute din drumul calului. Noaptea le oferea o anumită protecție de soldații înarmați și împrăștiați prin sate, dar și de posibilitatea de a vedea cu ochii lor efectele războiului. Se lăsau conduși de ochii calului, precum orbii pribegi ce pipăie cu un baston. Zilele și le petreceau odihnindu-se în hățișuri, ascunși ca păsările nocturne și treziți de cel mai mic foșnet necunoscut. Două zile trecuseră de când erau pe drumuri, iar tot ce întâlniseră în cale fuseseră satele goale, cu porți ferecate și lipsite de foc sau lumină. Părea că moartea își așezase mantia sumbră peste toți, iar dacă mai existau locuitori erau imposibil de depistat, ca și când viața se petrecea sub pământ, acoperiți de țărâna înghețată.

Doar o dată, într-o dimineață albastră și rece, trecuse un șir de tancuri pe lângă locul unde stăteau ascunși, feriți fiind de crengile dese ale salcâmilor. Ca printr-un vis, un soldat ce vorbea într-o limbă necunoscută, coborî în grabă și se ușură la doar câțiva metri de ei. Acele câteva secunde au părut atunci o eternitate, amândoi sperând cu disperare ca nechezatul calului să fie estompat de huruitul șinelor de tanc. Era greu de exprimat în cuvinte ce simțise Hanna atunci, dar panica și groaza o slăbiseră pe loc, iar firicelul de speranță de care se mai agăța se disipă putred. În acele câteva secunde, doar la câțiva pași de pericol, Hanna avusese instinctul de a ieși din căruță cu mâinile ridicate. Ca și când Lorian i-ar fi bănuit intenția, o apucase pe Hanna de braț și o strânsese atât de tare, încât mai târziu descoperi deasupra cotului o vânătaie purpurie de mărimea unui măr. Atunci însă înțelese mecanic de ce oamenii ajunși în vârf de munte au instinctul inconștient de a se arunca în gol. O senzație de rotire, de pierdere a echilibrului ca o amețeală tulburătoare îi afectă întregul sistem nervos. Peste ani avea să citească despre sindromul Meniere, ce se manifestă prin episoade spontane de vertij, însoțite de scăderea auzului și senzații de învârtire survenite în momente de criză, dar pe moment Hanna credea că Dumnezeu o ridica la ceruri, ferind-o de crengile întortocheate ale pădurii.

Însă după jumătate de oră, senzația de alunecare îi dispăru întrutotul, corpul ei păstrând doar un tremur nestăpânit, indiferent cu câte pături fusese acoperită de Lorian.

Deși tăcuse tot drumul, Lorian avea un fel de a-și face simțită prezența folosind anumite gesturi pe care doar Hanna putea să le citească. Când trăiești în tăcere lângă un om, înveți să cauți indicii în alte părți decât ai face-o normal prin tonalitatea replicii. Înveți astfel să cauți simboluri în fiecare manifestare a

corpului celuilalt. Ochii, de exemplu, considerați oglinda sufle-
tului, sunt cel mai important barometru al stării sufletești al unui
om, fiind asemănați cu un panou de semnalizare ce marchează
starea interioară. Astfel că, pentru Hanna, ochii întunecați ai lui
Lorian, cu sprâncenele stufoase și aproape împreunate spre mij-
locul frunții, îi dădeau impresia unui tânăr pregătit oricând de
o confruntare sângeroasă și fără milă. Mâinile mici, cu degete
scurte și agere, îi sugerau o tensiune acută și o nervozitate a
mușchilor brațelor, iar încovoierea spinării cu umerii aplecați
înainte marcau o anumită agresivitate violentă. Hanna simțea
că febrilitatea și încordarea înfrigurată a lui Lorian era trans-
misă pe calea aerului ca un virus aerogen, iar aceasta făcea
aproape imposibilă comunicarea de orice fel cu el. Încă de la
început, o măcina dorința de a-i vorbi, de a deschide acel su-
biect de care le era amândurora teamă și de a-i explica cum își
imagina ea finalul drumului dacă rămâneau în viață. Era însă
îngrijorată de dezamăgirea pe care i-ar fi putut-o citi în privire,
și de crearea unui abis incomod între ei. Toate sunetele ce ar
fi trebuit să le grupeze în cuvinte și apoi în propoziții rămâneau
blocate la nivelul pieptului, iar Hanna amâna tulburată discuția
de la o zi la alta. Nu știa ce putea fi mai radical pentru el,
exterminarea iminentă sau deziluzia pe care urma să i-o pro-
voace, însă cu cât se apropiau de destinație, cu atât ea era mai
sigură de hotărârea sa, iar neliniștea simțită căpăta dimensiuni
colosale.

Uneori, se amăgea gândindu-se că totul era mai mult în capul
ei, iar el o luase în această călătorie pentru că avea nevoie să
salveze pe cineva, să simtă că are un țel într-o viață și așa depri-
mată. Adevărul era că Lorian nu încercase nimic din ceea ce
inițial o frământase pe Hanna, și asta îi dovedea că și el realiza
la fel de acut că o apropiere intimă de orice fel era irațională și
nefirească. Însă, dacă o privea uneori o făcea cu o seriozitate

intensă, aproape nemiloasă și greu de citit pentru Hanna. Când
însă mâncau împreună, el îi dădea ei mereu bucata cea mai mare
de pesmet sau mărul mai copt.

Uneori, se trezea în miezul zilei cu ochii lui scânteietori, ce
o priveau aproape sălbatic, primitiv, privire ce o săgeta, o înghi-
ontea răscolind-o, considerându-l asemeni unui câine nedomolit,
ce sta de pază.

Alteori, îl auzea vorbind în somn, folosind cuvinte profane
sau sunete ce păreau aducătoare de jale, dar niciodată nu-și vor-
biseră despre asta. Atunci ar fi vrut să îl mângâie, ca o copilă ce
are grijă de un pui de pasăre abandonat într-un șanț, însă cunoș-
tea pericolul de partea cealaltă, iar ea nu era o copilă, cum nici
el nu era un pui de pasăre.

Peste ani, acele nopți aveau să o bântuie pe Hanna ca stri-
goii într-o casă dărăpănată și avea să vadă vivid imaginile acelor
păduri întunecoase, asemeni pictorului ce mânjește cu smoală
planșeta albă.

Același regret urma să o macine pentru totdeauna și, cum
nu va putea scăpa niciodată de el, învățase încă din acele nopți
să se accepte pentru slăbiciunea ei de atunci, pentru dorința de
a avea o șansă la viață.

XII

Spre binele tuturor

– Bunico, se numește mincinos cel ce ascunde sau cel ce schimbă adevărul?

– Poftim? întrebă Hanna, ca trezită din reverie.

Ațipise din nou lângă Amelia, urmărind încă o dată povestea Cenușăresei la televizorul din camera nepoatei.

– Cine e mai mincinos, cel ce ascunde sau cel ce schimbă adevărul? întrebă din nou Amelia, ridicându-se brusc de pe pernă.

Erau singure în toată casa, fata ei luându-și copiii mai mari la cumpărăturile de dinainte de începerea școlii și, cum Ameliei nu îi plăceau zgomotele și aglomerația din magazine, Hanna preferă să rămână acasă cu ea. Fetița îi semăna din ce în ce mai mult, dar uneori i se părea că felul ei de a se izola o separa de frații ei, care petreceau aproape tot timpul împreună. Amelia prefera poveștile și jucăriile mici, creându-și o lume a ei sub o masă, într-unul dintre dormitoare, unde personaje ca Oana și Cristi trăiau expediții aventuroase, cu finaluri neașteptate, ce continuau de la o zi la alta. Ar fi dorit să protejeze această fetiță cu toată simțirea ei, însă știa că orice copil era un dar pe pământ, ca o floare ce urma să înflorească în felul ei aparte și diferit de alte flori.

– Nu cred că unul este mai mincinos ca altul, cred sincer că amândoi sunt la fel de mincinoși. Dar tu ce crezi? spuse Hanna, zâmbind ghiduș la ea.

– Eu cred că e mai grav dacă schimbi adevărul.

– De ce crezi asta? întrebă din nou Hanna, luând alura nevinovată de copil naiv.

– Păi îți dai seama că atunci adevărul nu mai are nicio șansă, rămâne așa, blocat în întuneric. Măcar dacă ascunzi adevărul atunci poate la un moment dat cineva îl află; dar dacă îl schimbi de la început, cine o să-l mai cunoască pe cel adevărat?

– Cred că ai dreptate, nu m-am gândit la asta.

– Uite, de exemplu, la Cenușăreasa, continuă Amelia neîntreruptă, dacă surorile ei nu ascundeau adevărul despre ea, poate că întreaga poveste era diferită, dar fiindcă doar l-au ascuns, adevărul a avut o șansă de a ieși la suprafață.

Atentă, Hanna se uită adânc în ochii voioși ai Ameliei.

– Păi ce vrei să spui atunci? Că surorile Cenușăresei au fost mai puțin mincinoase? întrebă Hanna din nou.

– Cred că... cred că... trebuie să mă gândesc puțin înainte să îți răspund, spuse Amelia confuză.

– Hai să ne gândim atunci în somn amândouă.

– Nuuu... de ce trebuie să dorm mereu la prânz? întrebă Amelia, ferindu-și cu mâna un căscat.

– Păi ca să crești mare ca toată lumea.

– Păi ce tu mai crești mare dacă dormi la prânz? Eu simt că pierd timpul dormind. Mai bine ne mai uităm o dată la Cenușăreasa.

– Uite, tragem jaluzele și stăm așa doar câteva minute și apoi, după ce ne odihnim, bineînțeles că fără să dormim, atunci ne uităm la ce vrei tu. Bine? vorbi Hanna, mângâind creștetul cald al Ameliei.

Se ridică încet de pe pat și apropie draperiile albastre, decorate cu fluturi galbeni, privind încă o dată la liniștea comodă din camera fetei. Era acolo mai acasă decât în propriul apartament, dar se învățase să trăiască singură de mult prea mulți ani și de aceea o refuzase pe Teodora când o rugase să se mute cu ei. Era bătrână și avea hachițele ei, iar în sufletul ei încă spera ca fata ei să găsească un bărbat bun, care să aibă grijă de ei toți. Apoi, rolul ei era de bunică, și nu de mamă, iar o mutare cu fata ei i-ar fi îngreunat perspectiva, dorind automat să controleze viața propriului copil. Luase o decizie bună să nu se mute și în același timp se bucura de faptul că nepoții ei erau atât de aproape de ea și îi putea vedea crescând.

Uitându-se înapoi cu înțelepciunea apăsătoare a anilor de odinioară, știa ca și propria ei mamă și-ar fi dorit același lucru, să își vadă copiii cu familiile lor. Mama ei însă nu apucase să îi cunoască familia și nici nepoții surorilor ei, iar ceea ce văzuse la finalul vieții ei fusese cel mai crunt lucru posibil pentru orice părinte.

În realitate, drama vieții ei începuse atunci, din acea noapte, iar tot ce trăise până în acel moment fuseseră clipe adunate cu muchii interpretabile. Pana și o monedă are două fațete și astfel poate fi rotită pe o parte, la nevoie, dar atunci când un lucru nu mai are nici măcar o margine, atunci ești nevoit să vezi adevărul așa cum se prezintă, fără vreo posibilitate de subterfugiu. Atunci nu te mai poți întreba cine este mai mincinos, având posibilitatea de a alege sau interpreta între cel ce ascunde sau cel ce modifică adevărul, atunci și doar atunci înțelegi că nu există răspunsuri, ci doar imagini, imagini ce rămân cu tine până la moarte.

Când au ajuns în Constanța, noaptea târziu, vântul părea că le înghețase oasele și doar aburii calzi ce le ieșeau pe nări

semnalizau viață. Rămăseseră fără apă de o zi, fără mâncare de
două și până și zăpada era aproape inexistentă în acele zone.
Calul era atât de obosit, încât fuseseră nevoiți să îl abandoneze
undeva, la ieșirea unui sat, și să-l învelească cu mantaua militară
pentru a-i lăsa impresia de căldură înainte de moarte, luând-o
ușor, cu capul plecat, la pas. Mantaua putea semnaliza o anu-
mită apartenență politică și, fiindcă ajunseseră până la capătul
drumului, aveau vaga impresie că orice le va ieși în cale puteau
duce cu încredere. Era, desigur, doar o impresie, căci și unul și
altul simțeau că o nouă etapă se deschidea în fața lor, o etapă
ce nu mai avea păduri lăturalnice care să-i protejeze. Dacă până
atunci călăuza fusese Lorian, ca un felinar la capăt de lume, de
această dată Hanna era cea care recunoștea locurile, cu bucuria
dătătoare de energie, iar el, rămas în urma ei, o urma docil. În
jurul lor mirosea a aer sărat de mare, dar și a cauciucuri și car-
toane încinse, căci peste tot erau tabere cu soldați zgomotoși
care se încălzeau la focuri înalte ce trosneau spre cerul neînste-
lat. Mulți erau băuți și cântau sacadat, unii dansând pentru a
se încălzi, alții înghiontindu-se într-o învălmășeală obscură.
Câțiva dintre ei stăteau feriți, pe lângă zidurile căzute ale clă-
dirilor cu ferestrele sparte prin care vâjâia crivățul, alții erau
plasați în corturi largi, de unde luminile felinarelor licăreau cu
fiecare unduire a prelatelor militărești.

Prin toată acea larmă, Hanna reușise să recunoască și alți
trecători pe lângă ei doi, diferiți de militari, oameni de rând,
ascunși sub haine înalte, cu căciuli trase pe frunte pentru a le
ascunde fața. Ici și colo, întâlnea priviri îngrozite, fețe trase, cu
oasele ieșite prin piele, având astfel impresia ireală că pășește
pe tărâmuri fantastice. Uneori, nu recunoștea locurile din ca-
uza munților de cărămizi, moloz și dărâmături, iar când Lorian
o întrebă în ce direcție să o ia, îi arăta eronat cu mâna spre
străzi necunoscute. Astfel i se întâmplă de două ori, pe strada

Ștefan cel Mare, unde de atâtea ori se jucase în tinerețe, cu colegii de școală generală la sfârșit de ore, azvârlindu-și ghiozdanele și alergând neobosiți o minge dezumflată, și pe strada Scarlat Vârnav, unde tatăl ei o ducea adesea la o cofetărie veche, unde mâncau de fiecare dată pască proaspătă și dospită, din făină de cartofi. Acum ambele străzi păreau încremenite după atâtea bombardamente și doar o stare dezolantă plutea în aer. Uitându-se în jur, Hanna avea impresia că cineva îi smulsese cu cruzime măruntaiele amintirilor trecute din tinerețe, anulându-i astfel prezentul.

Acea noapte avea să rămână cu ea în cele mai fericite împrejurări, oprindu-i și cel mai naiv zâmbet de a se exterioriza în libertate.

Casa ei, așa cum se vedea din capătul aleii, părea că doarme ca într-o poveste bătrânească și arhicunoscută, așa cum și-o imaginase de atâtea ori în ultimii ani. Se văzuse venind acasă de atâtea ori, imaginându-și chiar mici scenarii prin care îi surprindea pe toți la masă, aducându-le daruri și povestind banalități. Acoperișul înclinat, cu perii falnici în față, o izolau aproape în întregime de alte case ce își arătau cu indecență găurile mari, cu pereți doborâți. Doar Lorian, cu atingerea fermă, o opri din avânt, arătându-i cu precizie ușa lipsă de la casă și geamurile sparte, prin care doar o draperie fâlfâia, dând impresia unei femei ce își ia la revedere. Din acel moment pașii ei deveniră grei, ca și când erau împotmoliți în nisipuri mișcătoare și fiecare pas înainte era ca o nouă realizare, ca o moarte înceată provocată de mii de lovituri de cuțit. Primul intră Lorian, făcându-i semn să rămână în urmă și apoi ea, sprijinindu-se cu palma de umărul lui. În fața lor era doar întuneric, nimic din ceea ce fusese înainte nu mai putea recunoaște, înaintarea făcându-se pe bâjbâite, împiedicându-se din loc în loc de bucăți de piatră sau de lemn căzute pe podea. Ajunși înăuntru, Hanna realiză cu oroare că nici casa ei nu fusese ocolită, în fața lor dăinuind priveliștea pe care o văzuse de atâtea ori din nucul din grădină. Se vedea marea.

Rămaseră câteva momente uitându-se în depărtare ca în fața unui monument solemn și doar glasul smucit a lui Lorian o trezi din reculegere.

– Nu e nimic de văzut aici, trebuie să plecăm imediat.

Știa că Lorian avea dreptate, însă ceva anume o ținea pe loc, o forță neobișnuită, ca o nălucă o țintuia în casa copilăriei, deși nimic nu mai arată a ceea ce fusese odată.

– Ce aștepți? Haide, nu putem rămâne aici. Casa asta poate să cadă peste noi în orice clipă, o grăbi Lorian cu vocea disperată.

– Așteaptă, te rog! răspunse ferm Hanna. Vreau să îmi iau la revedere înainte.

Lorian părea că înțelege și o lăsă să treacă spre locul unde odată îi fusese odaia. Numai patul se mai vedea în molozul de lucruri distruse, iar mică bibliotecă de pe perete, ce îi adăpos-tise cărțile preferate, era acum goală și ruptă în jumătate. Totul era distrus.

Asta își amintea să fi gândit atunci când a văzut-o pentru prima oară. Că totul era distrus, că totul nu avea cum să mai fie vreodată la fel. Inițial, nici nu a vrut să vadă ceea ce ochii îi arătau.

Peste ani, uitându-se în urmă la acele clipe, avusese aceeași impresie ca atunci, în camera distrusă, și își întoarse capul ca din reflex, protejându-și minciuna pe care cu disperare o voia fixată, sau poate se proteja egoist de o tragedie pentru care nu era încă pregătită. Dar în realitate totul se desfășurase diferit, iar primul lucru care a oprit-o din drumul ei spre ieșirea din casa fără ușă fusese mirosul năvălitor de cadavru intrat în putrefacție. Înainte de a vedea orice altceva, a simțit mirosul. O senzație înaintea alteia.

Necrezându-și ochilor, își adulmecă mama moartă. Femeia stătea rezemată de perete, cu spatele drept și mâinile pe lângă corp, ca și când alunecase și căzuse în fund și doar năframa îi fusese deranjată în cădere. Dacă nu ar fi fost moartă, Hanna s-ar fi amuzat copios de poziția în care se afla mama ei.

Dar totul era distrus.

Totul nu avea cum să mai fie vreodată la fel.

Doar când s-a apropiat de ea a putut să îi vadă ochii sau ceea ce mai rămăsese din orbite, căci șobolanii mușcaseră din ei, lăsând niște grote înfiorătoare în urmă.

Există în viață un moment în care percepția și senzația umană sunt atât de fine, încât visul și imaginația se intersectează într-un punct exact cu realitatea, iar totul devine posibil și familiar. Este de altfel unul dintre cele mai stranii sentimente pe care un om poate să-l simtă de-a lungul vieții și durează cât o impresie trecătoare, o fracțiune de secundă, o clipire din gene. Această senzație bruscă și greu de definit se numește deja-vu. O teorie acceptată de mulți oameni de știință ia în considerare memoria ca o holo-gramă, iar creierul un creator de imagini tridimensionale ale unor particule minuscule de amintiri și senzații. Ce este foarte interesant nu este atât durata extrem de scurtă a momentului de deja-vu, ci faptul că deși atât de scurt, el poate fi descris mai târziu în cel mai fin detaliu. Astfel că înainte ca Hanna să fi văzut ochii mamei ei, o forță anume părea că o țintuise pe loc, iar mirosul, deși puternic, o făcu să privească atent numai după o impresi inițială, ca o senzație percepută cu o anumită întârziere.

Din această cauză, Hanna se întrebase de multe ori dacă mai trăise acel moment în altă viață sau dacă știuse involuntar de apropierea lui. Și dacă știuse sau îl mai retrăise, cum ar fi putut să îl schimbe, să îl anuleze înainte de a se întâmpla? Cum ar fi putut să se protejeze de altele la fel?

Problema este că Hanna era o persoană rațională, ce folosea imaginația doar ca un mod de scăpare dintr-o realitate adesea banală sau dureroasă și de aceea senzațiile resimțite atunci aveau să ia drumul tuturor gândurilor unei persoane raționale. În explicații logice și coerente.

Dacă Hanna ar fi fost o persoană mistică, ar fi crezut cu tărie că ceea ce i se întâmplase fusese menit, destinat pentru ea anume și ar fi trecut peste durerea tragediei mult mai ușor. Cum însă Hanna era o femeie lucidă, amărăciunea simțită avea să se înzecească o dată cu trecerea anilor, luând conotațiile a mii de impresii divizate.

Când s-a trezit părea zi, iar întregul ei trup era acoperit de proiecții luminoase venite de undeva de sus, din ceruri parcă. Murise oare?

În jurul ei erau adunați saci mari și plini, sprijiniți unul în altul, ce o protejau ca într-o cazemată.

Corpul îi era amorțit; își simțea fața rece, mirosind aerul proaspăt de iarnă ce adia deasupra ei, și totuși îi era bine sub pătura groasă.

Nu ar fi dorit să se trezească.

Buzele îi erau uscate și ar fi dorit să și le umezească cu apă, dar parcă totul putea să mai aștepte.

Îi era sete și foame în același timp.

– Bine că te-ai trezit, eram îngrijorat, auzi o voce ușoară în dreptul ei. Mă gândeam serios să plec fără tine.

– Unde sunt? De cât timp dorm? întrebă Hanna cu vocea slăbită, ce îi suna diferit decât își amintea.

Poate că într-adevăr murise.

– Suntem într-o sinagogă, iar tu dormi de aproape trei zile, spuse Lorian, zâmbind la vederea privirii îngrozite a Hannei. Nici nu îți imaginezi cât mă bucur că ai deschis ochii. Cum te simți? Poți să te ridici? Nu-ți mai amintești nimic? continuă să întrebe Lorian, văzând că Hanna pare din ce în ce mai confuză.

– Ba da, pe mama...

– Ascultă... Auzi? șopti Lorian.

Îi făcu semn cu mâna să tacă, de parcă ar fi vrut să oprească cu un simplu gest valma gândurilor ce o năvăleau ca o ploaie cumplită de primăvară.

– Afară sunt trupe de militari ce patrulează tot orașul. Struma se află în port de două zile. M-am uitat la navă și nu sunt eu cunoscător în domeniu, dar mie îmi arată a barcaz pescăresc cu un simplu catarg. Nici măcar nu e vopsită și de jos totul sună a șantier naval. Ori se fac reparații, ori ceva pare în neregulă cu acest vapor. Oamenii deja s-au strâns acolo de azi-noapte, i-am văzut înghiontindu-se, par toți speriați și înfrigurați. Hanna, sunt câteva sute!! Nici nu știu cum vom intra cu toții în el. Și mai este ceva, Hanna, ce încă nu ți-am spus. Ilinca este aici, spuse Lorian, având grijă să accentueze fiecare silabă din nume. Mâine, înainte de plecare, am să iau biletul de la ea chiar înainte de îmbarcare. Ea nu va băga de seamă când mă voi strecura înapoi și vom urca împreună. Totul este așa cum trebuie, spuse Lorian frecându-și palmele una de alta.

Încă o dată, Hanna simți acea săgetare în inimă, ca și când totul era o greșeală, iar cu cât ascundea adevărul, cu atât același adevăr devenea mai otrăvitor.

– Ai vorbit cu ea? se surprinse Hanna întrebând după un moment lung de liniște.

– Da, îl auzi zâmbind deși lumina din ceruri îi era acum în spate, acoperindu-i pe de-a-ntregul trăsăturile ca o umbră întunecoasă. Nu își închipuie nimic. Ea crede că mergem împreună. De altfel, a reușit să fugă din primul vas, acela cu care a plecat tatăl ei, chiar înainte să se depărteze de port. M-a așteptat pe mine, spuse Lorian cu mândrie. Parcă citindu-i gândurile, Lorian se așeză lângă ea, luându-i mâinile reci între ale lui. Hanna, trebuie să facem asta, e singura TA șansă. Apoi biletul este al tău, a fost al tău de la început. La asta trebuie să te gândești.

Hanna însă se gândea la altceva. Se gândea la acea sinagogă bombardată, ce încă purta steaua lui David în vârf, ca o părere obscură a măreției ce o avusese odată. Se gândea că trecuse prea mult timp de când se pierduse, asemeni unui copil ce urmează deciziile crude și împovărate ale unui adult. Era timpul să rupă acel ciclu și să aibă curaj să redevină ea însăși. Era timpul să aplice toate acele hotărâri pe care le luase în drumul spre Constanța.

– Atunci care este planul? întrebă Hanna hotărâtă.

Lorian îi văzuse determinarea și se ridică din nou în picioare.

– Mâine, la orele prânzului, vom fi și noi la chei, lângă Gară Maritimă. Eu am să mă întâlnesc cu Ilinca, iar tu te ascunzi printre oameni, cât să mă vezi când intru. O să fie o mare îmbulzeală. Numai aseară păreau atât de mulți. Apoi, Hanna, eu am să cobor și îți voi da ție biletul. Am să îi spun Ilincăi că am uitat geamantanul jos și că o voi ajunge din urmă. În acea mare de oameni nici nu își va da seama.

– Stai, și ce faci tu? Ce faci tu dacă îmi dai mie biletul? Cum mai intri tu? întrebă Hanna confuză.

– Eu, eu... Hanna, eu mă descurc. Eu mereu mă descurc cumva, stai liniștită, spuse Lorian cu un aer vitejesc, aer ce pălea în fața realității.

Doar atunci, în acele câteva clipe, uitându-se unul la altul, Hanna îl înțelese mai mult decât o făcuse vreodată. El o vroia salvată și doar asta îi dăduse atâta motivație să meargă înainte. El chiar o iubea, așa cum de altfel îi demonstrase la fiecare pas, dar Hanna se încăpățână să nu-l vadă. Era de datoria ei să facă ce era drept. Era de datoria ei să fie adultul.

Încă de dimineață, ziua de 12 decembrie 1941 era una mohorâtă și cețoasă. Soarele părea un astru vânăt deasupra portului, iar pescărușii se roteau ca și când ar fi dorit să anunțe venirea furtunii. Marea însă era cenușie și calmă.

În port, sute de oameni se frământau nepotoliți. Mame cu copii mici în brațe, bătrâni sprijiniți de rude și cupluri cu fețele trudite, clocoteau ca apa fierbinte deasupra unui foc încins în vatră.

Lorian o luase pentru o clipă de mână, strângând-o doar o secundă, ca apoi să se piardă în mulțime, simțindu-i căldura pentru ultima oară.

Îl vedea de la spate, mersul lui aproape țopăit îi era cu neputință de a-l confunda, și avu atunci un sentiment de milă pentru acel tânăr ce o adusese până acasă, dintr-o dorință aprigă de a o salva. Într-un final, l-a înțeles și deși el nu a ajuns să o cunoască, simțea că o prietenie încă mai putea fi salvată, dar totul era prea târziu, iar viețile lor nu erau jucării cu cheie pe care le poți întoarce încă o dată.

Nu i-au trebuit decât câțiva metri pentru a o zări, cu părul lung și împletit în coadă, cu pardesiul roșu-aprins, făcând o discrepanță puternică între cenușiul grav din jurul lor. Când s-au îmbrățișat, Hanna îi văzu pentru o clipă zâmbetul absolut și ochii aproape înlăcrimați.

Era fericită, căci Lorian îi era alături.

Avea aceeași impresie de bunăstare și liniște, ca o împăcare completă cu lumea exterioară, pe care o văzuse de atâtea ori înainte pe trăsăturile ei, atunci când îi povestise de Lorian. Îi părea că trecuse o eternitate de atunci, ca o viață de om ce o citise undeva într-o carte și care în realitate nici nu i se întâmplase ei.

Adevărul era că fără să-și imagineze, ea îi adusese împreună, iar acum, priviți de la depărtare, păreau potriviți unul pentru celălalt. Realiză cu ușurință în inimă că o iertase demult pe Ilinca pentru că-i luase biletul. De fapt, acel bilet nu trebuia să fie niciodată pentru ea, ci le era destinat lor încă de la început.

Hanna știa că decizia ei urma să fie firească, iar peste ani chiar prețuită.

De aceea, nu îl mai văzu pe Lorian când întoarse capul pentru a o căuta în mulțime, nici când ținându-se de mână urcaseră pe Struma.

Nu văzu nici atunci când cele două bilete fuseseră luate de căpitan și Lorian o strigă disperat printre mulțime, smucindu-se din mâna Ilincăi.

Atunci, Hanna privea doar înainte, fiind îmbrâncită de zeci de familii ce fugeau spre Struma în sensul opus ei. Vedea marea bătrână și înspumată, ce ascundea mii de secrete înghițite. Își vedea viitorul simțind o eliberare firească ce avea să nască monștri mai târziu. Atunci Hanna, s-a crezut scăpată.

XIII

SCRISOAREA

Anii au trecut firesc, în ciuda disperării de la început.

Vestea torpilării Strumei a ajuns-o târziu pe Hanna, ca un ecou al unui gând înfundat, ca mai apoi să rezoneze cu puterea a mii de trompete într-o grotă fără de capăt.

Lucra deja de doi ani ca guvernantă la o familie din București, familie modestă, ce în loc de bani îi oferea acoperiș și două mese calde pe zi, oameni care nu știau nimic despre ea și nici nu doriseră să afle. Fusese un noroc nesperat ca după doar o lună de viață, viață trăită ca un câine hăituit printre scorburi de clădiri părăsite, să fie găsită aproape înghețată pe străzi și adusă de un necunoscut la un sanatoriu din Pitești. Inițial, doctorii au crezut că va muri de pneumonie, la fel cum toți cei din sala lungă, gălbejită și bolnavă dispăreau ca muștele după durata deja stabilită de viață de numai patru zile, dar, cu trecerea săptămânilor, Hanna părea că se înzdrăvenește, iar tusea groasă ce o însoțea ca o pelerină de ploaie dispăru fără să lase urme de boală finală. Eliberată din spital, plecase spre capitală cu o recomandare de la o soră medicală spre o familie tristă, o mamă singură cu cinci copii. Pe vremea aceea, frica trăia în fiecare uitătură omenească și, cum era normal, Hanna, încă slăbită, avea cuvinte puține de spus și ochi ce priveau numai țărâna.

Cu toate acestea, femeia ce o aștepta ca pe o ultimă salvare o primi cu căldură, fără întrebări curioase și fără dorințe extravagante. Se înțeleseră încă de la început aproape numai din priviri, ca două surori siameze ce își simt durerea de la mii de kilometri distanță și doar copiii, cu naivitatea vârstei, colorau uneori cămăruțele funeste ale casei.

Doi ani se scurseră așa, ca parte integrantă a unei familii care avea nevoie de prezența ei cu aceeași sete cu care ea avea nevoie să uite. Dar uitarea e mereu episodică, iar vestea Strumei o citi din întâmplare într-un ziar vechi și îmbotit, în timp ce curăța paharele din sticlă cu filele zbârcite de hârtie. Rămase cu mâinile strânse pe cioburile din sticlă mult după ce reciti acele câteva rânduri, mult după ce sângele cald i se închegase pe mâneca suflecată a rochiei, raționalizând ca din străfunduri că data torpilării nu avea sens. Să fi fost o altă Struma?

Cumva, știa că își amintea data îmbarcării cu precizie, chiar și după atâta timp, iar soarta vasului din ziarul *Basarabia* nu avea sens. Poate fusese o altă Struma, se auzea gândind cu voce tare, ca un titirez ce nu dorește să se oprească din cercurile concentrice ce îi dau viață.

După aceea au început căutările, întrebările fără răspuns, vești aflate în fugă și de la bătrânii din parcuri ce se strângeau feriți să vorbească politică. Așa află de Istanbul, de scoaterea vasului din strâmtoarea Bosforului, de torpilare și de pierderea celor aproape 800 de vieți omenești. Așa află de crima ei, de lipsa de scăpare, de un viitor ce nu mai avea sens. Așa află încă o dată cum e să mori, fiind încă în viață.

În ani, tragedia lor a devenit povara ei, iar teama de moarte dispăru complet, cu precizia acului care injectează serul otrăvitor și letal în mușchiul încordat al brațului pentru a paraliza sistemul nervos și a opri în cele din urmă inima. Existase și o vreme când sperase pentru câteva ore că singurul știut ca supraviețuitor să fi fost el, băiatul întunecat, ce riscase totul pentru a o duce acasă, însă numele și fața ce o fixa înapoi din paginile cronicelor nu aminteau deloc de Lorian. David, singurul tânăr ce supraviețuise Strumei, un tânăr din București de numai optsprezece ani, avea să fie și singurul evreu care ajunge în America de pe Struma, singurul ce putea să deslușească lumii secretul unei tragedii înfiorătoare. Iar Hanna, cu inima în bucăți ce stăteau răspândite în jurul ei în cioburi imposibil de reasamblat, avea să-și poarte durerea cu ambiția lui Sisif, constant și în veșnicie.

∞∞

Draga mea Hanna,

Oare cât de surprinsă vei fi să îmi citești scrisoarea, oare cât de speriată? Au trecut anii, Hanna, au trecut toate peste noi și iată-mă că după atâta timp tot la tine mă gândesc, la noi, la ceea ce ar fi putut să fie și nu a fost. Dar tu ai știut încă de la început că totul era doar un vis de-al meu, ca o părere de adolescent pierdut.

Am încercat de atâtea ori să îți scriu aceste rânduri, dar mereu mă opresc la jumătatea scrisorii, incapabil să continui, să mă explic. Port cu mine mii de cuvinte ce roiesc în mintea mea precum pescărușii deasupra mării înspumate, cuvinte ce mă țin treaz noapte de noapte, cuvinte ce mă omoară și mă învie în același timp.

Cine ar putea să mă înțeleagă mai mult decât tine, cine m-ar mai auzi?

Mă mai ții minte, Hanna? Îți mai amintești de mine? Probabil că nu, și e mai bine așa.

Poate că și tu îți mai amintești acel ultim moment? Vasul... Struma...

Eu nu pot să îl uit și nu am putut în toți acești ani să TE uit.

Totul s-a petrecut altfel decât am gândit vreodată că va fi, viața mea, destinul... ca o simfonie tumultuoasă și întreruptă brusc de corzile rupte de vioară.

Am cancer, Hanna, și mor. Dar nu vreau să mor cu secretul acesta pe buze, să mă duc fără să am ultima spovedanie. Am nevoie de tine.

Trebuia însă să mă sting demult, atunci, cu acel vas, și nu așa, în patul meu, alături de familie. Trebuia eu să fiu acolo lângă ea, eu să fiu înghițit de valurile apei înspumate. Eu și nu EA.

Însă, în tot acest timp, singurul lucru care m-a făcut să merg înainte a fost gândul la tine, siguranța că tu, draga mea, erai în viață. Măcar TU trăiai.

Când am sărit atunci peste bord, în apele reci, în strigătele asurzitoare ale Ilincăi, am gândit că nu pot trăi fără tine, că orice va fi cu viața mea nu va avea niciun rost fără prezența ta. Nu m-am gândit la ea nicio clipă, nu m-am gândit la câte sacrificase pentru mine. Nu am știut, nu am gândit vreodată ce avea să i se întâmple. Atunci numai tu existai pentru mine, ca un organ fără de care nu aș fi putut sufla.

M-am înșelat însă. Viața merge egoist și crud înainte. Viața nu alege, ea doar respiră circuite neîntrerupte.

Am fost cules ud și disperat, urlând, cu dinții clănțănindu-mi în gură, și am fost închis într-o beznă totală, fără apă sau mâncare, fără îmbrăcăminte, fără speranță, timp de o lună. Eram nul în acea beznă înecăcioasă. Eram fără ființă. Când am fost eliberat, căci nici acolo nu au vrut să mă țină, m-am confruntat cu cea mai mare durere din viața mea. Eram lipsit de gând, de iluzie, de închipuire. Eram al nimănui. Eram un nimeni.

În zadar te-am chemat în vise peste ani, în zadar te-am căutat printre trecători, în zadar te-am jelit. Tu nu mi te-ai arătat. În realitate, TU nu fusesei niciodată pentru mine.

Mi-am trăit viața în tăcere, ascuns și neutru. Neutru am fost și când am iubit din nou, neutru când m-am căsătorit mai târziu, neutru când am devenit tată. Un nimeni între atâția alții.

Acum doisprezece ani te-am zărit într-o vitrină. Erai neschimbată, Hanna, ca atunci, prima oară, iar lângă tine o fată înaltă care îți semăna ca două picături de rouă. Râdeați împreună, cu capul înclinat într-o parte, și am crezut că mă pierd și că toate funcțiile corpului încep să funcționeze ca înainte, ca și când fusesem în hibernare în toți acei ani și primisem uleiul unsuros la încheieturile necesare.

Când ați ieșit afară ai trecut pe lângă mine și ți-am simțit mirosul, te-am atins cu gândul, dar tu nici nu ai clipit, nici nu m-ai văzut. Devenisem un strigoi, iar tu Christine Daaé. Nu m-ai mai recunoscut.

Atunci am înțeles ironia vieții, atunci am coborât din stele și am devenit ce nu fusesem până atunci. Am devenit un om.

Acum îți scriu ca o ultimă eliberare, de trecut, de tine, de Ilinca și de Struma toată și sunt împăcat că mă duc. Locul meu nu a fost aici niciodată, nici pe Struma, nici lângă tine. Locul meu abia acum se ivește și sunt fericit, Hanna. Sunt în sfârșit atât de fericit!

Însă te-am iubit, Hanna, atunci, de prima oară, și dacă aș mai putea lua totul de la capăt, tot spre tine aș năzui, dar nu la fel, ci prețuind și cea mai simplă îmbrățișare.

Rămâi cu bine, draga mea, rămâi mereu pe țărmul celor fără lacrimi.

Lorian

Cu mâna tremurândă și plină de vinișoare purpurii, Hanna apucă scrisoarea lui Lorian și o apropie de buze, sărutând-o încet, în timp ce cu cealaltă mână apropie mica flacără a lumânării de cuvintele mici și înclinate. Se ducea trecutul topind cuvinte străine, se ducea o viață secretă și înăbușită în lacrimi amare. Ce mai conta? Cine mai putea schimba ceva?

Hanna rămase mult timp după aceea cu privirea la adunătura de scrum ce poposise pe pervazul ferestrei, ca la o insectă moartă, ce avea apoi să adie ușor în mlădiere de toamnă târzie. Afară mirosea a ploaie și a pământ. Mirosea a nostalgie pierdută.

Zâmbea și ea, cu privirea spre răsărit, zâmbea la gândul unei noi dimineți, fredonând încet, și pentru a nu știu câta oară, o melodie veche, ca pe o ultimă suflare.

O mie de impresii divizate de Suzănica Tănase
Editura Berg, Ediție Princeps (2018)
Format: 13 x 20 cm
Număr de pagini: 212
www.edituraberg.ro
Email: redactia@edituraberg.ro

.